W0317359

Touch me deeper

TEMPLERSAGA 1

MIA CARON

Diese Story beruht zu großen Teilen auf wahren Begebenheiten, Personen und Orten. Alle Namen jedoch sind frei erfunden.

https://www.miacaron.de

Die Autorenflüsterin, Dr. Barbara Prill

c/o Mia Caron

Sandhöhe 8A

21435 Stelle

Cover: Mia Caron

Lektorat: Ute Köhler

WARNUNG UND BEGRIFFSERKLÄRUNG

Enthält Gewalt, Drogenkonsum, eine nicht jugendfreie Szene, derbe Sprache/ Schimpfwörter
und viel Humor.

Lasst euch gern auf neue Begriffe ein, die meisten ergeben sich aus dem Kontext. Folgende nicht:

- Sozia - weibliche Mitfahrerin auf einem Motorrad
- Hook - hoher Tritt, der den Gegner mit der Ferse im Gesicht trifft)
- Pferdchen, Schneckchen - abwertende Bezeichnung für Sexarbeiterinnen
- Horse - Heroin
- Lowrider - tiefe Motorräder, meist Harleys
- Sofa aus Milwaukee - Harley Davidson
- Hecklast - Sozia
- Zocken/ abzocken - stehlen

- angasen - Gas geben
- Bock/ Schemel - Motorrad
- Krads - Motocrossräder
- CPU - Festplatte
- Flitsche - Abzieher
- pöhse - böse
- Lude - Zuhälter
- Dosenfahrer - Autofahrer/ Dose = Auto
- Panzer - SUV
- reinzecken - sich einschleichen
- Ninja - Kawasaki Rennmotorrad
- Gixxer/ Suzi - Suzuki Motorrad
- R1 - Yamaha Motorrad
- Streetfighter - Oberbegriff für umgebaute Superbikes ohne Verkleidung. Die Gixxer/Suzi und die R1/Yammi sind Daes Streetfighter-Motorräder.
- La Ola - eine Zuschauerwelle, mit nach oben ausgestreckten Armen, kennt man aus dem Fußballstadion.

PRESIDENT

Nach seiner Verurteilung wurde Charlie gewählt

Vroni ⚭ Kurt Matthey

†

Danny »Dac«
27 J.

Mike
1,5 Jahre älter

Ex-Member »Left«

Stefan »Steve« Kuschel ⚭ Astrid
(geschieden)

Marie-Teresa »Tess«
22 J.

Weitere Templer:

Luke 32 J.
Tommy 27 J.
Magic (Alter unbekannt)
Dirk 34 J.
Beule 34 J.
Benny 26 J.
Stones 35 J.
Louis, 38 J.
u. v. m.

Prospect:
Trash 24 J.

PRESIDENT

»Charlie« Schäfer ⚭ Conny
52 J, betreibt mehrere Spielhallen
(2. Ehefrau)

Carlotta, (12 J.)

VICE - PRESIDENT

Ramon ⚭ Bea
48 J. zwei Tattoostudios

TREASURER/ SCHATZMEISTER

Ronny
56 J. geschieden, Polier

SEARGEANT-AT-ARMS/
GENERALSEKRETÄR

Paul
41 J., sitzt seit Monaten auf Mallorca im Knast

Templer-Anwalt:
Dr. Manfred »Manni« Schäfer, 58 J.

TEMPLER - DIE ROCKERSAGA BEGINNT

TOUCH ME DEEPER

In meiner Welt wird Macht nicht verliehen, sondern beansprucht.
In meiner Welt sind Frauen nur Mittel zum Zweck.
In meiner Welt bedeuten Gefühle Schwäche - und Schwäche ist tödlich.

Meine Welt existiert nur, weil ihre Welt schwach ist. ...

Eine angehende Richterin, ein vorbestrafter Zuhälter und ein Schicksal, das keine Gnade kennt (aber mit Sinn für Humor)

****Vorab-Leserstimmen zusammengefasst:*
lustige Wortgefechte, hinreißend, phänomenal, atemberaubend, genial, mitreißend, witzig, fesselnd, unterhaltsam***

Es liegt nicht in unserer Macht zu lieben und zu hassen, denn unser Wille wird vom Schicksal überstimmt.

-Christopher Marlowe

1

Tess

»Hey, langsamer!« Ich werde auf dem Rücksitz von Sarahs Cabriolet hin und her geworfen. Wir sind gerade auf dem Rückweg von Holland. Nach einer Woche Strand- und Partyurlaub habe ich mich wirklich auf Papa gefreut, aber langsam kommen mir ernsthafte Zweifel, ob wir heil zuhause ankommen werden.

»Mensch, Sarah«, rufe ich empört und kralle mich in ihre Kopfstütze. Drei Mädels, eine Woche Strandurlaub und ein Cabriolet. Dass die Hälfte des Gepäcks nicht in den Kofferraum passt, versteht sich. Darum sitze ich zwischen Taschen und Koffern und komme mir selbst vor, wie ein loses Gepäckstück. Sogar meine Haare wirbeln wild um meinen Kopf herum und ich befürchte, ohne besondere Kur werden sich die Haarnester nicht entwirren lassen.

Sarah rast ohne Rücksicht auf Verluste heimwärts. »Mist, ich muss tanken«, bemerkt sie mit Blick auf die Tankanzeige.

Genervt verdrehe ich die Augen. »Kein Wunder!«

Mit beiden Händen halte ich mich an ihrer Kopfstütze fest, als wir von der Autobahn abfahren und beinahe auf zwei Rädern durch die Kurve düsen. An der nächsten Tankstelle biegt Sarah ab und parkt an einer freien Zapfsäule.

»Ich muss mal«, meldet sich Nicole.

»Ich tippe auf Pilz«, teile ich ihr missmutig mit und versuche, meine Mähne mit beiden Händen zu bändigen. Irgendwo hab ich doch ein Haargummi ...

»So oft wie du aufs Klo musst, hast du entweder ne Blasenentzündung oder einen Pilz. Dein Max sah aus wie ein Pilztyp«, murre ich schonungslos, die rechte Hand tief in meiner Handtasche versenkt. Handtaschen sind wie das Bermudadreieck. Manches (und meistens genau das, was man gerade braucht) verschwindet auf unerklärliche Weise und taucht nie wieder auf.

»Was soll denn ein Pilztyp sein?«, fragte Nicole giftig zurück.

»Kein Streit jetzt«, fährt Sarah dazwischen. »Dein Max sah halt aus, als würde er gern durch die Gegend vögeln. Also wundere dich nicht, wenn Tess recht hat.«

»Pff«, macht Nicole und steigt wortlos aus, während Sarah und ich in stillem Einvernehmen einen kurzen Blick tauschen.

Nicole ist ziemlich unvorsichtig und genauso wählerisch wie ne läufige Hündin.

Ha, da ist das Gummi! Schnell umschlinge ich mein Haar damit und lasse mich erschöpft auf die Taschen fallen. *Genug Anstrengung für heute!*

Während Sarah den Zapfhahn ins Auto steckt, liege ich zwischen dem Gepäck und lasse die Beine aus dem

Wagen baumeln. Mich zu bewegen, ist mir viel zu umständlich.

Lieber betrachte ich meine schlanken, braungebrannten und durch das Sonnenöl glänzenden Beine, die ich in den Himmel strecke. Immer noch fühle ich den Sand auf meiner Haut. Himmlisch! Vergnügt wackle ich mit den Füßen. Was für ein herrlicher Sommer.

Sarah und ich sind in den letzten Wochen durch Europa getourt. Kroatien, Paris, London. Einfach genial! Und weil wir von dem ganzen Herumreisen so geschafft waren, haben wir jetzt zusammen mit Nicole noch eine Woche Holland drangehängt. Nicole will eine Ausbildung zur Kosmetikerin machen, während Sarah und ich nach München ziehen und dort unser Studium beginnen. Sarah Bauingenieurwesen und ich Jura. Vorher müssen wir noch kurz zum Snowboarden auf einen der Gletscher in Österreich. Im Sommer snowboarden – mega dekadent. Woher Papa plötzlich so viel Geld hat, frage ich mich am besten nicht. Wenn er es mir quasi aufdrängt, muss mir mein Gewissen doch nicht den Spaß verderben, oder? Er freut sich so für mich, also betrachte ich es als meine oberste Tochterpflicht, ihn glücklich zu machen. Und mich gleich mit. Darum waren wir vorgestern ausgiebig in Amsterdam shoppen. Was macht ein Mädchen glücklicher, als eine exzessive Einkaufstour durch die angesagtesten Läden? Meine Füße stecken in wunderschönen, elf Zentimeter hohen Stilettos, die mit einer bildhübschen Blume bestickt sind. Das Blümchen ähnelt meinem nigelnagelneuen Knöcheltattoo (das ich mir in London habe stechen lassen) so sehr, dass ich nicht daran vorbei kam. Ich liebe diese offenen Pantoletten mit dem lackierten Absatz. Die spitze Kappe ist geschlossen und hinten ist der Schuh offen. High Heels sind toll, denn sie machen endlos lange Beine.

Liebevoll betrachte ich meine schicken Schühchen. Leider kann ich sie nicht überall tragen, denn sowas gehört eigentlich in die Kategorie Bettschuhe. Vor allem, weil der Absatz derart steil und spitz ist, dass man schon Talent oder viel Bewegung in den Hüften haben muss, um die Überstreckung auszutarieren. Aber fürs Eiscafe, das wir gleich ansteuern werden, sind sie passend. Ich schließe die Augen und lehne mich zurück. Das Leben ist wunderbar! Ich denke an Marvin. Er hat mich gestern geküsst und seine Hand in mein Höschen geschoben. Kein Sex, nur ein bisschen Fummeln. Ich muss lachen und wackle vor Freude mit den Füßen.

»Hey – was?!«

Ich …

»Mein Schuh!«

Schnell stemme ich mich auf die Hände und starre abwechselnd auf meine nackten Zehen und einem Typen in komplett schwarzer Kluft auf einem Motorrad nach, das sich laut dröhnend und mit hoher Geschwindigkeit vom Tatort entfernt.

Mein rechter Heel ist weg. Geklaut! Einfach von meinem Fuß. Schnell ziehe ich meine Beine zurück ins Auto und rapple mich zwischen den Taschen auf dem Rücksitz hoch. Leider nicht schnell genug.

»Mein neuer Schuh!«, brülle ich empört und beobachte fassungslos, wie der dreiste Dieb meinen Heel wie eine Trophäe hochhält, ehe er sich lässig in die Kurve fallen lässt, sie tief schneidet – und aus meinem Blickfeld verschwindet.

»Das darf doch wohl nicht wahr sein! Na warte!« Etwas ungelenk klettere ich aus dem Auto und werfe meinen linken Schuh in den Fußraum des Fonds. Ich muss ihm irgendwie hinterher, vielleicht kann ich das Kennzeichen noch erkennen.

»Was ist los?« Sarah kommt zurück und hält drei Eis in der Hand.

»Ein Typ hat mir meinen Schuh geklaut«, rufe ich ihr aufgeregt entgegen und ignoriere das mir dargebotene Eis. Ich deute in die Fluchtrichtung. »Ein Schuhdieb mit Motorrad.«

Der Asphalt ist heiß, ich stehe barfuß vor ihr und beginne, von einem Fuß auf den anderen zu hüpfen.

»Was?« Sie starrt mich an wie Dori, der Glubschaugenfisch.

»Mein Heel, meine schönen neuen Megastilettos! Weg, geklaut! Komm schon!« Ich zerre sie zu ihrem Auto, schließlich müssen wir meinem Schuh folgen.

Nicole kommt zurück und hat einen Teil aufgeschnappt. »Was ist mit deinen Pumps?«

»Geklaut. Ko-ommt, wir müssen ihn verfolgen.«

Langsam wird die Hitze des heißen Asphalts unerträglich und ich laufe zurück zum Auto. Die Mädchen haben es scheinbar nicht so eilig wie ich, aber sie sind auch nicht dreist bestohlen worden – und barfuß! Schnell springe ich zurück in das Cabriolet und stemme die strapazierten Fußsohlen gegen die kühlen Ledersitze. *Ah, herrlich!* Fast kann ich es zischen hören. Meine armen zarten Füße! Hoffentlich habe ich keine Brandblasen bekommen.

»Da liegen doch deine Pumps«, stellt Nicole spitz fest und zeigt auf den linken Schuh, der im Fußraum hinter ihrem Sitz liegt.

Ich rolle mit den Augen und könnte glatt durchdrehen. *Ruhig, gaaanz ruhig. Deine Freundinnen können nichts dafür, Tess.*

»Das ist der linke! Ein Idiot auf einem Motorrad hat mir einfach meinen Heel geklaut. Den rechten«, erkläre ich erneut. »Los, wir müssen hinterher. Oder am besten direkt zur Polizei.«

2

Dae

»Im Namen des Volkes ergeht folgendes Urteil …«

Ich werfe meinem Bruder einen Blick zu, der mit unbewegter Miene im Zuschauerraum sitzt. In der Innenseite meiner Motorradjacke steckt ein Schühchen, das ich auf dem Weg zum Gericht noch schnell einem verführerischen Engel vom Fuß gestohlen habe. Ich brauche dringend einen Glücksbringer und da ich die langen Beine nicht einpacken konnte, musste halt ihr Pfand herhalten. Während sich der Richter und seine zwei Harlekine zur Beratung zurückgezogen hatten, habe ich den Heel die ganze Zeit gestreichelt. Wie ne verdammte Wunderlampe. In der Hoffnung, dass der Flaschengeist in Form von Justitia ein Einsehen hat und mich noch mal ohne Knast davonkommen lässt. Keine Ahnung, was sonst noch funktioniert. Ich brauche ein Wunder. Mit Bewährung erwischt zu werden heißt normalerweise Knast. Ausgerechnet jetzt, wo ich im Begriff bin, ein neues Etablissement zu kaufen. Meine

Kiefer mahlen fest aufeinander und ich wünschte, ich könnte den Heel noch mal kurz berühren.

»Der Angeklagte Danny Matthey ist schuldig der vorsätzlichen Körperverletzung in Tateinheit mit versuchter gefährlicher Körperverletzung und wird zu einem Jahr und zehn Monaten Haft verurteilt.«

Ein Raunen geht durch den kleinen Gerichtssaal, was mich aus meiner Lethargie reißt. Ich habe nicht zugehört, will es fast nicht wissen, aber jetzt hallen die Worte des Richters in meinem Kopf nach.

Ein Jahr und zehn Monate? Ich kriege Knast? Mein Blutdruck fällt ab und mir wird ganz schwummrig.

»Ach, ganz vergessen«, schiebt der Richter jovial nach. »Die Haftstrafe wird zur Bewährung ausgesetzt. Der Angeklagte trägt die Kosten des Verfahrens.«

Ein Aufatmen geht durch die Reihen. Oder rauscht mir mein erleichterter Atem so laut durch die Gehörgänge? Nachdem alle im Saal wieder platzgenommen haben, wendet sich der Vorsitzende direkt an mich. Er sucht meinen Blick.

»Herr Matthey, das war der letzte Warnschuss. Der allerletzte! Sie haben es uns nicht einfach gemacht. Eigentlich hätten wir Sie in Haft schicken müssen, schließlich haben Sie noch Bewährung. Ich weiß, dass Sie es in Ihrer Kindheit nicht leicht hatten, Ihr Vorstrafenregister lässt jedoch kaum Handlungsspielraum. Allerdings – wenn Sie jetzt in den geschlossenen Vollzug geschickt werden, befürchten wir eine Abwärtsspirale, die kaum mehr aufzuhalten ist. Deshalb versuchen wir es noch einmal im Guten. Sie bekommen einen Bewährungshelfer zur Seite gestellt, der Sie in den nächsten drei Jahren begleitet. Außerdem wird Ihr Bruder begutachtet.«

NEIN! *Was?* Nein!

Meine Gedanken überschlagen sich.

»Ihr Bruder ist offiziell Ihr Arbeitgeber, ihm gehört der Club, in dem Sie als Manager angestellt sind. Ich möchte wissen, inwieweit er geschäftsfähig ist und nicht bloß eine Marionette in einem geschickten Spiel.«

Ich spüre die Blicke aller Anwesenden auf mir, zucke noch nicht mal mit der Wimper. Niemand muss wissen, was ich denke. Innerlich bin ich schockgefrostet. Zu Stein erstarrt.

»Eins sage ich Ihnen, Herr Matthey«, führt der Vorsitzende fort, »halten Sie meinen unverbrüchlichen Glauben an das Gute im Menschen nicht für Dummheit. Denn sollten wir uns wiedersehen … « Er macht eine Pause und blickt den Männern des MC, die in der ersten Reihe sitzen, einem nach dem anderen fest in die Augen.

» …werden Sie direkt für sehr lange Zeit einfahren. Ist das klar?«

Ich nicke. Mein Magen versucht sich aus der eisernen Faust, die ihn umklammert hält, zu befreien. Ich bin diese Scheiße echt leid. Umso mehr, weil die Gefahr im Raum steht, alles zu verlieren. Mein Eigentum läuft offiziell auf meinen Bruder Mike.

»Eifern Sie bitte nicht Ihrem Vater nach – und lassen Sie mich dieses Urteil nicht bereuen.« Damit schließt der Richter seine Moralpredigt ab.

»Nein, Euer Ehren«, antworte ich brav und sehe dem Mann mit hoffentlich korrekt dosiertem Schuldbewusstsein in die Augen. Ich habe überhaupt nicht vor, jemals wieder in den Knast zu gehen. Zwei Wochen U-Haft haben mir nach der Festnahme gereicht. Wie er richtig festgestellt hat, trage ich Verantwortung. Für den Club, meine Pferdchen und für das Konstrukt, das die Kohle regelmäßig blütenrein wäscht. Plötzlich ist alles in Gefahr. Vorher stand nur meine Freiheit auf dem Spiel, jetzt allerdings … Ich versuche, flach zu atmen. Das ist *mein* Nachtclub. MEINER. ICH habe ihn aufgebaut und erfolgreich gemacht. Jedoch ist die Justiz nicht dumm. Höchstwahrscheinlich haben wir das Spiel mit meinem geistig minderbemittelten Bruder zu sehr ausgereizt.

Das Hämmerchen wird lustlos auf die kleine Platte getupft und der Spuk ist vorbei. Ich stehe auf und begegne Ramons Blick. Der Vorstand ist gekommen. Die Männer meines Vaters, die ich irgendwie übernommen habe. Oder sie mich.

Charlie, der President. Riesig, mit dunklen Haaren, die immer grauer werden und seinem rheinischen Schnäuzer, dessen Enden stets perfekt gezwirbelt sind. Der dicke Ronny, der schon mit dem Alten die Schulbank gedrückt hat und permanent eine Südstaatenflagge um den Kopf trägt. Charlies Second Ramon mit seinen Löckchen, die er immer nach hinten gelt und zu einem kleinen Schwänzchen im Nacken zusammenbindet. Auch er wird langsam grau, genau wie sein Schnauzbart, dessen Enden an seinen Mundwinkeln nach unten laufen und sich mit seinem Kinnbärtchen verbinden. Paul, unser Sergeant, ist auch da. Sieht aus wie Shrek, nur weniger grün. Die anderen Mitglieder unseres MC sind nicht hier, denn Charlie wollte, dass nur der

Vorstand kommt. Nur Templer, die in Kaiserberg als gestandene Männer bekannt sind und nicht allzu viel auf dem Kerbholz haben. Vaterfiguren für den *pöhsen* Dae Matthey.

»Das Gericht soll sehen, dass wir zu dir stehen und füreinander da sind«, hat der Präsi heute Morgen verlautbart.

Mir wäre lieber gewesen, niemand hätte von dem Termin gewusst. Ist aber schlecht möglich, weil meine Post in den Tempel kommt, und mein Bruder Mike keinen Respekt vor meiner Privatsphäre hat. Daher wusste der MC schon von dem Termin, ehe ich das Anwaltsschreiben überhaupt in der Hand gehalten habe.

Wir stehen auf, ich bedanke mich per Handschlag bei unserem Templeranwalt Manni, der mir aufmunternd auf den Rücken klopft. »Wir werden das Urteil anfechten, Dae. Du musst dir keine Sorgen machen«, raunt er mir zu. »Das Urteil ist ein Skandal. Er kann das Schicksal deines Bruders nicht mit deinem Verfahren verknüpfen.«

Manni hat schon unseren ehemaligen Bundeskanzler vor Gericht vertreten und kostet in einer Stunde so viel, wie fünf meiner Pferdchen verdienen. Mir schwant, dass der Richter sehr wohl meine Befähigung, Mikes Vormund zu sein, in Zweifel ziehen kann.

Ich atme tief durch und versuche, mich zu beruhigen. *Positive thinking.* Mir bleibt die Haft erspart, das allein grenzt schon an ein Wunder. Ich lasse Manni quatschen und schlüpfe in meine Lederjacke, die über dem Stuhl hinter mir hing. Nachdenklich berühre ich den Heel in der Innentasche. Jetzt hätt ich Bock, die

Besitzerin zu treffen und mit ihr feiern zu gehen. Das Schühchen hat mir Glück gebracht und ich würde mich gern revanchieren. Vielleicht indem ich ihn ihr wieder auf ihren hübschen Fuß stecke, das niedliche Tattoo am Knöchel küsse und mich dann hocharbeite.

Mike greift nach meinem Arm.

»Tu-tut mir leid, Danny«, sagt er. Ich erwidere seinen Blick und für einen kurzen Moment beschleicht mich das Gefühl, er weiß genau, was Phase ist.

3

Dae

Heute – 62 Tage bis Tag X

Schweiß perlt auf meiner Stirn und läuft mir in die Augen. Ich halte Elas Beine weit auseinander und pumpe mit langen, tiefen Stößen in sie hinein. *Fuck!* Wie sehr ich das vermisst habe! Ihre heiße Pussy umschließt mich wie ein Handschuh. Unwirsch schüttle ich den Kopf, um den störenden Schweiß abzuschütteln. Ela keucht im gleichen abgehackten Rhythmus, wie ich ihr die Luft aus den Lungen ficke.

»Dae, ohhh Gott, Dae. Jaaa. Ohhh jaaa!«

Ich schließe die Augen, versuche, mich von meinen Instinkten leiten zu lassen, aber Ela rutscht weg. Ohne von ihr abzulassen, ziehe ich sie energisch wieder heran.

Ja.

Ich schlucke hart. *Jetzt ist es gut!* Ich steigere das Tempo, lasse meine Hüften immer schneller gegen ihr Becken klatschen.

Ela lässt sich völlig gehen, nuckelt an zwei ihrer

Finger, während sie sich mit der anderen Hand an der Kante des Schreibtischs festzuhalten versucht. Ihre geilen Titten wippen im gleichen heftigen Takt, in dem ich sie ficke. Was tut das gut, wieder in einer Muschi zu sein. Wie sehr hab ich das all die Monate vermisst!

Fuck, nein! Ihr Arsch rutscht wieder weg. Kurzerhand ziehe ich ihn raus, und Elas Kopf fährt verwirrt hoch.

Meine Hände drücken ihre Beine nach unten, und ihr Oberkörper schnellt mir entgegen.

Ich stelle sie auf die Füße und küsse sie hungrig, falle über ihren Mund her wie ein Ertrinkender über eine Wasserquelle. Ela ist mein Brunnen, ich brauche sie. Ohne von ihr abzulassen, fege ich den Schreibtisch achtlos leer, drehe sie um und drücke ihren Oberkörper runter. Sie legt die Unterarme auf und reckt mir ihren Arsch entgegen.

Jetzt! Ich muss wieder in sie, sonst explodiert mein Schwanz. Zielsicher führe ich ihn in ihre heiße feuchte Möse ein und schließe die Augen.

»Ahhh«, stöhnt Ela auf. Ich beuge mich über sie wie ein Tier, stecke ihr meine Finger in den Mund.

Ja!

Gleich … Ich will sie vollspritzen.

»Danny? Da-nny?!«, ertönt es draußen im Flur. Mike hat echt ein Gespür fürs falsche Timing.

Ela reagiert.

»Nein«, knurre ich und lege ihr warnend eine Hand in den Nacken, um sie an Ort und Stelle zu halten. Ich gehe leicht in die Knie und komme so noch tiefer. *Geil!*

Meine Eier ziehen sich schon erwartungsvoll zusammen. Immer heftiger klatschen meine Lenden gegen ihren tätowierten Arsch. Allein von dem Geräusch könnte ich abspritzen.

»Da-nny.«

Die Tür fliegt auf, und mein Bruder erscheint.

Ist das zu fassen?! Ich werde ein Vorhängeschloss einbauen. Nein, am besten direkt einen Panzerriegel. Oder Sprengfallen.

»Raus!«, knurre ich ihn an, ohne den Blick von Elas Rücken zu nehmen, der unter meinen hämmernden Stößen bebt.

Gleich bin ich so weit und niemand wird mich davon abhalten! Ohne hinzusehen, nehme ich den Vergaser, der einzig auf dem Schreibtisch zurückgeblieben ist, und werfe ihn in Richtung der offenen Tür. Scheißegal, ob er trifft und mein Bruder tot umfällt. Ich hab seit Monaten nicht mehr gefickt und Ela schmerzlich vermisst.

Jeden Tag bin ich im Geiste alle Fotzen durchgegangen, in die ich jemals Zunge oder Schwanz hineingesteckt habe. Sechs lange Monate hatte ich Zeit, mich an jede einzelne zu erinnern; sie um meine harte Latte zu fühlen, mir ihre Besonderheiten ins Gedächtnis zu rufen oder ihre Gemeinsamkeiten. Wie sie gerochen und geschmeckt haben, wie sie gekommen sind. Isolationshaft ist scheiße, und wir Templer haben eine Sonderstellung beim Staat. Da ist nichts mit Basketball und Tischtennis – nicht für mich. Darum konnte ich es gar nicht abwarten, Ela wiederzusehen. Ich pumpe meinen Schwanz bis zum Anschlag in sie, noch härter …

»Dae?« Trashs Stimme dringt vom Flur zu uns rein.

WAS WILL DER PROSPECT DENN JETZT?! Die Tür steht noch offen, verdammte Axt.

Ela dreht ihren Kopf und sieht mich an. Und dann lacht sie; ihre Schultern, der gesamte Oberkörper beben. Die Leidenschaft entlädt sich in einem Lachkrampf. Unwillkürlich muss ich mitlachen, es geht nicht anders. Ihre Wangen sind erhitzt, das knallrote Haar klebt ihr an den Schläfen, und sie sieht wunderschön aus. Ein schmerzliches Gefühl durchzuckt mich. Einmal tauche ich noch mit meinem harten, langen Schwanz in sie, Ela keucht leise, aber wir sind beide raus.

»Dae?« Trash steht in der offenen Tür. Mein alter Vergaser liegt vor seinen Füßen auf dem Boden. Wenigstens liegt mein Bruder nicht tot daneben.

»Oh, sorry. Ich dachte, ihr wärt fertig.«

Er fängt meinen fragenden Blick auf. »Na ja, ihr seid schon zwanzig Minuten hier oben, und du warst sechs Monate im Bau.«

Zwanzig Minuten, hallo?! Der spinnt wohl!

Wegen unerlaubten Waffenbesitzes haben die Schweine mich drangekriegt, die Anklage war ein Witz. Aber weil ich zum x-ten Mal gegen die Bewährungsauflagen verstoßen hatte, wurde ich eingebuchtet. Ein neuer Staatsanwalt machte meiner Verteidigung einen Strich durch die Rechnung. *Der wird mich noch kennenlernen, das Arschloch! Man sieht sich immer zweimal im Leben.*

Mit einem schmatzenden Geräusch ziehe ich mich aus Elas Fotze zurück und drehe mich mit nassem Schwanz in der Hand zu dem neuen Prospect um. Er ist Boxer, ich bin Kampfsportler. Er hat Schwergewichtsklasse – ich wiege etwa fünfzehn Kilo weniger, bin beweglicher und schneller. Kein Gegner für mich, er wär tot, ehe sein Hinterkopf auf den Boden schlägt. Ich kenne den Typen nur flüchtig, er ist noch nicht lange Anwärter auf ne Mitgliedschaft, während ich gut und gerne auf all diesen Clubscheiß verzichten könnte, in den ich hineingeboren wurde.

Meine Kiefermuskeln mahlen aufeinander, und ich muss mich beherrschen, ihm nicht einfach seinen Adamsapfel einzutreten. Dummer Wichser!

»Die Neue. Lola«, presst er heraus, als er meinen Blick auffängt.

Dieser Name sagt mir auch nichts. *Sechs Monate sind echt zu lang*. Ela muss sie eingestellt haben, während ich nicht da war.

Sofort richtet sie sich auf und zieht den Rock über ihren süßen Arsch nach unten.

»Was ist mit Lola?«

Nacktheit war nie ein Problem für sie, aber jetzt geht es um ihren Job als Hausdame. Da ist sie penibel und stopft ihre weichen Brüste mit den dunkelroten, harten Nippeln hastig wieder zurück in den schwarzen Spitzenkäfig. Der Anblick macht mich derart scharf, dass ich jetzt mit bloßen Händen jemanden töten könnte. Trash zum Beispiel. Ich war Monate weg, aber kaum will ich mal einen Moment alleine sein, stehen alle Schlange und wollen was von mir. Ich wundere mich, dass mir nicht Dampf aus den Ohren quillt, denn innerlich koche ich.

Trash sieht mich fragend an. Na, wenigstens weiß er, wer hier das Sagen hat, denn Ela ist es nicht.

»Sprich!«, belle ich den Neuen an und ziehe mir das Gummi ab. Trash scheint sich irgendwie in meine Clubs reingezeckt zu haben, aber das kläre ich später. Solange er die Pferdchen in Ruhe gelassen und in meiner Abwesenheit seine Befugnisse nicht überschritten hat, kann ich damit leben.

»Betty hat angerufen, dein Telefon liegt unten und ich hab gedacht, es sei wichtig. Ein Kunde hätte gesagt, gegen Aufpreis macht's Lola ohne Gummi«, antwortet er zögerlich.

Die Mobiltelefone müssen unten am Eingang auf einem Wandregal abgelegt werden. Dort steht eine große Schale vor einer Bleiwand, die nach drinnen Strahlungen abschirmt. Man weiß ja nie, was die Dinger alles mithören.

Soso, er ist an mein Telefon gegangen. An was noch?, frage ich mich stumm und sehe, wie er Ela mit offenem Mund anstarrt.

»Bitte? Das kann nicht sein.« In Elas Blick spiegeln sich Unglauben und Angst. Angst vor mir. Ich hab noch immer mein Rohr in der Hand und frage mich, warum diese Nachricht nicht warten konnte, bis wir fertig gewesen wären. Zwanzig Minuten, ts!

Verdrossen schiebe ich meinen Prügel in die Hose und knöpfe sie zu. Was für ein beschissener Tag! An meinem Bock der Auspuff kaputt, abgebrochener Sex und ein Pferdchen, das ohne Geschirr durch die Gegend hoppelt. Ein Blick von mir genügt, und Ela wird gesprächig.

»Sie ist seit … äh, einem Monat bei uns. Sehr ruhig. Ukrainisch oder so.«

Mir schwant Übles. Was, wenn die Bluejackets uns jemanden untergeschoben haben, um uns dann zu verpfeifen? Dieser neue Bikerclub geht dem MC schon seit Gründung vor vier Jahren auf die Eier, und eigentlich haben sie in Kaiserberg nichts zu suchen. Aber ist die Katze aus dem Haus, tanzen die Mäuse auf dem Tisch. Was, wenn ich die Katze bin und der MC während meiner Abwesenheit nicht gut auf meine Läden aufgepasst hat?

Ich umrunde den Schreibtisch und reiße die mittlere Schublade auf, darin liegt mein Springmesser.

Ich stecke es mir in die Hose. Eine neue Knarre steht ganz oben auf der Einkaufsliste. Scheiß Bullen, die meine Pistole beschlagnahmt haben.

»Wo?« Noch ist meine Stimme leise, aber nicht mehr lange. Ich ärgere mich, dass ich erst nachfragen muss. Solche Infos will ich ungefragt geliefert bekommen. Mittlerweile habe ich drei Läden: einen SM-Club, ein Massagestudio und eine Tabledancebar. Niemand sagt Puff heutzutage. Oder Bordell.

»Im *Déjà Vu*«, antwortet Ela sofort. »Soll ich mitkommen? Ich habe auch ein Hühnchen mit ihr zu rupfen.«

Ich atme tief ein und schüttle stumm den Kopf. Das erledige ich selbst.

Es gibt genug Nutten, wir sind nicht auf eine angewiesen. Vor allem nicht, wenn es uns die Konzession kosten könnte. Falls ein Kunde plaudert oder jemand vom Ordnungsamt nen Kontrollfick macht, sind wir am Arsch. Die machen mir die Läden zu, und ich gucke in die Röhre.

»Ihre Schicht hat vor einer Stunde begonnen«, ergänzt Ela.

Ich weiß, was ich zu tun habe und gehe an dem Boxer vorbei, der mich ungläubig anstarrt.

»Mike und du, ihr seid ja wie Zwillinge. Also äußerlich«, beeilt er sich hinzuzufügen. Ich ignoriere ihn.

»Wie war der Knast so?«, fragt er mit einer Begeisterung, als wollte er einen Erfahrungsbericht vom letzten Rammstein-Konzert.

»Hast du deinen Vater drinnen gesehen?«

Ich atme tief ein. Anscheinend enthalten seine Steroide eine Extraportion weiblicher Hormone, denn er quatscht eindeutig zu viel. Mir ist klar, dass der Prospect neugierig auf den Sohn des berüchtigten Kurt Matthey ist. Auf den nicht-bekloppten Sohn. Das ist aber nicht mein Problem.

»Hey, Trash!« Ronny schleppt einen Sack Grillkohle. »Falsches Thema. Hör auf, Dae auf den Sack zu gehen, wenn …«

»Ich habe keinen Vater, mehr musst du nicht wissen«, belle ich den Boxer an, der in der Beliebtheitsskala aller Member gerade einen der hinteren Plätze belegt.

Der Alte lebt natürlich noch (Unkraut vergeht nicht, man muss es ausrotten), nur ist er nicht *mein* Alter. Bloß noch *der* Alte, der lebenslänglich mit anschließender Sicherheitsverwahrung im Bau vor sich hin schimmelt. Natürlich sind die Bullen nicht so bekloppt und stecken Vater und Sohn zusammen in einen Knast. Der Alte ist weit weg, während ich nur fünfzig Kilometer entfernt von Kaiserberg saß. Niemand steckt Templer zusammen, das könnte uns ja Spaß machen. Sollte ich den Alten jemals wiedersehen, werde ich ihn töten und das wird mir definitiv Spaß machen.

. . .

Mike guckt aus der Küche um die Ecke und strahlt. »Dann-ny. Hilfs du beim-m Grill anzündn-n?«

»Jetzt nicht, Mike. Ich muss kurz weg.«

Mein geistig zurückgebliebener Bruder darf nicht viel, und unser Präsident ist sein Vormund, seitdem ein Richter meine Vormundschaft für Mike vor ein paar Jahren infrage gestellt hat. Damit sind wir der Gefahr zuvorgekommen, dass mein Bruder einen gesetzlichen Betreuer erhält. Der Alte hat nämlich schon früh angefangen, alles auf Mike zu überschreiben, und ich hab es mit den beiden Clubs, die ich in den letzten Jahren dazu gekauft habe, genauso gemacht. Auch der Tempel gehört offiziell Mike und wird dem MC bloß vermietet. Vorsorglich ist mein Bruder kein Member, obwohl er das nicht weiß und sogar eine Kutte besitzt, auf die er mächtig stolz ist. Ohne Templer-Mitgliedschaft hat der Staat keine rechtliche Handhabe, den Besitz zu konfiszieren, falls es mal hart auf hart kommt.

Leider hat Mike dieser eleganten Idee einen Strich durch die Rechnung gemacht, als er anfing, sich für Mädchen zu interessieren, genauer: Als er begann, sich nicht im Griff zu haben. Mit fünfzehn schlug er zum ersten Mal eine Mitschülerin krankenhausreif. Damals hat der Alte festgelegt, dass ich dafür den Kopf hinhalte. Immer wieder. Das ist nur möglich, weil wir uns so ähnlich sehen. Da ich die Schuld am Zustand meines Bruders trage, war ich einverstanden. Der Alte ist nie müde geworden, mir unter die Nase zu reiben, wie ich Mike fast den Schädel gespalten hätte. Weder Mike noch ich können uns daran erinnern, wir waren zu klein. Fest steht bloß: Mike ist, wie er ist, und man darf ihn nicht aus den Augen lassen.

Auf dem Weg nach draußen entdecke ich zwei Gasflaschen.

»Was macht diese Scheiße hier?«, frage ich in die Runde. Mein Blick fällt auf Ramon, der am Laptop arbeitet.

»Keine Sorge, die sind leer«, antwortet er, ohne den Blick vom Bildschirm zu nehmen.

»Korrigiert mich, wenn ich mich irre, aber stecken wir nicht Oberkante Unterlippe in den Vorbereitungen zu einem der größten Coups *ever*?« Mein Ton bekommt eine leicht unfreundliche Note.

»Ja, und was hat das eine mit dem anderen zu tun?«, blafft Ramon zurück.

»Vielleicht kannst du geldgieriger alter Fuck einfach mal zwei Wochen lang keine Bankautomaten sprengen?«, entgegne ich angepisst.

»Das geht dich einen Scheiß an.«

»Mit deiner Gier …« Ich unterbreche mich selbst. Was red ich? Ihm das Risiko deutlich zu machen, ist wie nem Idioten zu erklären, dass er ein Idiot ist.

Seit Monaten planen wir den Überfall auf ein Geldtransportunternehmen, um mit den geklauten Transportern die LZB auszuräumen. Der Termin steht und selbst mein Knastaufenthalt hätte daran nichts geändert. Wenn ich die gesamte Haftdauer von zehn Monaten hätte absitzen müssen, wäre ich nicht dabei gewesen. Aber sechs Monate scheinen für den Richter ausreichend, damit er glaubt, ich würde nie wieder was Ungesetzliches tun.

He he.

Wir rechnen mit einer Beute von über hundert Millionen. In knapp acht Wochen ist es so weit.

»Dae hat recht«, donnert es aus dem Bunker und plötzlich steht Charlie in der Tür. Der 1,95m große Mann mit dem dunklen, graumelierten Haar und der schwarzen Lederkutte ist Präsident, seit der Alte einsitzt. Sein Markenzeichen, der prägnante grau-schwarze Schnauzbart, ist an den Enden wie immer perfekt gezwirbelt.

»Die Gasflaschen verschwinden hier sofort, Mo! Gleich steigt ne Party und jeder, der sich nicht mit ner Kneifzange die Hose zumacht, wird kapieren, was hier läuft.«

Ramon erhebt sich stumm und greift sich die Flaschen.

»Und bis zum Tag X werden ab sofort alle die Füße stillhalten. Noch nicht mal ein Knöllchen wegen Falschparkens will ich sehen!« Die Männer, die sich im Tempel befinden, nicken.

Na toll! Ich verdrehe die Augen. Rückhalt vom Präsi, das hat mir gerade noch gefehlt!

»Dae, kommst du mal?«

Das war ja klar! »Keine Zeit …«

»Nur zwei Minuten«, unterbricht mich Charlie harsch und winkt mich zu sich in den Bunker.

Ich folge ihm und lasse die schwere Stahltür hinter mir zuknallen. Jetzt stehen wir im abhörsicheren Sitzungsraum unseres Tempels. Der Bunker wirkt ein wenig wie ein mittelalterlicher Klosterraum ohne Fenster. An der Wand prangt eine schwere Kupfertafel mit unserem Wappen und den Templer-Regeln wie Bruderschaft, Loyalität, Gehorsam und dem ganzen Kokolores. In der rechten Ecke steht eines der alten Eisen des Alten auf Hochglanz poliert und erinnert daran, dass das hier ein Motorradclub ist, kein Ritterorden. An der Wand vor Kopf hängen lauter Kutten getöteter oder verstorbener Templer. In der Mitte des Saals steht ein riesiger, länglicher Tisch aus Eiche, in den das Templer-Wappen aus Metall eingelassen ist. Darunter prangt unsere Devise: NO MERCY.

»Du hast recht. Ich hab nicht drüber nachgedacht, wie groß das Risiko ist, wenn die Jungs weiter Geldautomaten sprengen. Und dass sie die leeren Gasflaschen hier bunkern, ist genauso kacke.«

Charlie setzt sich vor Kopf in seinen hohen Lehnstuhl.

»Manchmal vergesse ich, wie ähnlich du deiner Mutter bist«, sagt er nachdenklich und haut mich damit fast aus den Stiefeln.

Mit allem hatte ich gerechnet, nur nicht damit. Vor lauter Überraschung bekomme ich keinen Ton raus.

»Vroni hätte die Flaschen auch nie hier geduldet. Kurt hingegen wäre das scheißegal gewesen. Wahrscheinlich hätte er in der Nacht vor dem Überfall noch ne alte Oma beklaut und ein paar Typen in der Altstadt aufgemischt. Einfach, weil er das Risiko liebt und ein Arschloch ist.« Er seufzt tief.

Charlie hat recht. Als der Alte noch nicht im Knast saß, war ihm kein Risiko groß genug, hatte er vor nichts Angst und wenn jemand meinte: *Das geht nicht!*, war das Ansporn, um allen das Gegenteil zu beweisen.

»Ich war nie im Bau«, spricht Charlie weiter. »Ich weiß nicht, wie es da ist. Aber ich kann mir vorstellen, dass sowas nicht spurlos an einem vorbeigeht. Du hast all die Jahre ohne Murren die Schuld für Mike auf dich genommen. Ich hätte das nicht gekonnt, das sag ich dir ganz ehrlich.«

Mit der Rechten zwirbelt er seinen Schnäuzer. »Paul sitzt seit acht Monaten, zwei Monate länger als du und er hat noch mindestens drei Jahre abzusitzen. Bei guter Führung.«

Paul ist unser SaA, Generalsekretär der Templer. Er sitzt wegen bandenmäßigen Betruges auf Mallorca im Knast und wartet auf Auslieferung in die alte Heimat. Der gesamte Vorstand ist mehr oder weniger im gleichen Alter, zwischen Mitte vierzig und fünfzig. Die Crew ist deutlich jünger.

»Ich werde ne Clubsitzung einberufen und ich will, dass du der neue Sergeant wirst.«

»Never!«, schießt es wie eine Pistolenkugel aus mir heraus. *Will der mich verarschen?!*

»Dae, bitte!« Charlie verdreht die Augen. »Ich weiß, dass du nicht so werden willst wie Kurt. Musst du ja nicht. Überleg es dir einfach. Du hättest ein besseres Standing ...«.

»War's das?«, unterbreche ich ihn. »Ich hab zu tun.«

Damit drehe ich mich um und stemme die schwere Stahltür auf.

»Du wirst deinem Schicksal nicht ewig entkommen können, Dae!«, ruft er mir nach, ehe die Tür hinter mir zuknallt, wie ein unheilvolles Omen.

4

Tess

»Ja, Mama.« Ich rolle mit den Augen.

»Dreißig Umzugkartons? Als dein Vater mir das erzählte, hab ich gedacht, der will mich verarschen.«

Ich atme tief ein und halte die Luft an. Wie ich meine Mutter einschätze, ist sie noch nicht fertig, obwohl wir ein Auslandstelefonat führen. Nach Ibiza, denn dort urlauben Sarah, Nicole und ich gerade. Papa hat geholfen, die Wohnung in Schwabing aufzulösen. Anschließend sind Sarah und ich direkt hierher geflogen. Nicole kam aus Düsseldorf nach. Mama hasst Papa, und mir ist es am liebsten, wenn die zwei keinen Kontakt haben. Leider kommen sie sich ab und an in die Quere, und meistens bin ich der Grund: ihr einziger gemeinsamer Nenner. Während der Tirade tapse ich barfuß über die kühlen Fliesen und hänge den ausgewaschenen Schnürbikini zum Trocknen über einen der Plastikstühle auf dem Balkon unseres Hotelzimmers. Meersalz zerstört den Stoff und die schönen bunten

Farben, wovor ich meinen neuen Bikini gern bewahren möchte. Gleich geht's runter ins Hotelrestaurant und danach auf die Piste. Sarah steht noch unter der Dusche und Nicole trainiert im Fitnessbereich.

»Ich habe deinem Vater gesagt, dass er sie bei sich einlagern soll, ich habe keinen Platz im Keller. Was ist da eigentlich drin?«

»Bücher.«

»In dreißig Kartons? Ich dachte, wir leben im Digitalisierungs-Zeitalter. Ist doch alles online heutzutage.«

»Nicht bei Jura«, entgegne ich und öffne meinen Koffer. »Außerdem sind da auch Sarahs Bücher und Unterlagen drin. Wenn wir wieder zuhause sind, werden wir auspacken und Sarah nimmt ihr Zeug mit.«

Ich ziehe einen pinkfarbenen String mit Strasskette aus dem Koffer und durchwühle den restlichen Koffer. Wo hab ich denn den passenden BH?

»Ach so. Wollt ihr gleich noch los?«

»Ja.« Ich hole ein kurzes Sommerkleid mit freiem Rücken raus. Nein, darunter kann ich keinen BH tragen.

»Du passt aber schön auf, ja?«

Die Stimme meiner Mutter ist blitzschnell von »hätte ich doch verhütet, das Kind ist eine wandelnde Katastrophe« in mütterliche Besorgnis umgeschlagen. Fünf Jahre lang (abzüglich einiger Ferienwochen) bin ich ohne sie klargekommen. Aber natürlich wird mir ausgerechnet eine Woche Ibiza zum Verhängnis werden, weil sie nicht da ist, um auf mich aufzupassen.

»Trink am besten nur aus Flaschen, Mäuschen. Die

mischen dir da K.o.-Tropfen rein, wenn du nicht aufpasst.«

Zu dem blauen Kleid müsste ich mir noch die Nägel passend lackieren. Und welche Schuhe ziehe ich dazu an?

Die Badezimmertür öffnet sich, Dampf quellt heraus und eine rothaarige Nymphe im quietschgelben Handtuch erscheint wie ein Wesen aus einer anderen Dimension.

»Immer noch deine Ma?«, flüstert sie und deutet auf mein Ohr.

Ich nicke und schneide eine genervte Grimasse. »Schöne Grüße von Sarah.«

»Grüße zurück. Willst du wirklich bei Papa wohnen?«

»Boah Mama. Du wohnst in der Eifel. Soll ich morgens um halb sechs mit dem Bus stundenlang durch die Pampa gondeln, nur weil du nicht willst, dass ich bei meinem Vater wohne?«

»Ist ja schon gut. Aber du kannst jederzeit kommen. Dein Zimmer ist immer …«

»Ja, danke«, unterbreche ich sie. »Wir wollen jetzt los, ich hab dich lieb.«

»Hast du Kondome?«

»Ja-ha!«

»Achte aufs Ablaufdatum!«

Wortlos drücke ich sie weg, werfe das Telefon aufs Bett und raufe mir die Haare. »Großer Gott im Himmel!«

Sarah grunzt zustimmend und lässt sich aufs Bett

fallen. »I hear ya, sista. Meinen Kind-pass-auf-dich-auf-Anruf habe ich schon hinter mir.«

Ich werfe mich neben sie. »Das kann ja heiter werden, wenn wir wieder in Kaiserberg wohnen.«

»Davon kannst du ausgehen!«

Wir seufzen im Chor.

5

Dae

Mies gelaunt greife ich mir Lederjacke und Helm. Scheiß Tag! Ich marschiere in die eingeschossige Werkstatt, die rechts neben dem Tempel liegt und gleichzeitig als Bike-Garage dient. Meine Ninja hält mir aufgebockt ihren nackten Arsch ohne Hinterrad entgegen, meiner Gixxer fehlt der Auspuff, also muss ich die Yammi nehmen.

Ich liebe Motorräder, aber hasse Motorradclubs. Meine Kutte ist – ich weiß gar nicht, wo. Wahrscheinlich bei den Putzlappen im Keller. Oder jemand anderes hat sie sich unter den Nagel gerissen. Deswegen ist es völlig banane, mich in den Vorstand wählen zu wollen. Charlie wird mich nicht überreden, *SaA* oder irgendwas anderes zu werden. Templer zu sein *und* ein Matthey reicht völlig. Als Sohn des ehemaligen President bin ich im Tempel aufgewachsen. Ich trage die Templer in der Haut – eine weitere Jugendsünde, die ich zutiefst bereue. Gut möglich, dass viele denken, ich müsste ein hohes Tier werden. Will ich aber nicht. Am liebsten würde ich mit einem Bike bis nach Portugal runterfahren und für meinen Lebensunterhalt angeln. Vielleicht ist der Raubüberfall meine Chance, um genau das wahr zu machen.

»Wo willst du hin?«, ruft Luke launig rüber. »Heute Abend ist doch Arsch, Titten und Bratwurst-Party.« Er deutet mit dem Kopf auf das Banner über dem Tor und hebt zwei Bierfässer aus Ramons Kombi.

Ich verdrehe die Augen. »Super! Zwanzig Kerle beim Flatrate-Ficken, während meine Pferdchen sich die Plateaus in den Bauch stehen.«

»Hey, das ist deine Welcome-Back Party. Ein paar deiner Mädels kommen auch.« Er wackelt mit den Augenbrauen.

»Davon hat mein Kontostand aber nichts«, knurre ich. Was die Ladys in ihrer Freizeit machen, geht mich nichts an, ergo verdiene ich auch nichts daran.

Trash kommt hinzu und hievt die Würstchen-Pakete aus Lukes Kofferraum. »Dae hat ja eben schon einen weggesteckt, der gönnt uns bloß keinen Spaß.«

Der neue Prospect verdient echt meinen Respekt. Kann mich an keinen Typen erinnern, der jemals zuvor so dermaßen schnell bei mir verschissen hat.

»Erstens: Geh Klos auslecken. Zweitens: Wenn du Pissnelke nicht mittendrin reingeschneit wärst, hätte ich vielleicht …« Ich hole tief Luft und beschließe, mir den Atem zu sparen. Spielt eh keine Rolle mehr.

»Uhh, ein Rohrkrepierer.« Luke verzieht schmerzhaft das Gesicht. »Deshalb hast du so schlechte Laune.«

Ich lasse die beiden wortlos stehen und rolle meine R1 zum ersten Mal seit sechs Monaten aus der Werkstatt. Einer der Vorteile, ne Streetfighter zu fahren ist, vor Bullen und anderen Wichsern Ruhe zu haben. Wer mich nicht kennt, hält mich für einen normalen Biker. Während die Jungs immer mit Kutte fahren und schon an den Harleys von weitem erkannt werden, liebe ich es inkognito. Ich hasse Lowrider und werde den Teufel tun, eine zu fahren. Der Alte hat mich auf seinen Eisenhaufen oft genug mitgenommen, das reicht weit bis ins nächste Leben. Ich mag Harleys – reparieren und anschauen. Aber da ich noch Sex habe, fahre ich so was nicht. Alteisen sind (wie der Name schon sagt) was für alte Männer. Ich brauche Geschwindigkeit und Adrenalin, keine Schlaftablette unterm Sack.

Ich starte die Maschine, und mein Prügel wird fast wieder hart. Was für ein Sound! Und wie die Vibration meine Eier massiert … Ich schließe kurz die Augen und schlucke trocken. Was hab ich das vermisst! Wie überhaupt alles. Ich blicke kurz hoch und sehe Ela am Fenster meines Büros stehen. Echt beschissen, dieser Tag!

Ich gase an und biege langsam vom Hof auf die Straße. Ein irrsinniges Gefühl, wieder diese Power unterm Arsch zu spüren. Fast kommen mir die Tränen, die Iso-Haft hat mich weich gemacht. Ich genieße die ersten Meter und fühle nur. Meine Körperspannung, wie ich sitze, sich meine Beine um den Körper der Fighter schmiegen. All die angesammelten Wochen, Tage, Stunden habe ich mir das vorgestellt: Den einen Moment, wenn ich wieder auf meinem Bock sitze. Ich lehne mich nach vorn und wünschte, Ela würde unter mir liegen. Noch besser: Ela vor mir auf dem Motorrad.

Im Fahren ficken. Das ist doch ein guter Plan fürs Wochenende.

Keine fünfzehn Minuten später bin ich am *Déjà Vu* und steige ab. Drei Autos stehen auf dem Parkplatz, die meisten Gäste kommen mit dem Taxi.

Ich klingle, weil ich Idiot den Schlüssel vergessen habe. *War wirklich zu lange weg.*

»Dae, schön dass du wieder da bist«, begrüßt mich Betty und hält mir die Tür auf. Die rothaarige Schönheit ist die Frau meines ehemals besten Freundes. Ehemals, weil er sie mit einem Grundschulkind und schwanger – ohne ein Wort – sitzen ließ und spurlos verschwand. Seitdem kümmere ich mich um sie. Ich habe drei Hausdamen: Ela, Betty und Shakira.

Hausdamen sind für den Club und die Mädchen zuständig. Normalerweise sind sie hinter der Theke, öffnen die Tür, kassieren die Gäste ab und kontrollieren die Zimmer oben. Sie sorgen für Ordnung und passen auf, dass es gerecht zugeht. Die drei arbeiten in Schichten und wechseln sich ab. Während ich weg war, hatte Ela das Sagen. Ich habe sie fest angestellt, sodass sie ihre beiden Kinder ernähren kann, um die sich deren Väter einen Scheiß kümmern. Zusätzlich fährt sie einen schicken Firmenwagen. Betty und Shaki sind offiziell Minijobber. Was sie schwarz einstecken, geht mich nichts an, das machen die Chicks unter sich aus.

»Dae.«

Candy sitzt an der Theke und schnurrt mich an. Die

Fünfunddreißigjährige sieht aus wie immer mit ihren blondgefärbten, auftoupierten Extensions und ich gebe ihr einen Kuss. Sie stinkt nach Alkohol. *Aha.* Auch wie immer – und wir haben erst seit einer Stunde geöffnet.

Britany wickelt sich gerade um die Stange auf der kleinen Bühne und ein Gast beobachtet sie dabei.

»Der Herr sitzt dort allein, weil …?«, knurre ich leise.

»Du nicht«, halte ich Candy zurück. »Du gehst dir die Zähne putzen oder kau Petersilie. So gehst du zu keinem Gast!«

Samara kommt durch den Vorhang und reißt die Augen auf, als sie mich sieht. »Hallo, Chef. Wie war der Knast?«

Die zierliche Deutschrussin arbeitet seit zwei Jahren hier und müsste mich eigentlich besser kennen. Ich sehe sie ruhig an. »Du hast heute Abend frei.«

»Was? Warum?«

Betty schaltet schnell. »Du hast Dae gehört. Geh, zieh dich um und fahr nach Hause. Du kannst froh sein, wenn du morgen wiederkommen darfst.«

»A-Aber … ich muss den Stromabschlag morgen bezahlen, sonst drehen die mir den Saft ab. Ich hatte fest mit dem Geld gerechn …«

Wieder geht Betty dazwischen und gibt ihr eine schallende Ohrfeige. Ich liebe es, dass sie mich so gut kennt. Sie tut das, um Samara zu schützen. In dieser Beziehung kann ich sein wie der Alte, brutal und rücksichtslos. Mit Bettys Maulschelle ist sie besser bedient, als wenn ich mich genötigt sehe, zu reagieren.

Sie schubst das Mädchen aus dem Raum, und der

Vorhang fällt hinter den beiden wieder in Form. Ich habe früh gelernt, wie effektiv es ist, nicht zu reden. Als ich klein war, habe ich gern zugehört. Mittlerweile hört man mir zu, denn je weniger ich rede, desto mehr Bedeutung bekommen meine Worte.

Und je leiser ich spreche, desto mehr spitzen sie die Ohren. Das unterstreicht meine Macht; den Mythos, der sich um mich gebildet hat. Ich kann die Clubs nicht führen, wenn man keinen Respekt vor mir hat. Apropos …

»Wo finde ich Lola?«, wende ich mich an Candy.

»Die hat nen Gast.«

Ich schlage ihr die Limo aus der Hand. Das Glas fliegt hinter die Theke. Ich weiß, dass mindestens ein Kurzer untergemischt war. Offenbar hat sie vergessen, wer fragt – oder der Alkohol hat ihr das Hirn vernebelt.

Ich packe sie am Hals und zwinge sie, mich anzusehen.

»Spreche ich undeutlich? War ich zu lange weg?«

Ihre Augen sind weit aufgerissen, sie wagt nicht zu atmen. Mein Daumen liegt auf ihrem Puls, der in die Höhe schnellt. Ich merke, wie sie nachgibt.

Ich ficke meine Pferdchen nicht oft. Nur manchmal und nicht jede. Sie müssen es wollen, ich muss Lust haben, und sie dürfen sich nichts erhoffen. Wir sind nicht mehr in den 80ern, in denen man die Mädchen mit harter Hand und Schwanz unter Kontrolle hält. Die Damen kommen freiwillig und betteln um Arbeit. Dafür brauchen sie nicht von mir eingeritten werden. Die meisten haben Erfahrungen in anderen Clubs, ehemaligen Zuhältern, von brutalen Ex-Männern oder Vätern.

Sie kommen, weil sie wissen, was sie hier verkaufen. Die Gäste wollen ständig Neue, die Nachfrage ist groß. Wenn eins der Mädchen nicht gut ist, bekomme ich das mit. Die Umsätze verraten mir alles über ihr Talent. *Don't fuck in the factory* ist eigentlich ein gutes Motto, und ich lebe – bis auf Ausnahmen – danach. Außerdem habe ich nicht gern eine Favoritin, das bringt nur Ärger; denkt dann, sie sei was Besseres. *Been there - done that.* Nein, diesen Fehler begehe ich nicht noch mal. Mit Ela ist es anders, weil sie nicht anschafft und tough ist. Sie hat eine Sonderstellung. Meine Pferdchen verdienen ihr eigenes Geld, treten die Hälfte an mich ab und haben feste Arbeitszeiten. Wenn sie mehr Geld brauchen, arbeiten sie halt mehr.

»Ernsthaft? Willst du, dass ich meine Frage wiederhole?« Meine Stimme ist leise, mein Gesicht ganz nah vor ihrem. Ich hasse es, mich zu wiederholen und jeder in meinem Dunstkreis weiß das.

»Lola ist im Pinky.«

Na also. Ich lasse Candy los, und sie eilt hinter die Theke, um die Sauerei aufzuwischen. Pinky. Die pinkfarbene Raufasertapete ist dermaßen hässlich, dass ich den Raum nur ungern betrete.

Der Laden müsste dringend renoviert werden. Hier kostet Französisch vierzig Euro bei fünfzehn Minuten. Ficken sechzig Euro für zwanzig Minuten, eine ganze Stunde kostet hundertfünfzig. Manche Mädchen bestimmen ihren Preis selbst, wenn sie lang genug dabei sind oder Stammkunden haben. Mir ist das egal, solange sie mir die Hälfte abgeben, denn das ist die Zimmermiete. Das meiste verdienen wir mit Getränken, an denen die Mädchen auch beteiligt werden. Schampus geht am besten. Nicht das teure französische Gesöff, sondern Apfelschorle mit Sprudel. Nur Label und Flaschen sind echt, schließlich sollen die Pferdchen nüchtern bleiben. Die Kunden kennen das Spiel. Sie bestellen den Mädchen Sekt oder Schampus für mindestens hundert Euro und bleiben selbst bei ihrem Bier oder Kaffee.

Ob die Pferdchen sich auch in den Arsch ficken lassen, liegt bei ihnen, aber das muss vorher abgesprochen sein. Der Spaß kostet zweihundert. Die Mädchen müssen sich vorbereiten, sauber sein und grundsätzlich auf ihre Ernährung achten. Das ist bei Müttern mit Familie fast nicht zu machen, und ich möchte keine Beschwerden, wenn ein Gast angekackt wird. Das ist widerlich – ich weiß, wovon ich spreche. Also rufen die Gäste vorher an. Anal auf Bestellung sozusagen. Dann geht das Pferdchen, macht ne Darmspülung und weitet sich schon mal. Bei Anal und Fisten erlaube ich Alkohol, sonst nicht. Meistens dröhnen sie sich eh mit anderen Drogen voll, wovon ich nichts mitbekommen darf, sonst müsste ich sie rauswerfen. Drogen toleriere ich nicht. Wenn ich gewahr werde, dass sie stoned sind, fliegen sie. Denn fällt mir das auf, bemerken es die Gäste auch und das ist schlecht fürs Geschäft. Eigentlich ist mir egal, was sie tun und welche Hilfsmittel sie benutzen, um Geld zu verdienen. Sie dürfen sich halt nur nicht von mir erwischen lassen.

Einige der Damen haben Spaß an der Arbeit, die meisten nicht. Das hier ist kein privater Sex, sondern ein Job. Meine Girls sind Profis, nicht notgeil. Die Gäste sind anspruchsvoll, und die Pferdchen müssen in der Manege spuren. Ich halte nichts davon, Frauen zu unterdrücken. Sie erniedrigen sich schon ganz von allein und am meisten vor sich selbst. Warum sollte ich ihre *Mind Games* noch unterstützen? Als ich noch feucht hinter den Ohren war und dieser Club noch dem Alten gehörte, hat man ein Pferdchen mit einer Nadel im Arm gefunden. Exitus.

Selbst ich hatte schon einen Zwischenfall, weil eins der Mädchen sich die Pulsadern aufgeschnitten hatte. Nein, nicht der Job war der Grund, sondern weil ihr Stecher sie wegen ihrer Schwester sitzengelassen hat. Der Notarzt kam gerade noch rechtzeitig. Andere haben es mit Tabletten versucht. Es ist immer das Gleiche mit den Weibern und ihren Problemen.

Sie müssen sich wohlfühlen. Sicher. Im Laufe der Jahre behaupte ich von mir, ein Arbeitsumfeld geschaffen zu haben, in dem die Ladys relativ gelassen arbeiten können. Meine Hausdamen haben die Zickereien unter Kontrolle. Meistens. Stutenbissigkeit und Missgunst sind die Pest und meine Clubs verseucht davon. Schlimm, dass sie sich gegenseitig noch nicht mal den Dreck unter den Fingernägeln gönnen, denn mehr ist es nicht, was sie hier bekommen. Zwei der Dominas sind die Einzigen, die nicht von staatlicher Unterstützung leben. Alle anderen sind alleinerziehend oder mit einem dummen Pisser zusammen. Im Massagestudio und *Domi* reihen sich noch ein paar Studentinnen ein. Sie machen die Beine breit für die Illusion vom schnellen Geld oder weil sie meinen, nichts Besseres verdient zu haben. Und täglich hoffen sie auf jemanden, der ihnen sagt, dass das nicht wahr ist.

Ein Trugschluss zu glauben, hier hätte man mehr Geld als beim Discounter an der Kasse. Die Kohle, die hier verdient wird, geben die Mädchen direkt wieder aus. Für ihre Nägel, Titten, Haare. Alles künstlich. Maskierung kostet Geld. Genau wie Klamotten. Discounter stellen Kittel, hier müssen die Pferdchen ihre eigenen Klamotten mitbringen. Meinetwegen könnten sie ihre Dienste auch im Frottebademantel anbieten. Merkwürdigerweise empfinden die Damen einen hohen Konkurrenzdruck untereinander. Der hilft uns allen, denn das spornt sie an. Die heißesten Plateaus, die schärfsten Dessous … Dieser ganze Klimbim verschlingt ihren kompletten Umsatz. Sie brauchen die Verkleidung, um Geld zu verdienen – und brauchen das Geld, um sich zu verkleiden. Ein Teufelskreis. Aber ich will mich nicht herausreden, mir nützt ihre Dummheit. Sie finanziert mir meine Motorräder, den Tempel … Die Kohle, die hier auf Rücken und Knien verdient wird, ernährt uns alle.

Wir haben auch Live-Cams, allerdings lief es schon mal besser. Kostenlose Amateurpornos machen der Branche das Leben schwer. Und Instagram. Ob die Typen sich vor einer Influencerin mit Schmollmund einen runterholen, die ihren makellosen Arsch in die Kamera hält, oder ob eins meiner Mädchen sich einen Vibrator in die Muschi steckt, scheint immer weniger einen Unterschied zu machen. Die Typen wichsen auf alles, was rund ist: Arsch, Titten, Lippen.

Ich muss Ela fragen, ob sie Ideen für die Renovierung hat – und Ronny, ob genug Geld da ist. Er ist der Schatzmeister des MC, und ich vertraue ihm. Ronny ist loyal bis aufs Blut und ich weiß, er würde mich nie hintergehen. Das mag daran liegen, dass er dem Alten lange Jahre eng verbunden war. Aber sei's drum. Er hat mit Ela die Abrechnungen gemacht, während ich nicht da war, und ich will wissen, wie lange wir schließen können. Länger als zwei Wochen dürfte schwierig werden, sonst wandern die Gäste ab. Wenn ich jedoch noch einen Tag länger auf diesen abgeranzten schwarzen Veloursteppich, die Spiegelfliesen und die mit rotem Kunstleder bezogenen Hocker gucken muss, dreh ich durch. Wir müssen uns dem Zeitgeist anpassen, sonst reiten die Pferdchen demnächst nur noch für die Hälfte. Männer lassen sich vom schönen Schein blenden; die Fotze kann die Gleiche sein, aber in einem gehobenen Ambiente rotzen sie ihren Saft locker mit zweihundert Euro mehr raus. Vielleicht sollte ich mich selbst um die Renovierung kümmern. Rot und schwarz sind out. Wir brauchen Stil. Barock kommt gut, genauso wie 1001 Nacht. Teure Clubsessel, Kupfer und Gold sind in. Mir schwebt einiges vor. Wir könnten die Preise erhöhen und ich bekäme bessere Girls. Im Second Hand in der Innenstadt bleiben wir weiterhin günstig, allerdings liegt das *Déjà* außerhalb. Man könnte mehr draus machen: Die Sauna unten entrümpeln und reparieren, das

Gestrüpp draußen entfernen und ne Tür einbauen, dann könnten sich die Gäste auch Outdoor vergnügen. Ein Außenpool wär geil. In den letzten sechs Monaten hatte ich viel Zeit, mir Gedanken zu machen. Sehr viel Zeit. Aber Veränderung kommt nicht über Nacht, ich muss es richtig angehen.

Oben höre ich eine Tür und gehe hoch. Der Gast scheint fertig zu sein.

Er kommt mir auf der Treppe entgegen. Ich hoffe, der Hallo-Herr-Kaiser-Vertreter hat es mit Gummi gemacht und arbeitet nicht heimlich fürs Ordnungsamt.

Ich öffne die Tür zum Pinky und erwische die Neue, wie sie die Matratze abzieht. Sehr brav. Sie ist klein und drall. Die Titten sind gemacht. Schwarzes glänzendes Haar bis zum Ohr, ein wenig erinnert sie mich an Marion Cotillard. Wiegt kaum fünfzig Kilo.

Leise schließe ich die Tür und ihr Blick huscht zum Panikknopf, der neben dem Bett am Nachttisch eingebaut ist. Lustig! Sie vermutet, ich sei ein Gast.

»Entschuldigung, aber der Raum ist besetzt.«

Ja, Osteuropa lässt grüßen.

»Ich bin Dae«, stelle ich mich vor und ziehe meinen Gürtel aus der Hose.

6

Tess

58 Tage bis Tag X

Ich werfe den Kopf in den Nacken und stöhne. *Ja …*

»Oaahhh. Sssss.«

Seine Lippen kapern meinen Mund, pflücken meinen feuchten Atem und schnappen nach jedem Seufzer.

Nässe benetzt seine Finger und meine Zuckungen ebben ab.

Ich öffne die Augen und strahle ihn an. Das hab ich gebraucht! Kurz war es. Und nett. Meine Wangen sind erhitzt und ich fühle mich wunderbar.

Pexi raunt mir irgendetwas zu und haucht kleine Küsse auf meine weiche Haut. Ich lasse ihn gewähren. Seine Lippen stehlen sich an meinem Hals entlang nach unten. Ob Sarah auf meinen Cocktail aufgepasst hat?

Pexi ergreift meine Hand und legt sie auf seine ausgebeulte Vorderseite. *Jetzt bist du dran*, signalisiert er und schiebt unsere Hände in seine Hose. Sein harter Schwanz drängt sich mir entgegen.

Uh, nein. Nicht in Stimmung.

Bedauernd lächelnd ziehe ich meine Hand unter seiner hervor und schüttele kurz den Kopf.

»Sorry, ich muss weg.«

Damit mache ich mich los. Mein kurzes Sommerkleid fällt von selbst wieder in Form.

»Danke schön, bis demnächst mal«, schiebe ich noch hinterher und zwinkere den hübschen Finnen an, ehe ich ihn mit seiner Hand im Schritt zurücklasse und mich wieder in die Bar begebe.

»Wo bleibt ihr denn? Der Abend ist noch jung, wir wollen weiter«, quengelt Sarah und schaut verdutzt an mir vorbei. »Wo ist Pexi?«

»Holt sich vermutlich grad einen runter«, antworte ich ungerührt und nuckle an dem Strohhalm meines Cocktails, den ich nicht vergammeln lassen will.

»Wie? Du hast ihn nicht vernascht?«, fragt meine begriffsstutzige Freundin und kippt den Rest ihres bunten Getränks runter.

»Was steht jetzt noch an?«, fragt Nicole, während sie sich von einem Typen mit Dreadlocks den Po massieren lässt.

»Einfach in den nächsten Laden«, erwidere ich und stelle das leere Glas ab. *Time to go.* Langsam zwicken mich kleine, flüsternde *Du-bist-ne-Bitch*-Flöhe. Ich möchte keine Szene inmitten eines Clubs auf Ibiza. Vorgestern hat mir der Finne gestanden, dass er sich in mich verliebt hat. Pexi Hara ist im nationalen Baseball-Team. Oder Basketball? Egal! Jedenfalls ist er hier, um sich auf die Olympischen Spiele vorzubereiten, die in ein paar Wochen starten. Toller Typ, etwas hölzern zwar, aber wenn alle Finnen so aussehen wie er – nebelgraue Augen, ein kantiges Gesicht und dunkelblondes langes Haar, das ihm bis in die Mitte seines Rückens fällt – muss ich unbedingt mal nach Helsinki. Dort kommt er nämlich her, hat er mir erzählt. Wie so vieles andere, das ich mir jedoch nicht gemerkt habe. Mein Hirn ist seit dem bestandenen Examen nicht mehr aufnahmefähig und muss erst durch exzessiven Alkoholkonsum wieder resettet werden.

Nicole winkt ab und reckt im Rücken ihres Bob Marley-Verschnitts den Daumen hoch. »Wir treffen uns später im Hotel.«

Sarah grinst und ich nicke. Wir haben genügend Kondome dabei und sind alle erwachsen.

Nur noch zu zweit treten wir auf die Strandpromenade und ich atme tief durch. Orgasmen machen mich müde und ich brauche Sauerstoff. *Fingerorgasmen sind irgendwie nichts Halbes und nichts Ganzes.* Von allen sexuellen Aktivitäten turnt mich Fingern am wenigsten an. Abgesehen davon, dass ich Schwänze vorziehe, hab ich immer Angst vor Bakterien. Weiß der Himmel, was die Typen vorher angefasst haben oder wie alt der Dreck unter ihren Fingernägeln ist.

Bäh, bei dem Gedanken schüttelt es mich. Praktisch war, dass Pexi mit mir aufs Damenklo gekommen ist und ich ihm die Patschehändchen gewaschen habe. Er fand das süß und ich notwendig. Dennoch mag ich Fingern nicht, weil Finger eben kein Schwanz sind. Der liebe Gott hat unsere Mumus nicht für Finger gemacht. Nicht alles gehört überall hinein. Man stopft ja auch kein Schnitzel in ein Marmeladenglas, nur weil es oben ne Öffnung hat. Ich bin mehr die konservative Typin. Ich will keine Gurken, Fäuste oder Dildos in mir haben. Mir reicht ein schöner Schwanz. E*inmal Fleischprügel zum Wegstecken.* Leise kichere ich über meine vulgären Gedanken. Der dritte *Mojito* entfaltet seine Wirkung und ich vergesse meine akademische Bildung.

Während wir an ein paar Bars entlangschlendern und die Stimmung der Nacht in uns aufnehmen, unterdrücke ich ein Gähnen. Der Himmel ist tiefschwarz, durch die Beleuchtung der Partymeile sieht man keine Sterne, und aus jedem Laden wummert Musik aus viel zu lauten Boxen. Die Partymeile wird immer voller, überall Party People. Wir umrunden zwei Britinnen, die gerade versuchen, sich gegenseitig die BHs auszuziehen.

»Hast du ihm sein Ding abgebissen oder warum kam er nicht nach?«, fragt Sarah mit vorsichtigem Blick. Sie mag Pexi und erinnert sich offenbar an die Sache mit Kai. Herrje! Ich verdrehe die Augen. Das ist hundert Jahre her. Oder mindestens zwei. Und zu meiner Verteidigung sei gesagt: Er war noch dran, halt nur etwas lädiert. Das kommt davon, wenn ein Typ meint, mir einen Blowjob diktieren zu müssen. Wie tief ich sein Ding in den Mund nehme, ist meine Sache, nicht seine. Wenn jemand meinen Kopf festhält wie in einer Schraubzwinge, verwandeln sich meine Zähne in eine Rohrzange. (Papa liebt die Dinger und hat immer eine in der Besteckschublade.)

»Zu lieb«, antworte ich geistesabwesend. »Weder Eis

noch Feuer in den Adern. Und sein Schwanz war zu dünn.«

Dünne Schwänze gehen einfach nicht. Egal, ob kurz oder lang. Wenn sie kurz sind, sind sie wenigstens proportional nicht dünn, aber dann sind sie halt klein. Fettes No Go! Vor ein paar Jahren habe ich mal jemanden gedatet, der richtig gut gebaut war. Seitdem geht einfach nichts anderes mehr. Ich möchte einen Prügel, der mich ausfüllt. Nix, wo man überlegt: *Bist du schon drin oder brauchst du ein Navi?*

»Hola!«, ruft ein süßer Spanier, und ich nicke ihm kurz zu. Bloß nicht lächeln, sonst hat man die Typen am Arsch. Manche sind wie Herpes: Einmal Kontakt, wird man sie nicht wieder los. Pexi war auch so. Seine breiten Schultern, das lange Haar und der melancholische Blick waren das einzige, das zu seinen Gunsten sprach.

»Häh? Hast du mittendrin abgebrochen oder wie?«, fragt Sarah begriffsstutzig.

Ich schüttle den Kopf.

Sarah lacht. »Ach so. Er hat's dir besorgt und du hast ihn mal wieder stehenlassen.«

Ich könnte jetzt empört tun, aber sie kennt mich einfach zu gut. Mit *mal wieder* meint sie nicht den Finnen, sondern meine Art. Ich komme heftig, und sofort ist die Lust weg. Von hundert auf null. Wie andere Frauen mehrere Orgasmen hintereinander haben können, ist mir schleierhaft, ich bin dann nur noch empfindlich. Sobald ich gekommen bin, ist es vorbei, mein Kopf ist raus – fertig. Ich war heiß und kurz neugierig, ob mein Instinkt richtig lag. *Ja,* muss ich mir leider eingestehen. *Wie immer.* Pexi ist ein Langweiler und ich bin froh, ihm nicht meinen richtigen Namen genannt zu haben.

»Du bist manchmal echt ziemlich bitchy«, bemerkt Sarah von der Seite und ich höre ihren kritischen Unterton.

»Weißt du, wie sexistisch du klingst? Als Kerl wäre ich ein cooler Bad Boy, der von allen bewundert wird. Sollen wir Mädels keusch zuhause sitzen und schüchtern mit den Wimpern klimpern, während die Jungs sich die Hörner abstoßen? Einundzwanzigstes Jahrhundert, Sarah. Oder mit anderen Worten: Gleichberechtigung. Kennste oder?«, lache ich und zwicke sie in die Seite. »Ich bin halt das weibliche Pendant – ein richtiges Bad Girl.«

Jetzt lacht sie mit.

Wir schlagen den Weg zum Strand ein und Sarah hakt sich bei mir ein.

Geiler Urlaub bis jetzt. Wir sind seit drei Tagen hier und ich hab schon drei Typen näher kennengelernt. Shyne ist ein heißer, tatowierter britischer Seemann, dessen Boot ich gestern aus der Nähe in Augenschein genommen habe. Sehr schnuckelig.

»Wir sollten das Hotel wechseln. So verknallt wie der Finne ist, wird er jetzt erst recht keine Ruhe geben«, mutmaßt meine Freundin.

Sie könnte recht haben, jedoch bin ich so schrecklich faul. Gerade erst haben wir uns eingelebt, ein Fünf-Sterne-Kasten direkt am Meer. Nicole musste ein Jahr lang darauf sparen, als Kosmetikerin und alleinerziehende Mutter ist das Geld ständig knapp. Sarah und ich haben studiert und unsere Eltern verwöhnen uns. Meine sind geschieden, dementsprechend werde ich doppelt verwöhnt (mit besorgten Anrufen und nervigen Ratschlägen ebenso). Sarah baut an ihrem Master als Bauingenieurin und ich hab das erste Staatsexamen in Jura bestanden. Wir drei kennen uns schon seit dem Kindergarten. Nicole war mit achtzehn leider zu dumm zum Verhüten, während Sarah mittlerweile zwei Abtreibungen hatte. Ich verhüte strikt, da meine Angst vor unerwünschten Nebenwirkungen viel zu groß ist. Mir ist noch nie ein Gummi gerissen und die Pille nehme ich brav jeden Morgen zur gleichen Zeit. *Birthcontrol at it's best!*

Die warme Meeresluft streichelt mir über Gesicht und Dekolleté, streift um meine Beine und beschert mir Gänsehaut. Was für ein geiles Leben! Ich bin ganz ergriffen von dem Moment, den ich gern für immer festhalten würde.

»Weißt du Sarah, ich liebe dich«, bricht es aus mir heraus und ich muss gegen aufsteigende Tränen kämpfen. »Wir haben gerade die schönste Zeit *ever.*«

Sarah strahlt und ihre roten Locken tanzen um ihren Kopf. »Ich liebe dich auch, Tessilein. Und ja, wir haben die geilste Zeit unseres Lebens und sollten sie voll auskosten, *Bad Girl Bitch.* Wenn wir in zwanzig Jahren in einer Doppelhaushälfte sitzen, mit zwei Kids und nem Langweiler, werden wir von dieser Zeit zehren müssen.«

Wir gackern beide los. Sarahs Eltern haben eine riesige Villa und sie wird nie in einer Doppelhaushälfte sitzen müssen. Dennoch weiß ich, was sie meint. Langweilige Ehemänner und heulende Kinder passen nicht in unseren Lebensentwurf. Wir sind Karrierefrauen.

Die letzten fünf Jahre waren die härtesten meines Lebens. Purer Stress. Ich habe von Anfang an geplant, alle Klausuren mit Bravour zu bestehen. Dass ich dafür aber über Leichen, respektive über eine Leiche (nämlich meine eigene) würde gehen müssen, war mir im Vorhinein nicht klar. Es gab Monate, da bin ich mit zehn Stunden Schlaf ausgekommen – pro Woche. Im Rückblick würde ich mir das nicht mehr antun. Frau wird ja älter und lernt dazu. Mein dickschädeliger Sturkopf hat in all den Lernexzessen einige Dellen bekommen, deswegen werde ich das zweijährige Referendariat etwas gediegener angehen.

Leise Melancholie erfasst mich. Dieser Urlaub markiert das Ende unserer gemeinsamen Studentenzeit. Ab jetzt gehen Sarah und ich getrennte Wege, zumindest häuslich. Sie wird bei ihren Eltern wohnen und ich vorerst bei Papa. Falls wir uns nicht verstehen sollten, nehme ich mir eine eigene Wohnung. Zu Mama in die Eifel ziehe ich nur, wenn es gar nicht anders geht.

Ich streife mir die hohen Riemchensandalen von den Füßen und trete auf den kühlen Sand. Ab und an ist er noch warm, die Flut hat sich schon Teile des Strandes geholt, und ich spüre die feuchte Kühle unter meinen Füßen.

»Ich wünschte, ich hätte deine Taille. Und deinen Arsch«, klagt Sarah bekümmert neben mir. »Auf mich fliegen gar nicht so viele Typen.«

»Erstens ist das Quatsch«, erwidere ich entrüstet, denn sie hat wunderschönes rotes Haar, weiße Alabasterhaut und zarte Sommersprossen, die ich wirklich toll finde. Sie ist rundum eine wunderschöne Frau. Und groß. Ich bin ein Zwerg. Leider hat sie recht, Männer wollen für Spaß meistens was Offensichtliches. Was Pralles, mit primären Fick-Merkmalen: Titten, Arsch, ebenmäßiges Gesicht, volle Lippen. Nicole, Sarah und ich sind alle drei schön, jede halt auf ihre eigene Art. Allerdings springen Nicole und ich zuerst ins Auge. Ich wegen meiner langen dunklen Locken, meinem runden Arsch und der schmalen Taille; Nicole ist ungefähr das gleiche in Blond, nur ist ihr Haar glatt und dünn, außerdem fehlt ihr eine Taille. Aber sie hat den Blondinenbonus. Also bin ich auf Nicoles Haarfarbe neidisch und auf Sarahs hohe Statur, während Sarah gern meinen Po hätte und Nicole wahrscheinlich meine dicke Mähne.

Trotzdem lieben wir uns.

»Und zweitens können uns die Kerle eh nicht das Wasser reichen«, fahre ich fort. »Nur ein Genie wird von einem Genie erkannt, Schatz. Es gibt genug Deckel, die passen. Sei bloß nicht neidisch auf jene, die uns nur als Wichsvorlage benutzen.«

Ich nehme eine ihrer feinen Strähnen und wickle sie um meinen Finger. »Du bist wunderschön, innen wie außen.«

Sarah schnieft kurz und lächelt. »Sorry, ich war nur kurz doof. Ist schon wieder vorbei. Und du hast recht.«

»Hab ich immer, ist mein Schicksal«, seufze ich theatralisch und wir lachen erneut.

7

Dae

Lola war zäher als gedacht, aber mein Schwanz ist entspannt und mein praller Sack endlich leer. Sie hat ihre Sache zwar ganz gut gemacht, doch ich kann sie nicht behalten. Lola wäre zwar eine Bereicherung für den Club gewesen, und ich verstehe, warum Ela ihr eine Chance gegeben hat. Sie hätte das Angebot um ein gewisses exotisches Flair erweitert. Dennoch habe ich sie rausgeworfen. Ein Pferdchen, dem man nicht trauen kann, ist wie ein Stachel im Fleisch. Sie hat beteuert, dass sie nie ohne Gummi gearbeitet hätte, aber ich glaube ihr nicht. Ein Girl, das ich nicht kenne, kann ich nicht einschätzen. Sie sind oft so geübt darin, sich selbst zu verarschen, dass es ihnen leicht von der Hand geht, ihr Umfeld zu täuschen. Ich hab längst aufgegeben, bei Frauen herausfinden zu wollen, was echt und was gespielt ist. Das Geld, das sie heute verdient hat, steckt jedenfalls in meiner Jeans. Ich weiß jetzt, wo sie wohnt und wo ihre Tochter in den Kindergarten geht. Das dürfte sie davon abhalten, zu den Bullen zu laufen. Und wenn sie für die Konkurrenz arbeitet, hat sie jetzt eine Woche Zwangsurlaub. Ich lasse mich nicht betrügen und das hat sie nun begriffen. Unser aller Existenz hängt davon ab, dass die Pferdchen sauber bleiben.

Ich nehme die Treppe nach unten.

»Betty, gib deinen Kolleginnen Bescheid und warne sie vor Irina. Ich will wissen, zu wem sie als Erstes läuft.«

Irina ist Lolas richtiger Name, wie ich jetzt weiß. Die Szene kennt sich, alle Hausdamen in der Stadt haben eine gemeinsame WhatsApp-Gruppe. Nicht zu fassen, aber wenn es für sie funktioniert, habe ich nichts dagegen. Die einzige Bedingung ist, dass sie sich nicht über die in Konkurrenz stehenden Chefetagen austauschen, der Rest ist der *Chefetage* egal. Wir Männer nehmen amüsiert zur Kenntnis, dass die Weiber sich ein Stück weit emanzipieren. Gut für sie.

Ich empfinde keinen Spaß daran, Frauen weh zu tun. Aber so, wie es ihr Part ist, die Beine breitzumachen und sich an die Regeln des Hauses zu halten, ist es mein Part, dafür zu sorgen, dass alles reibungslos läuft. Ein Knastaufenthalt wirbelt so manches durcheinander, auch die Köpfe der Pferdchen. Sie denken, ich lasse die Zügel schießen und alle können tun, was sie wollen. Böser Trugschluss. Das weiß Samara jetzt wieder, während sie sich morgen früh Sorgen macht, ob man ihr den Strom abdreht. Und Irina weiß es auch. Aber ich habe schlechte Laune. Es kotzt mich förmlich an, wenn ich sie züchtigen muss. Weil sie es brauchen und ich grundsätzlich nichts gerne tue, was sie brauchen. Weil ich nicht ihr brutaler Daddy, Stiefvater oder Ex bin. Mich nicht von ihnen benutzen lasse für ihre verqueren

Phantasien, die sich mit Kindheitserinnerungen mischen. Keins der Mädchen, die zu mir kommen, ist gesund im Kopf. Die meisten haben Missbrauch erlebt. Wenn sie Hilfe wollten, könnten sie mit all der Kohle die besten Therapeuten bezahlen. Wollen sie aber nicht. Bitte sehr - nicht mein Problem. Ich will nicht Zeuge sein, wie sie ihre Traumata wieder und wieder erleben. Jeder hat seine eigenen Dämonen und meine fühlen sich nicht für die anderer Leute verantwortlich. Es steht mir im Hals, dass Lola mich gezwungen hat, ein hartes Zeichen zu setzen. Für die Kollegen, denen sie nach mir in die Hände fällt und für die Feinde des MC. Schwäche ist tödlich. Alle anderen müssen schwächer sein, sonst habe ich versagt. Das ist auch einer der Gründe, warum ich Mikes Vergehen auf mich genommen habe. Das gefährliche Rockerimage, das durch die Strafen an mir haftet, ist effektiver als ne ständig geladene *Uzi*. Ich bin es, vor dem sie Angst haben müssen. Nur so sind wir alle sicher.

Nachdenklich fahre ich zurück und mache bei der Gelegenheit einen Abstecher durch die Stadt. Es macht mich traurig, dass die Welt so ist und ich meine Rolle spielen muss. Ich will Rennen fahren, Spaß haben, reisen. Stattdessen muss ich Pferdchen einnorden und … Plötzlich kommt mir ein Bluejacket entgegen und grüßt mich. In unserem Gebiet!

Er erkennt mich nicht, hält mich für einen normalen Biker. Im Rückspiegel sehe ich, wie er weiterfährt und rolle an den Straßenrand. *Das glaubt der doch selbst nicht, dass er damit durchkommt.* Mein Puls rast.

Ich wende und sehe, wo er abbiegt. Schnell folge ich ihm. Die Gegend kommt mir bekannt vor, hier wohnt Charlie mit seiner Familie. Ich bin stinkwütend. Was will der Bluejacket-Wichser hier in dieser Gegend? In acht Wochen zocken wir die Landeszentralbank ab, die Planung läuft seit über einem Jahr. Das kann kein Zufall sein! Ich biege irgendwo ab, ehe er sieht, dass ich ihm folge. Meine R1 ist zu laut und auffällig, das Wohngebiet zu ruhig. Was hab ich in den letzten sechs Monaten verpasst? Angesäuert verziehe ich das Gesicht. Was für eine Scheiße! Jetzt muss ich doch zur Arsch- und Würstchenparty. Ts. Ich bin nicht so für Club und Bruderschaft. Ein Bruder reicht mir. Mann, bin ich angepisst! Sein Kennzeichen hab ich gespeichert, der Rest wird sich finden. Ich bin viel zu frisch draußen, um direkt wieder Ärger am Hals zu haben. Keine Lust, erneut monatelang kahle Wände anstarren zu müssen. Vor allem nicht für den MC.

8

Tess

57 Tage bis Tag X

Ich bediene mich am Frühstücksbuffet und ein Schatten fällt auf meinen Teller. David. Ihn habe ich am Ankunftstag kennengelernt. Hat was. Schwarzes, raspelkurzes Haar und glutvolle Augen, die mich ausziehen.

»Hi, Lara«, begrüßt er mich und ich zucke innerlich zusammen. Ich muss aufhören, jedem Typen einen anderen Namen zu nennen. Dass ich ihm gesagt habe, ich hieße Lara, ist mir völlig entfallen. Ein Name wäre besser, dann käme ich nicht durcheinander. Wir sind noch zwei Tage hier, und bei weiteren Bekanntschaften könnte es langsam unangenehm werden. Ibiza ist schließlich ein Dorf, man läuft sich überall über den Weg.

Ich begrüße ihn lächelnd und er küsst mich auf beide Wangen. Seine weichen, glattrasierten Wangen berühren die meinen und ich rieche sein anziehendes Aftershave.

Ganz kurz streift sein Oberkörper meine Nippel, die sofort in freudiger Erwartung zu kribbeln beginnen.

David grinst breit, als wüsste er genau, was in mir vorgeht.

»*Come*«, sagt er und zieht mich mit sich. Frühstück brauche ich nicht, gleich bekomme ich ein (hoffentlich) viel besseres. Wir laufen aus dem Hotel um die Ecke und schon drückt er mich gegen eine Wand. Sein harter Körper presst sich an mich. Er küsst wie ein Gott. Seine Zunge spielt mit mir, seine Lippen … In meinem Kopf dreht sich alles.

Er legt die Hände auf meine erwartungsvollen Brüste und massiert sie mit der ganzen Handfläche. Presst sie zusammen. Ich keuche auf.

Sein Körper ist massiv. Er ist nicht durchtrainiert, isst zu viele Kohlehydrate, aber unter seiner Fülle spüre ich Härte. Überall.

Seine Lippen halten inne, und ich öffne die Augen. Ups, hatte gar nicht bemerkt, dass sie geschlossen waren.

»Wanna fuck?«

Liebend gern! Schön, dass du fragst. Meine begeisterte Miene scheint Antwort genug, denn ehe ich eifrig nicken kann, zieht er mich schon mit sich. Natürlich gibt es elegantere Anmachen und normalerweise wäre ich nicht so leicht zu haben. Aber ich habe monatelange Hirnfolter hinter mir und brauche dringend jemanden, der mir den ganzen Lernstreß und die Paragraphen rausvögelt. Außerdem habe ich mir eine Belohnung verdient. Es gab schließlich eine Durchfallquote von 40%. Das alles will ich hinter mir lassen und abschalten. Mir ein paar heiße Momente lang keine Gedanken machen müssen.

Er küsst mich erneut und ich zerfließe förmlich in seinen Armen. Ehe ich wieder richtig bei mir bin, hat David in einem versteckt liegenden Hotel um die Ecke eingecheckt. Er zieht mich einen dunklen Flur entlang und schließt eine Tür mit der Nummer achtzehn auf.

So alt war ich beim ersten Mal. Schönes Omen. Ich lasse mich von ihm aufs Bett werfen und sofort ist er über mir. Mein leichtes Minikleid schiebt er mir über die Schultern nach unten, den Triangel-Bikini zur Seite und nimmt meine nackten Brüste in seine Hände. Er beugt sich runter und fällt darüber her, als wäre das seit Tagen seine erste Mahlzeit.

Ich schließe die Augen und genieße. Herrlich! Wenn er so weitermacht, wächst mein Busen vielleicht eine Körbchengröße.

Während sein Mund voller Busen ist, bin ich hier oben jedoch ziemlich arbeitslos.

David scheint zu ahnen, was los ist und lässt von meinen Brüsten ab. Er küsst sich nach oben, während seine Hand sanft, aber zielstrebig nach unten fährt.

Geil.

Mein Hirn schaltet endlich auf Stand by.

9

Dae

55 Tage bis Tag X

»Alter, hast du Gleichgewichtsstörungen oder bettelst du so um Schmerzen?« Genervt nehme ich den Mundschutz raus und reiße die Klettverschlüsse meiner Handschuhe mit den Zähnen auf. *Pisser!*

»Ich war gestern schwimmen«, höre ich Silas undeutlich keuchen und auch er entfernt seinen Mundschutz.

Bis vorhin war Leo noch da, mein Lieblingssparringspartner, aber der musste weg, kaum dass ich warm war. Mein jetziges Gegenüber heißt Silas und ist ein mieser Kickboxer. Er gerät schon vom Luftzug meines Hooks ins Taumeln. Nach sechs Monaten hatte ich mich darauf gefreut, endlich wieder Dampf abzulassen.

Das hat man davon, wenn man Poser ernst nimmt! Seit Jahren rennt er mit stolzgeschwellter Brust herum und behauptet überall, ein supergefährlicher Fighter zu sein. *Dass ich nicht lache!* Ärgerlich schalte ich die Ohren auf

Durchzug, nehme eine Flasche Wasser und lösche meinen Durst. Was interessiert es mich, ob er Wasser im Ohr hat?! Das hätte ich ihm schon rausgetreten.

»Dae? Dein Handy blinkt«, ruft Luke, der neben meinem Handtuch auf der Bank sitzt. Die Party gestern war hart für ihn, weil alle gesoffen haben. Der MC bedeutet Luke viel, wir haben ihn schon oft genug aufgefangen, sind seine Familie. Wenn er aufhört zu zittern, werde ich mal wieder gegen ihn kämpfen. Luke ist Mitte dreißig und ne Kante. Schwergewicht, wohingegen ich nur Mittelgewicht bin. Ich könnte nie so viel essen, um es auf über 95 Kilo zu bringen. Das erfordert einen anderen Lebensstil als meinen. Manchmal merke ich erst morgens um fünf, dass ich den ganzen Tag nichts gegessen habe. Darum bin ich athletisch, nicht massig. Was gut ist, denn ich bin schnell. Die paar Kilo, die ich mir im Knast antrainiert habe, werden bald wieder weg sein.

Früher war Luke ein echt harter Kämpfer. Nachdem er jedoch zweimal angeschossen wurde und ihn dann noch seine Freundin betrogen hat, verlor er alles. Auch die Oberhand über Alkohol und Drogen. Dreimal schon hat er einen Entzug gemacht – zweimal knastbedingt, aber der hält meist nicht lange vor. Im Augenblick ist es wieder schlimm. Ich weiß nicht, ob sein Tremor von den vielen Schlägereien und Kopftritten kommt, oder ob das Zittern entzugsbedingt ist. Jedenfalls geht es ihm nicht gut. Seine langen Haare hängen strähnig runter und er streicht sie mit seinen steifen Händen aus dem Gesicht. Das Tattoo am

Hals, ein Spinnennetz, hab ich ihm gestochen, genauso wie den Tiger auf seinem Oberarm. Die anderen Tattoos sind schon älter. Er trägt fette Ringe und versucht erst gar nicht, seine Finger zu krümmen. Heute ist kein guter Tag für ihn.

»Übrigens will Charlie mit dir reden«, bemerkt er.

Hat er schon. Offenbar ist Luke nicht auf dem Laufenden. Er versucht, seine Rechte zu einer Faust zu ballen, aber muss sich wohl beim Automatensprengen verletzt haben. Zwei Finger sind verbunden.

Wie die Jungs nebenbei Kohle zocken, ist Charlie egal. Offiziell machen die Templer ihr Geld mit Security, inoffiziell mit Drogen, weil das die risikoärmste Art ist.

Im Knast hab ich mitbekommen, wie der Markt mit selbsthergestelltem Crack geflutet wird. Und nicht nur Crack. Sie fangen sogar an, Tabak für Shishas illegal anzubauen und zu strecken. Mit dem gleichen Dreck, den wir früher in Pillen und Koks reingemischt haben. Da ist wirklich alles drin, sogar Betonstaub. Würde mich nicht wundern, wenn auf diese Weise alte Asbestplatten entsorgt werden.

Wir haben alle irgendwann mal Sünden begangen, auch ich habe keine ausgelassen. Aber ich bin jetzt siebenundzwanzig und trage Verantwortung. Der kann ich nicht gerecht werden, wenn mein Kopf in den Wolken hängt. Schon lustig, dass ich im Knast mehr Mühe hatte, harten Drogen aus dem Weg zu gehen als hier draußen. Wenn die Öffentlichkeit wüsste, wie dumm und bestechlich JVA-Mitarbeiter sind, gäbe es einen Aufstand. Was du auf der Straße nicht besorgen kannst – im Knast brauchst du nur zu fragen. Ich schüttle den Kopf und kehre mit den Gedanken ins Hier und Jetzt zurück.

Ein Blick aufs Display des Handys und ich tippe die Nummer an. Statt des Freizeichens klingt mir sofort die Stimme meines Geschäftspartners und Nachbarn entgegen.

»Danny? Gut, dass du zurückrufst. Die Tour am Wochenende muss ausfallen«, kommt Steve direkt zum Punkt.

Schweiß läuft mir in die Augen, den ich mit dem Handtuch wegwische.

»Hallo? Bist du dran?«, fragt er.

Ich bin kein Mann großer Worte und ich hasse es, wenn man mich Danny nennt. »Ja.«

»Ah, gut. Meine Tochter kommt Samstag nach Hause. Tess beginnt am Montag ihr Referendariat hier am Landgericht.«

Tess. Den Namen habe ich schon lange nicht mehr gehört. Ihr Vater und ich haben vor fünf Jahren einen Deal gemacht. Seitdem studiert sein braves Püppchen in einer der teuersten Städte Deutschlands und ich habe gleichzeitig eine legale Möglichkeit gefunden, über seine alteingesessene Spedition Geld zu waschen.

»Einverstanden«, hat er damals gesagt. *»Aber meine Tochter ist tabu.«*

Ich erinnere mich noch genau, wie mein Blick magisch von ihr angezogen wurde. Zierlich, aber ihre Beine lang und schlank. Ihr runder Arsch in dem knappen Höschen genau richtig.

Tabu!

Ich wische mir wieder durchs Gesicht und grinse bei der Erinnerung an ihren Bären ins Handtuch.

Fünf Jahre sind ne lange Zeit, hoffentlich ist sie fett. Oder hat sich ne Glatze rasiert und ist lesbisch. Ich lache still in mich hinein. Wahrscheinlich würde ich sie auch dann noch wollen. Die sechs Monate Knast haben mir nicht gutgetan, offenbar bin ich chronisch untervögelt.

»Hast du verstanden?«, fragt mich ihr Vater durchs Telefon und ich reiße mich zusammen.

»Alles klar«, raune ich in den Hörer und drücke ihn weg.

HINWEIS

10

FÜNF JAHRE ZUVOR …

DAE

(Anmerkung der Autorin: Dieses Kapitel rekapituliert das erste Treffen vor fünf Jahren, an das sich die beiden erinnern - ein paar Monate, ehe Dae Tess den Schuh vom Fuß geklaut hat. Ursprünglich als alternativen Beginn geplant, hatte ich es als Prequel herausgebracht, aber jetzt hier integriert.)

Ich bin mal wieder spät dran. Leichtes Zucken im rechten Handgelenk reicht schon, mir ein fettes Grinsen ins Gesicht zu zaubern. Geiler Sound! Meine Suzi und ich fliegen förmlich über die Straße. Hier im Industriegebiet ist sonntags tote Hose, und die Streetfighter hat einen neuen Auspuff.

Von weitem kommt mir ein junges Mädel entgegen. Nanu? Sofort erwachen meine Lebensgeister und ich werde langsamer. Ihre dunklen Locken hüpfen bei jedem Schritt und glänzen in der strahlenden Sommersonne wie ein glasierter Schokodonut. Die Kleine leckt an ihrem Flutschfinger, während sie ein Smartphone in die Luft hält und grinst. Wow, dieses Lächeln schießt mir direkt in meine vibrierenden Eier. Sie trägt In-Ears, deren Kabel zwischen ihren langen dunklen Locken zum Vorschein kommen. Ihr buntes Sommerkleidchen endet kurz über den Knien. Sehr züchtig!

Wenn sie nicht so hingebungsvoll an ihrem Eis lutschen und mein letzter Fick nicht schon drei Tage zurückliegen würde, wäre ich wahrscheinlich weitergefahren. Doch mein notgeiler Schalk im Nacken zwickt und lässt mich leise wenden. Solange ich das Gas nicht aufdrehe, blubbert mein Bock nur unauffällig vor sich hin und hört sich an wie ein weit entferntes Flugzeug.

Das Mädel ist derart abgelenkt, dass sie überhaupt nichts registriert. Ist die Kleine verrückt? Bei manchen Firmen wird auch sonntags gearbeitet. Wenn einer der Typen Feierabend hat und eilig aus einer der Ausfahrten schießt …

Als besorgter Bürger darf ich die Süße natürlich nicht in ihr Unglück rennen lassen. Kurzerhand beschließe ich, sie vor ihrer Gedankenlosigkeit zu retten. Schließlich bin ich dafür bekannt, dass mir das Wohl der holden Weiblichkeit sehr am Herzen liegt. *He he.*

Leise stelle ich meine Fighter an der Bordsteinkante ab und schlendere auf sie zu. Wieder hält sie das Handy hoch über ihren Kopf, macht wahrscheinlich ein Selfie und registriert mich überhaupt nicht. Auf ihren rot glänzenden Lippen bildet sich ein zauberhaftes Lächeln, das ihre Wangen betont. Am liebsten würd ich an ihnen knabbern. Süß ist sie! Die vorwitzige Nase passt gut in ihr ebenmäßiges Gesicht. Das Mädchen ist makellos gebräunt, ihre Haut sieht jung und saftig aus.

Und sie läuft volle Kanne in mich hinein.

»Huch«, macht die Kleine. Ihr rotes Eis klebt an

meinem Shirt. Ich spüre die Kälte direkt auf meinem Herzen. Der Drall wirft sie zurück, sie verliert das Gleichgewicht und fällt nach hinten auf den Arsch. Das Handy fliegt in hohem Bogen durch die Luft und ihr Kleid rutscht hoch. Die Süße trägt einen weißen Slip mit roten Pünktchen, und ihr Bär strahlt mich an. Wow! Ich hab meinen Schwanz ja schon in etlichen Muschis versenkt, aber diese Version war bisher nicht dabei. Sie muss Jungfrau sein, ich kenne keine sexuell aktive Frau, die nicht rasiert ist. Außer in Pornos aus den 70ern.

Wahrscheinlich rechnet sie damit, dass ich ihr aufhelfe. Nope! Lieber betrachte ich ihren Bären und stelle fest: Es macht mich an, dass sie behaart ist. Echt jetzt?! Ich muss mir ein lautes Lachen verkneifen. Diagnose Samenstau, eindeutig. Drei Tage auf dem Trocknen und meine Sahne scheint mir die Gehirnwindungen zu verstopfen.

Hektisch zieht sie das Kleid über ihre Mitte, nimmt die In-Ears raus und rappelt sich auf. Ich rühre keinen Finger.

»Hey, was soll das?«, schnauzt sie mich mit einer sehr melodiösen Stimme an. Rauchig, nicht so hell wie die der meisten Frauen, deren Stimmen sich für mich alle gleich anhören. Ich stelle mir vor, wie sie meinen Namen stöhnt und werde hart. *Fuck!* Die Kleine kommt auf die Füße, um sofort wieder in die Hocke zu gehen.

»Mann, mein schönes Eis«, mault sie mit Blick auf die Pampe zu meinen Füßen. Die kleinen Widerhaken in ihrer Stimme schrappen über meinen Schwanz. Geil! Mit Telefonsex könnte sie richtig gutes Geld verdienen.

Die Handyhülle ist abgeflogen. Sie greift danach,

verliert das Gleichgewicht und stützt sich reflexartig an meinem Oberschenkel ab. Genau auf Augenhöhe mit meiner interessierten Latte. Die Kleine scheint nicht abgeneigt, denn ihr Blick fällt auf den Reißverschluss. Ungeniert nehme ich meinen mediharten Schwanz durch die Hose in die Hand, und sie fällt wieder zurück auf den Hintern. Ich lache.

Sie ist keins deiner Pferdchen, Dae! Sie ist ein normales Mädchen. Fast schäme ich mich. Aber nur fast.

»Blödes Arschloch! Steht wie ne überflüssige Straßenlaterne in der Gegend herum und rührt keinen Finger!«, schimpft sie weiter, als wäre ich gar nicht da. Sie kommt auf die Füße, die in Stoffturnschuhen stecken. Schade, Frauen sollten stets High Heels tragen, so was müsste ins Grundgesetz.

Die Süße ist ein Stöpsel, geht mir gerade bis zur Brust. Aber das Feuer in ihrem Arsch lässt sie größer wirken, selbst die Luft um sie herum flirrt, und ihre langen Locken wippen.

»Und dann packt er sich auch noch ans Gemächt. Das ist sexuelle Belästigung! Mein Handy ist auch hinüber.« Ihre schokobraunen Augen funkeln vor Wut. »Was müssen Sie eigentlich kompensieren, Sie Neandertaler? So was Dämliches! Anzeigen sollte ich Sie! Sie sind ja völlig gestört.«

Gemächt?! Ich muss mich zusammennehmen, um nicht laut loszulachen. Gibt's das Wort überhaupt noch? Und fällt ihr auf, dass sie mich beim Beleidigen siezt? Offensichtlich ist der wilde Bär jünger, als geschätzt. Sie wirkt volljährig, aber ihre Unerfahrenheit ist offensichtlich. Ob ich die Kleine noch mehr auf die Palme bringe, wenn ich weiter schweige?

»Ich habe keine Angst vor Typen wie Ihnen. Sie und Ihre doofen Motorradfreunde sind nicht besser als Babys mit ihren Bobbycars. Ein Haufen nie erwachsengewordener Jungs.«

Ich bin derart in ihren Anblick vertieft, in ihre vor Wut funkelnden Kulleraugen, die perfekten weißen Zähne und darin, jede Regung aufzusaugen, dass mir erst jetzt auffällt, was ich noch auf dem Kopf trage: Meinen Helm. Er und ich bilden quasi eine Einheit.

Ich klappe das dunkle Visier hoch und sehe sie an. Erschrocken weicht sie zurück.

»Angst?« Meine Stimme ist leise. Ich taxiere sie von oben bis unten.

»So ein Quatsch«, ereifert sie sich und wirft ihr wildes Haar zurück. Ihre vor Wut blinzenden Augen wandern zu dem Fleck auf meinem Shirt. Er ist leicht rosa und nass. Mir fallen direkt alle möglichen Assoziationen ein, aber keine taugt für Smalltalk. Natürlich sehe ich ihre Unsicherheit, doch sie hat Schneid.

Murrend macht sie einen Bogen um mich.

Kess, die Kleine. Fast hätte ich sie aufgehalten, kann meine Griffel aber im letzten Augenblick bremsen. Das wäre dann wirklich ein Übergriff und der könnte mich direkt in den Knast befördern, denn ich habe noch Bewährung. Lässig steige ich wieder auf meinen Bock und starte den Motor, ohne sie aus den Augen zu lassen.

Als unreifes Baby mit Bobbycar nehme ich mir natürlich das Recht heraus, auf dem Gehweg zu fahren. Mit noch immer hochgeklapptem Visier bremse ich abrupt neben ihr ab und mein Hinterrad hebt sich leicht.

»Beim nächsten Mal zähm ich deinen frechen Bären, Süße.«

Was? Was hab ich gesagt? Eigentlich wollte ich Mundwerk sagen. Mundwerk! Aber ich sehe immer noch den weißen Slip mit den roten Pünktchen vor mir. So was Unschuldiges habe ich sehr lange nicht mehr gesehen.

»Dann nimm deinen Helm ab, feiges Arschloch!«, ruft sie mir nach.

Bitte??!

Ich bremse und spiele kurz mit dem Gedanken, es drauf ankommen zu lassen. Die Kleine ist vorlaut und ich fühle förmlich, dass sie und ihr Bär das gleiche Temperament haben. Mein Lächeln wird immer breiter. Wow. Lange her, dass mich irgendwas Unschuldiges zum Lachen gebracht hat. Was für ein Mädel! Temperamentvoll und wild. Mein Welpe Artos würde ihren Bären ganz genau beschnüffeln. So wie ich.

Mein Handgelenk spielt mit dem Gas. Bedauernd, aber mit Nachdruck lasse ich den Vorderreifen hochschnellen und zeige ihr – in Angebermanier –, wie sehr ich kompensieren muss.

Ich fahre die Gixxer vor die Werkstatt und steige ab.

»Dae, alles klar?«, begrüßt mich Ronny und beäugt meine Fighter kritisch. Der alte Mann ist von der Harley-Fraktion.

»Hm.« Ich nehme den Helm ab und fahre mir mit der Hand ein paar Mal durch die kurzen, verschwitzten Haare.

»Ich muss noch mal an die Ventile. Die klackern immer noch.«

»Du weißt schon, dass diese Reiskisten alle klackern, oder? Liegt daran, dass Reis im Tank ist«, erwidert er glucksend.

»Ha ha, witzig. Du weißt einfach nicht, was gut ist.«

Tommy kommt aus dem Tempel.

»Hi Digga, Samstag Ring?«

Wir umarmen uns kurz. Er ist mein bester Kumpel. Eigentlich sind wir zu dritt, aber Ash ist vor ein paar Wochen spurlos verschwunden. Keine Ahnung, was geschehen ist oder wo er sein könnte. Wir haben alles abgesucht, jeden Bullen bestochen – bisher keine Spur von ihm. Ich glaube fest daran, dass Ash bloß von Frau und Kind die Schnauze voll hatte und bald wieder hier ist. Weiber können die Pest sein und Ashs Betty hat Haare auf den Zähnen. Dumm nur, dass er sie noch angebumst hat, ehe er weg ist. Jetzt werden die Euter immer dicker und ihre Laune immer schlechter.

»Ob die Ninja wieder da ist?«, unterbricht Tommy meine Gedanken. Das geile Bike zieht auf der Nordschleife jeden anderen ab. Ich habe die Hoffnung, dass meine Suzi mithalten kann, wenn ich die Gänge länger übersetze und den neuen Sportluftfilter eingebaut habe. Aber die Ventilklappen sind als Erstes dran.

Grimmig kneife ich die Augen zusammen. »Wenn dieses Baby weiter rumzickt, hab ich die Faxen dicke und hole mir auch ne Ninja. Als reine Rennmaschine ohne Straßenzulassung.«

»Ihr mit euren kleinen Reiskisten. Ist ja beängstigend, wie wenig Stil ihr habt«, kommentiert Ronny und verzieht kopfschüttelnd sein Gesicht. Wie alle Templer liebt er sein langes Sofa aus Milwaukee.

»Wenn die Kartoffeln sich unterhalten, hat der Sack Pause«, erwidert Tommy und fängt den Lappen lachend in der Luft ab, den Ronny ihm ins Gesicht werfen wollte. Tommy und ich grinsen uns an, wir verstehen uns blind.

»Das kapierst du nicht, alter Mann«, ergänze ich und streichle meinem Biest liebevoll den Tank.

»Wisst ihr nicht, wofür YAMAHA steht? Yuppie-Ärsche mit aufgemotzter Harley-Attrappe«, erklärt er ungefragt und kann sich vor Lachen kaum halten. Tommy fährt ne Yammi.

»Wieder nen Clown verschluckt, Ronny?« Tommy guckt angepisst und schlägt Ronny mit der flachen Hand volle Lotte auf den Rücken. Dieser macht einen Satz nach vorn.

»Kommt er schon raus?«, fragt Tommy provozierend und schlägt noch mal zu, ehe Ronny ihn zurückschubst und die beiden miteinander rangeln. Tommy und ich sind im gleichen Alter und fit. Ronny dagegen ist alt und mit einem Clown schwanger. Im elften Monat.

»Aus jetzt, Muchs«, versucht er sich gegen Tommy zu wehren. Muchs steht für halb Mensch, halb Fuchs, denn mein Kumpel ist ein Redhead. Tommy entlässt ihn gnädig aus dem Schwitzkasten, und Ronny rückt sofort die Südstaatenflagge auf seinem kleinen runden Schädel zurecht.

»Ihr seid ja noch grün hinter den Ohren, habt einfach keine Ahnung von Genuss«, erklärt er, um seinen angeknacksten Stolz wiederherzustellen. »Sex und Motorradfahren muss man genießen. Langsam und intensiv. Schnelligkeit bringt einen zwar ans Ziel, aber von der Fahrt hat man dann nichts mitbekommen.«

Ich lache laut und schüttle mitleidig mit dem Kopf. »Du wirst nie verstehen, wie es ist, die Straße so zu fühlen wie wir. Wenn du einmal die Kurve so geschnitten hast, das Bike auf der Straße klebt wie ein Magnet und du den Straßenbelag bei über hundert km/h küsst … *Das* ist der Inbegriff von Motorradfahren. Diese Geschwindigkeit, die Physik mit der du spielst …« Ich seufze tief und spüre schon wieder ein sehnsuchtsvolles Zwicken im linken Ei. Scheiß Ventile! Einmal möchte ich erleben, dass meine Suzi nicht rumzickt und mich richtig satt und happy macht. Aber warum sollte ein Motorrad mit Frauennamen anders sein, als Frauen generell? Von denen macht mich auch keine satt und happy. Höchstens eins von beidem und das kommt schon selten genug vor. Befriedigt heißt nicht glücklich.

Plötzlich schlägt Artos an, Bella fällt mit ein, und beide Hunde kommen angelaufen.

Ich kann ihre Stimmung sehr gut einschätzen. Das jetzige Gebell heißt: Es kommt jemand, aber ehe wir zubeißen, fragen wir besser dich.

Ich liebe meine Rottweiler, denn sie besitzen eine gute Menschenkenntnis. Mein Baby Artos ist erst sechs

Monate alt und orientiert sich noch an der fünf Jahre älteren Bella, die ihm das Wachhundhandwerk beibringt. Der Rüde ist jetzt schon viel territorialer als Bella. Genau wie bei uns Menschen schützen Männer, was ihnen gehört, während Weiber erstmal jedem freundlich Hallo sagen und ihren Arsch rausstrecken.

Ein Mann steht unschlüssig im Hof, hinter ihm strahlt die tiefstehende Sonne in die offene Werkstatt. Ich blinzle kurz, während Ronny ihn begrüßt.

»Hey, Steve, lange nicht gesehen. Wie geht's?«

Sie begrüßen sich mit Bikerhandschlag. Jetzt erkenne ich ihn. Stefan Kuschel, unser Nachbar. Ehemaliges Mitglied. Seine kleine Spedition und das Privathaus grenzen an unseren Hinterhof.

Ich richte mich auf und mustere unseren Nachbarn abschätzend.

»Hey, Leute, ein alter Freund ist da«, erklärt Ronny und legt seine Hand in Steves Nacken. Der Mann ist klein, im gleichen Alter wie Ronny, schätzungsweise Anfang vierzig, und vom Typ fleißiger Malocher. Soweit ich weiß, ist er geschieden. Will er einen Rabatt in meinem Club?

»Hey, Danny«, begrüßt er mich. Alles in mir krampft sich zusammen. Danny nennen mich nur Mike und der Alte. Kein guter Einstieg, aber ich bremse mich. Er kann nichts für meine düsteren Gedanken. Ich nicke ihm zu, und nach kurzem Zögern kommt er langsam näher.

»Hast du mal fünf Minuten?«

Gut, dass er Respekt hat. Soll er. Ich bin nicht in Stimmung für Gefälligkeiten. Er kommt zu mir, also bestimme ich die Regeln. Seine Stimme klingt freundlich, er sieht mich offen an. Sein Blick sagt mir, dass er durchaus damit rechnet, abgewiesen zu werden. Was will der Mann ausgerechnet von mir? Ronny und der gesamte Vorstand sind ungefähr im gleichen Alter wie unser Nachbar, führen nach außen hin alle ein normales Leben mit Frau und Kindern – außer Ronny. Der ist geschieden.

»Hallo S-Steve«, erklingt die tiefe Stimme meines Bruders direkt hinter mir. Ich versteife mich.

»Hi, Mike. Wie geht's?«

Unser Nachbar und mein Bruder kennen sich also. Mike lacht freundlich. »Willst du uns besuchen?«

»Ich wollte kurz mit Danny sprechen«, erklärt er.

»Magst du ein Eis? Oder was t-trinken?«, fragt mein älterer Bruder und strahlt unseren Nachbarn an.

Dieser nickt. »Was ihr dahabt. Ich will euch keine Umstände machen.«

»Um-stände«, spricht Mike nach und lacht laut.

»Hol uns zwei Bier!«, belle ich meinen Bruder an. Sofort marschiert der davon. Mike ist geistig zurückgeblieben, wie man umgangssprachlich sagt. Einer Art Autismus nicht unähnlich, wie uns die Ärzte erklärt haben, ausgelöst durch stumpfe Gewalt gegen den Kopf in seiner Kindheit. Er darf nicht viel, und ich bin sein Vormund. Er kann weder Bike- noch Autofahren, jemand von uns ist immer bei ihm. Darum brauche ich die Männer des MC. Sie sollen Kindermädchen spielen, während ich arbeite oder Spaß haben will.

»Wie geht's ihm? Ihr seht euch wirklich ähnlich. Also äußerlich«, beeilt er sich, hinzuzufügen. Steve ist nicht der Erste, der das sagt. Wir sind zwar eineinhalb Jahre auseinander, gehen aber als Zwillinge durch. Haben sogar die gleiche Frisur, gerade sind sie raspelkurz. Im Sommer ist das handlicher und unter Helm und Sturmhaube sowieso. Mike besteht darauf, so auszusehen wie ich; sogar die gleichen Tattoos lässt er sich stechen. Ich habe aufgegeben, mir immer was Neues einfallen zu lassen, um mich von ihm zu unterscheiden. Mit seinem Handicap und der damit einhergehenden Sturheit ist das sinnlos. Er kann ja nichts dafür, dass er an mir hängt. Wir sind beide straßenköterblond, haben graugrüne Augen und ein kantiges Gesicht, nur seins ist eckiger. Manchmal erschrecke ich selbst, wenn er hinter mir im Spiegel auftaucht. Allerdings sehe ich nur die Unterschiede zwischen uns, nicht die Gemeinsamkeiten.

»Komm.«

Mein erstes Wort, das ich an Steve richte. Unter den verwunderten Blicken der versammelten Templer weise ich ihm den Weg. Wir nehmen die gradläufige Treppe zum Obergeschoss nach oben, und ich lasse ihn vorgehen. Ich mag niemanden im Rücken haben. Wenn Steve unter vier Augen mit mir sprechen will, brauchen wir keine Zeugen. Die meisten Templer sind genauso neugierig wie Waschweiber. Stecken ihre hässlichen Gesichtserker immer in Dinge, die sie nichts angehen.

Oben im Flur öffne ich die Tür zu meinem Büro. Im Sommer bin ich nur selten hier, da wir keine Jalousien haben und die Sonne den Raum bis zur Unerträglichkeit aufheizt. Zum Glück stehen die Fenster weit offen.

»Setz dich.« Ich umrunde den Schreibtisch und lasse mich in meinen abgeranzten Chefsessel fallen.

Steve räuspert sich. Irgendwie hat er Angst, das sehe

ich in seinen Augen. Weil ich der Sohn eines Mörders bin? Oder eilt mir mein Ruf voraus? Angst oder Respekt zu verbreiten finde ich cool. Andererseits ... Nachdenklich betrachte ich den Mann. Ein unbescholtener, fleißiger Bürger. Steuerzahler, Vater. Was hat er vor mir zu befürchten? Solche Menschen sollten in meiner Gegenwart keine Angst verspüren. In einem anderen Leben hätte ich mich gefreut, mit solchen Leuten einen normalen Umgang zu pflegen. Angst macht einsam.

Die Tür öffnet sich und Mike kommt herein, in den Händen zwei Flaschen Bier.

Ich erhebe mich und nehme sie ihm ab, ehe er sie fallenlässt. Möglich ist alles bei seinem unberechenbaren Temperament. Kurz halte ich beide Verschlüsse aneinander und hebele sie ab. Bei dem Chaos hier kommt es auf zwei Kronkorken auf dem Boden nicht mehr an. Eine Flasche reiche ich dem Nachbarn, die andere setze ich selbst an. Kühles Kölsch fließt meine Kehle hinab und entlockt mir ein wohliges Ächzen. Ich trinke nicht oft Alkohol. Bei dem, was ich tue, muss ich ständig auf der Hut und in guter Verfassung sein. Ablenkung oder Alkohol sind tödlich.

Mike geht zum offenen Fenster und schaut hinaus.

»Oh, Pferdchen.« Er deutet mit dem Finger auf Steves Haus. Jetzt höre ich es auch. Mädchengeschrei. Lachen. Freude und Sorglosigkeit. Ein unerwarteter Schmerz durchzuckt mich. Unbeschwertheit habe ich noch nie gefühlt, oder nur sehr selten – meistens gefolgt von Reue. Schon im Kindesalter habe ich diesen Automatismus verinnerlicht. Sobald ich in meinem Leben kurz mal sorglos war, mir mal gerade keine Gedanken gemacht habe, ist was Schlimmes passiert. Meistens war es der Alte, dem ich lieber war als sein Sandsack. Das hat erst aufgehört, nachdem ich an ihm vorbeigewachsen bin und zurückgeschlagen habe. Dennoch waren in seiner Gegenwart nie Entspannung oder Frohsinn angesagt.

Ich stelle mich neben Mike und gucke raus. Drei junge Mädchen bespritzen sich in Steves Garten mit einem Wasserschlauch.

»Das ist Tess mit ihren Freundinnen«, erklärt Steve stolz mit Blick über Mikes Schulter. »Sie haben gerade das Abi bestanden und feiern ein bisschen.«

Wieder spüre ich Beklemmungen in meiner Brust. Seine Tochter ist wahrscheinlich kaum volljährig und hat schon Abi. Hätte ich auch gern gemacht. In einem anderen Leben vielleicht. In diesem bin ich verflucht.

Steve hat dunkles Haar. Nur eins der Mädchen ist auch dunkelhaarig. Sofort erkenne ich sie wieder. Der wilde Bär kämpft gerade mit einer kleinen Blondine um den Wasserschlauch, während ein großer Rotschopf alles abbekommt. Tess wirft ihr nasses Haar zurück, und mir ist, als würde es in Zeitlupe um ihren Kopf herum nach hinten fliegen.

Eindeutig, sie ist es. Jetzt begreife ich.

Darum ging sie hier die Straße entlang, sie verbringt die Ferien bei ihrem Vater. *Tess*, wiederhole ich den Namen stumm. Sie wirft den Kopf in den Nacken und lacht. Ihren Hals nach hinten gestreckt, den Mund offen. Man sieht ihre weißen Zähne. Sie ist wunderschön. Meine Beklemmung macht einem anderen Gefühl Platz. Einer Art … Sehnsucht? Das Mädchen ist aus einer ganz anderen Welt. Einer, zu der ich keinen Zutritt habe. Vielleicht als normaler Mann, aber nicht als Dae Matthey. Frauen in meinem Leben sind ständig in Gefahr. Mein Hals ist trocken, und ich trinke einen Schluck.

Schnell wende ich meinen Blick ab, doch zu spät: Mike hat ihn gesehen.

»Lass uns kurz allein, okay? Wir haben was Geschäftliches zu besprechen«, bitte ich ihn.

Ich trinke die Flasche halbleer und hoffe, er vergisst den Zwischenfall schnell wieder. Mike und Mädchen sind ne heikle Kombination.

»Du brauchst Geld?«, wende ich mich an Steve.

»Ich war schon bei der Bank, aber du weißt ja – der Teufel scheißt nur auf den dicksten Haufen«, bemerkt er verächtlich.

Mir ist nicht danach, die Auswüchse des Kapitalismus mit ihm zu erörtern, aber ich bleibe ruhig. Aus dem Augenwinkel sehe ich sein Töchterchen im Bikini durch den Garten toben, während er redet. Nach einer Weile zwinge ich meine Augen, sich auf ihren Herrn Vater zu konzentrieren.

Ich unterbreche ihn. »Wie viel?«

»Siebzigtausend.«

Ich pfeife durch die Zähne. In den kommenden Minuten lasse ich mir erklären, wofür er das Geld braucht, und er erläutert mir seine finanzielle Lage. Wie so viele Mittelständler hat er ständig Liquiditätsprobleme, weil die Kunden zu spät zahlen. Tess will ein paar Wochen durch Europa tingeln, anschließend in

München studieren. Er braucht ein Polster und sie Taschengeld sowie eine Studentenbude.

Sein Unternehmen gibt es seit fünfundzwanzig Jahren, er hat die Spedition selbst aufgezogen. Als ehemaliges Mitglied, das auch nach seinem Austritt loyal und stumm geblieben ist, hat er eine Art Sonderstellung. Man grüßt sich freundlich und ist im weitesten Sinne füreinander da.

»Wie lange hat Kurt noch?«

Der Alte war Präsi, als Steve aktives Mitglied war. Ich bringe es seit geraumer Zeit nicht mehr über mich, von meinem Alten zu sprechen. Oder unserem Alten, denn er ist auch Mikes Vater. Für mich ist er nur der Alte, sonst nichts.

»Der kommt nicht mehr raus«, erkläre ich kategorisch. Für Mord gibt's lebenslänglich.

»Hast du ihn mal … gesehen?«

Klar, ich besuche meinen Paps jeden Sonntag im Gefängnis und bringe Kuchen mit, liegt mir die ironische Bemerkung auf der Zunge, aber ich schweige.

Offenbar merkt Steve jetzt auch, dass er das falsche Thema gewählt hat, denn er räuspert sich unangenehm.

»Astrid bringt manchmal Blumen ans Grab deiner Mutter.«

Astrid ist seine Exfrau, erinnere ich mich. Sie war auf der Beerdigung.

Seine Tochter hat ihr Leben noch vor sich, und ihr Vater bittet des Teufels Sohn um ein Darlehen für ihre Zukunft. *A deal with the devil.*

»Warum kommst du ausgerechnet zu mir? Warum gehst du nicht zu Charlie?« Der Nachfolger des Alten und jetzige Templer-President hat ein paar Spielhallen, ist also auch nicht arm. Außerdem sind die beiden im gleichen Alter.

Sein Blick verschließt sich. »War nur ne Frage. Wenn du nicht willst …«

»Moment!«

Soso. Er hat irgendeinen Beef mit unserem jetzigen Presi. Interessant.

Die Mädchen kreischen, und mein Blick wird wieder von ihnen angezogen. Ich beneide sie um ihre Unbeschwertheit. Mit siebzehn habe ich meine Mutter beerdigt und stand zum vierten Mal vor Gericht. Achtzig Sozialstunden, wenn ich mich recht entsinne. Oder hundertachtzig.

»Was wird sie studieren?« Die Frage ist draußen, ehe ich es verhindern kann.

»Jura. Sie will Richterin werden.«

Welche Ironie! Ich gebe ihrem Vater Geld dafür, dass sie mich in zehn Jahren verknackt; über meine Zukunft entscheidet, so wie ich jetzt über ihre. Würde ich vor ihrem Richterpult stehen, könnte ich sagen: Tja, Euer Ehren. Mir habt Ihr es zu verdanken, dort zu sitzen. Und ich kenne Euren Bären, Euer Ehren.

Ein Lächeln stiehlt sich in mein Gesicht. Nicht nur wegen des billigen Reims. Ne Richterin ficken zu wollen, ist mir auch noch nicht passiert. Allesamt zu alt und vertrocknet.

»Warum geht sie nicht jobben?«

»So ein Mädchen ist sie nicht«, sagt er scharf, und sofort verschließt sich seine Miene.

Ich lache über seinen säuerlichen Gesichtsausdruck. »Doch nicht bei mir. In einer Kneipe oder so.«

»Sie soll sich auf das Studium konzentrieren«, antwortet er unwirsch. »Ich musste früher hart arbeiten und möchte ihr die Möglichkeit geben, was aus ihrem Leben zu machen. Es nützt niemandem, wenn sie durch die Klausuren fällt, weil sie arbeiten muss. Da schnalle ich den Gürtel halt etwas enger. Sind ja nur ein paar Jahre.« Steve hat sich in Rage geredet und fährt sich nervös durchs Gesicht.

Ich mustere ihn. Er soll ruhig noch was zappeln, aber eigentlich habe ich mich entschieden.

Plötzlich erinnere ich mich daran, wie er mir mal Schwung auf der Schaukel gegeben hat, die früher unten stand. Damals war ich ungefähr vier Jahre alt. Während der Alte und seine Jungs an ihren Böcken herumschraubten, spielten Mike und ich im Hinterhof.

»Ich gebe dir hunderttausend und werde dein stiller Teilhaber«, kürze ich das Elend ab. Seine Not macht mich gefühlsduselig.

»W-Was? Wie …?« Er gafft mich an. Ich mustere seine Tochter, die gerade ein Badetuch auf der Wiese ausbreitet. Ihre Anmut macht mich an. Sie ist so natürlich und impulsiv. Ganz anders als alles, was ich kenne. Ich will nicht, dass sie irgendwann bei mir klingeln muss, um ihr Studium im Liegen zu finanzieren. Ich hab die bösen Mädchen, aber es müssen auch noch ein paar gute übrigbleiben. Frauen in meiner Welt sind hohle Spielzeugpüppchen. Tun alles für ein bisschen Aufmerksamkeit, ne Luxushandtasche oder ne Fahrt im teuren Cabrio. Verkaufen ihre Körper, um es uns Kerlen recht zu machen. Unsere Welt, das harte Rockeruniversum wirkt auf die Frauenwelt wie damals die Entdeckung von *Shades of Grey*. Anziehend, unwiderstehlich. *Verboten.* Plötzlich sind sie alle abgedreht und wollten einen richtigen Bad Boy. Die Braven mit besorgten Eltern sind am schlimmsten. Laufen einem hinterher wie liebeskranke Stalkerinnen. Wie besessen! Hab ich alles schon erlebt. Aber ich mache jeden Fehler ungern zweimal. Ihre Rechtschaffenheit färbt nicht auf mich ab, sondern das Schlechte auf sie. Ich reiße sie hinab in meine Hölle.

Tess weicht gerade einem Wasserstrahl aus, dreht ihren Po geschickt zur Seite und streckt ihrer Gegnerin die Zunge raus. In meiner Brust regt sich ein ungewohntes Flattern. Sie ist so frei und unschuldig. Ihr junges Leben bisher völlig unberührt von Dunkelheit und Schmerz. Tess hat keine Ahnung, wozu Männer imstande sind.

Mein Blick wandert zu ihrem Vater. »Du hast keine Sicherheiten, Steve. Nimm den Deal an oder lass es. Du brauchst mir das Geld nicht zurückzuzahlen.«

Er schaut mich an wie ein angeficktes Kaninchen, und ich kann mir ein leichtes Grinsen nicht verkneifen.

Dann endlich fällt der Groschen. »Du willst durch meine Firma Geld waschen.«

Gut, er hat es begriffen. »Denk drüber nach. Einen anderen Deal gibt es nicht.«

»A-Aber Danny. Wenn die Bullen dahinterkommen, oder der Zoll …«

Er lässt den Rest des Satzes ungesagt und ich habe nicht vor, ihn zu beenden. Stattdessen leere ich die Flasche, die langsam warm wird.

»Überleg es dir, ich bin hier.«

Er stellt das kaum angerührte Bier auf meinen Schreibtisch und erhebt sich. Wie ein geprügelter Hund nickt er und geht mit steifen Schritten zur Tür.

Was hat er gedacht – dass ich von der Wohlfahrt bin? Ihm Geld gebe, weil er mal Member war?

Ich brauche dringend mehr Möglichkeiten, meine Kohle zu waschen, da kommt mir eine alteingesessene Spedition sehr gelegen.

Dass er mal Templer war und unsere Gepflogenheiten kennt, passt umso besser.

Ich trete ans Fenster und schaue den drei Badenixen dabei zu, wie sie sich weiter bespritzen. *Tess*. Mein Blick wird magisch von ihr angezogen.

Sie ist zierlich, aber ihre Beine sind schön lang und ihr runder Arsch ist geil. Prall und rund, genauso, wie ich ihn liebe.

»Pferdchen.«

Ich habe Mike nicht kommen gehört, plötzlich steht er neben mir.

Ich wende mich ihm zu und suche seinen Blick. Zwinge ihn, mich anzusehen. »Nein, Mike. Das sind normale Mädchen, darum lass sie in Ruhe!« Das fehlte mir noch! Mike vergreift sich an unserer Nachbarin, und ich lande dafür im Knast.

Tess

»Tessi, kommst du mal?«

Ich stelle die Musik leiser, während das Internet für mich aktuelle WG-Zimmer in München aufruft. Jeden Tag durchforste ich das Netz nach neuen Angeboten.

»Was denn?«

»Essen ist fertig!«, ruft Papa hoch.

Ich klappe den Laptop zu und hüpfe die Treppen runter. Dönergeruch steigt mir in die Nase, und sofort meldet sich mein Magen.

»Yummy.« Mit schmachtendem Blick biege ich in die kleine Küche ein.

Papa kann nicht kochen, was mir sehr gefällt, denn so gibt's immer leckere Sachen vom Imbiss oder dem Pizzadienst.

Wir setzen uns und er schiebt mir meinen warmen Hügel Alufolie rüber. Ich packe das Geschenk vorsichtig aus und überlege schon mal, von welcher Seite ich zuerst abbeiße. Hmmm, Tsatziki …

»Sag mal, Tessi. Willst du wirklich nach München? Jetzt guck doch nicht gleich so erschrocken«, schiebt er hinterher, als er meinen Blick auffängt. »Ich frag ja nur, ob du nicht auch in Köln oder Düsseldorf studieren könntest. Ich schätze, die bieten da ebenfalls Jura an, oder?«

Umgehend verschließt sich mein Magen wie eine Muschel, und das Hungergefühl macht einem riesigen Trauerkloß Platz. Mama hat recht. Sie hat gesagt, München sei zu teuer. Ein Abgrund öffnet sich unter meinen Füßen. Sarah und ich wollten die bayerische Landeshauptstadt unsicher machen. Zwei Rheinländerinnen in Bayern. Tolle Leute, super Uni und die Alpen nicht weit weg. Ich versuche, mir die Enttäuschung nicht anmerken zu lassen, weiß aber nicht, wie. Das Loch in meinem Magen wird sekündlich größer. Mir fehlen die Worte. Für Sarahs Eltern ist eine Wohnung in München bloß ein Klacks. Und für mich unerreichbar.

Ich traue mich nicht, den Döner wieder abzulegen, weil Papas Blick auf mir haftet wie der eines Habichts auf einer Maus. Jeder Geste folgt er mit Argusaugen. Ich fasse um, bringe es dennoch nicht über mich, die Teigtasche an meine Lippen zu heben.

»Jetzt sag doch was«, bittet er.

Was? Was willst du hören?, schreie ich innerlich. Was darf ich sagen? *Bitte, bitte lass mich in München studieren? Finanzier mir mein Studentenleben und spar dir das Geld dafür gefälligst vom Mund ab?* Oder: Nein, klar. Köln, Düsseldorf. Kein Thema. Die nehmen mich bestimmt, haben locker mehr Studienplätze als Bewerber.

Ich hab mich an sieben Unis deutschlandweit beworben und München hat zugesagt.

MÜNCHEN! Weltstadt. Nach Italien ist es ein Katzensprung. Berge! Flachland adieu! Nicht Rhein, sondern Isar. Chiemsee, Bodensee. Viele Bewerber warten Jahre auf einen Studienplatz in Jura, ich habe ihn sofort bekommen, wäre eine der jüngsten Erstsemestlerinnen *ever* gewesen.

Was soll ich sagen? Ist nicht schlimm, Papa? Ich kann nicht von dir verlangen, mir das alles zu bezahlen? Natürlich kann ich das nicht. Will ich auch nicht. Aber was immer jetzt aus meinem Mund käme, wär eine Lüge. Ich hatte mich so darauf gefreut. Hatte mich gefreut, dass München mich wollte. Ich wollte München auch.

»Ach Gott, Mädchen. Du guckst, als hätte ich deinen Hamster ertränkt. So schlimm?«

Tränen bilden sich in meinen Augen, und ich beiße mir auf die Lippen. Nichts ist schlimm. Krebs ist schlimm. Oder ein Abischnitt von 2,4.

Paps seufzt. »Schon gut. Du kannst mit Sarah anfangen, euch eine WG zu suchen. Aber sieh zu, dass das Zimmer nicht teurer als tausend Euro ist. Mehr kann ich mir nicht leisten.«

Ungläubig blinzle ich die Tränen weg und hebe den Blick.

»W-was?«, krächze ich, weil ich nicht glauben kann, was er sagt. Papa verzieht einen Mundwinkel. »Ich bin wohl nicht so witzig wie gedacht, hm? Wollte doch bloß wissen, ob dir das wirklich ernst ist. Wenn ich so viel Geld ausgebe, will ich die besten Not-«

Weiter kommt er nicht, da ich mich schwungvoll auf ihn werfe und ihn erdrücke. »Danke, danke, danke!«

Ich bussle ihn ab und übe schon mal Bayerisch im Kopf: *I werd narrisch!*

»Danke, Papa. Ich werde die beste und bravste Tochter sein! Ich werde mich total anstrengen, damit du superstolz auf mich sein kannst. Du wirst es nicht bereuen!«

Ich drücke meine Wange an seine und er tätschelt mir den Rücken. »Ich bin schon jetzt superstolz auf dich, Tessilein. Ich wünsche mir nur das Beste für dich.«

Ich küsse ihn abermals. »*Du* bist der Beste!«

Dae

Letzte Nacht hab ich von einem Bären geträumt. Einem wilden Bären. Einem Braunbären, um genau zu sein. Ich sehe sie lachen.

Tess.

Blödes Arschloch hat sie mich genannt. Wie recht sie hat! Steve hatte angerufen, dass er rüberkommt. Geschäftliches bespreche ich grundsätzlich nicht am Telefon.

Ich stehe auf und gehe zum Fenster. Ob sie zuhause ist?

Artos schlägt an und Bella fällt mit ein, ihr Gebell besagt vorsichtige Freude. Die Mieten in München sind teuer und Steve möchte für sein Töchterchen bestimmt eine sichere Wohngegend, nicht weit weg vom Unigelände.

»Hi, Danny.«

Ich komme ihm entgegen, und wieder lasse ich den Bikergruß über mich ergehen.

Für das Hundertstel einer Sekunde hoffe ich, Steve sagt Nein. Dass er seine Tochter vor mir schützen will, die mir nicht mehr aus dem Kopf geht, verdammt! Er einen anderen Weg gefunden hat, ihr zu helfen.

»Einverstanden«, sagt er geradeheraus. »Aber meine Tochter ist tabu! Und es geschieht nichts, was ihrer späteren Karriere schaden könnte.«

Ich bin verflucht.

11

Tess

Seit zwei Stunden warten wir schon am Flughafen. Der Flieger hat natürlich Verspätung, und uns drei Mädels ist langweilig. Also stehen wir nebeneinander in der Damentoilette und überprüfen unser Make-up.

»Der Urlaub war geil, aber ich freu mich, endlich meinen Finn wiederzusehen.«

Nicole zieht ihre Lippen nach. Der Kleine ist vier, sein Vater kümmert sich nicht. Ein One-Night-Stand mit einem Unbekannten und sie war schwanger. Sechs Monate lang hat sie nach dem Vater gesucht, und nachdem sie ihn gefunden hatte, wollte er nichts von einem Kind wissen. Vor allem seine baldige Braut sollte weiterhin denken, sie wäre bald die erste Frau, die ihn zum Daddy macht. Traumhochzeit auf einem Schloss mit zweihundert Gästen. Da wollte der Bräutigam nicht die Stimmung versauen. Er hat einem Vaterschaftstest zugestimmt und seitdem überweist sein bester Freund heimlich die monatlichen Alimente – falls er es nicht vergisst. Nicole kämpft mit all den Nachteilen einer Alleinerziehenden.

Gott, bin ich froh die Pille regelmäßig zu nehmen! Meiner Meinung nach gibt es kein zuverlässigeres Verhütungsmittel für uns Frauen. Natürlich sind Kondome ein Muss, jedoch weiß frau oft nicht, was hinter oder unter einem vor sich geht. Immer wieder höre ich davon, dass Typen das Gummi heimlich abziehen. Ist mir zum Glück noch nie passiert – bis jetzt zumindest, aber frau weiß ja nie.

»Erklär mir bitte, wie so was geht. Wie bekommt man denn einen Knutschfleck auf die Unterlippe?« Nicole inspiziert mein Corpus Delicti, und auch Sarah schaut mit.

David war ein Kussgott. Ich kichere. »Kannst du bitte mal nachsehen, ob ich auf meiner zerzausten Pussy auch nen Knutschfleck habe? Oder mehrere?« Wir prusten los.

Ein Knutschfleck auf den Lippen, das muss ihm mal einer nachmachen. Meine Unterlippe ist wirklich violett. Wahnsinn! Wir machen ein Selfie, und Sarah schreibt für ihren Insta-Account den Hashtag #hickey und #liphickey drunter, für Knutschfleck.

Wenn man weiß, was sie meint, sieht man es. Aber ansonsten sehen wir drei nur braungebrannt, übernächtigt und zufrieden aus – je nachdem, wen man betrachtet.

Ich habe den beiden natürlich erzählt, was vorgefallen ist, schließlich war ich fast eine Stunde lang weg.

Wenn ich daran denke, in wen wir hineingelaufen sind, als wir aus dem Stundenhotel kamen, bekomme ich jetzt noch heiße Ohren. Worst-Case-Szenario! David und ich liefen Hand in Hand, als Shyne plötzlich vor uns stand. Er war offenbar auf dem Weg zu mir. Mir sind sämtliche Gesichtszüge entglitten und hätte wer-weiß-was getan, um uns diese Situation zu ersparen.

Ich konnte förmlich spüren, wie sehr ich unser Anblick verletzt hat. Shyne, ein süßer britischer Seemann mit Tattoos und eigenem Boot, hatte ich zwei Tage zuvor kennengelernt und mich für mittags mit ihm verabredet. Nicht übermäßig attraktiv, aber sexy. Davids Küsse haben mich das Date mit Shyne einfach vergessen lassen. Ich bin wirklich eine *Bad Girl Bitch*. Als ich nach dieser peinlichen Begegnung nämlich kurz darauf allein unter der Dusche stand, musste ich mir leider eingestehen, dass mein Evil-Unterbewusstsein das Ganze geplant hatte. David war harmlos. Nett, roch gut, seine Zungenfertigkeit anbetungswürdig – ansonsten fühlte ich mich nicht im Geringsten zu ihm hingezogen. Nur meine Libido mochte ihn, und ich habe sie gewähren lassen.

Shyne hingegen war gefährlich. Er brachte etwas in Wallung, für das ich mich noch nicht bereit fühle.

Vor einigen Jahren bin ich mal in einen Typen hineingelaufen, der mich umgehauen hat.

Buchstäblich.

Wie aus dem Nichts ragte er vor mir auf. Jeans, dunkler Helm, schwarze Lederjacke, helles T-Shirt mit weitem Ausschnitt, darunter ein tätowierter, durchtrainierter Körper. Ich hab seinen Oberschenkel angefasst, hart wie Stahl war das Bein. Er stand nur da, während ich mich benahm wie ein unreifes Kind. Erst als ich ihn blödes Arschloch genannt habe, hat er sein Visier hochgeklappt und – ja, ich bin nicht stolz auf mich, aber sein Blick durchfuhr mich heiß und kalt. Danach habe ich wochenlang schlecht geschlafen, weil mich seine Augen sogar noch bis in meine Träume verfolgten. Erotische Träume, um genau zu sein. Der Kerl triggerte etwas, das ich bis dato nicht kannte und um keinen Preis der Welt noch einmal spüren will. Deshalb gehe ich dem Gefühl erst gar nicht auf den Grund und mache einen riesigen Bogen um solche Typen. Um Jungs, die mir gefährlich werden können. Shyne gehörte in diese Kategorie.

Als er mich fast in flagranti mit David erwischt hat, wurde das zarte Band zwischen Shyne und mir im Keim erstickt. Ich habe es ermordet. Er wird die Schlampe in mir sehen, die ich sein will, damit ich nicht weiter über ihn nachdenke.

Am Tag zuvor auf seinem Boot hat er mich gefragt, ob ich mir vorstellen könnte, mit ihm zu leben. Überall dort hinzufahren, worauf wir Lust hätten. Ich habe nur gelächelt. Die ehrliche Antwort lautet: mit dem richtigen Mann, ja. Aber ich hatte Shyne erst ein paar Stunden zuvor kennengelernt, und solche Angebote sind einfach unseriös. Ich mag Träumer, sie sind charmant und unterhaltsam. Für einen kurzen Moment kann man gemeinsam träumen und eine gute Zeit haben. Für eine Beziehung jedoch wären mir Männer, die schon kurz nach dem Kennenlernen eine Art Heiratsantrag machen, zu suspekt. Und ich möchte noch nichts Ernstes, das alles liegt für mich in ferner Zukunft. Ganz fern. Ich bin erst zweiundzwanzig und will mich nicht verlieben, nicht die Kontrolle verlieren. Das führt nur ins Tal der Tränen, denn jede Beziehung scheitert früher oder später. Die Ehe meiner Eltern ist das beste Beispiel. Ich kann mich nicht mehr daran erinnern, aber sie müssen einmal glücklich gewesen sein. Verliebt genug, um zu heiraten und ein Baby zu bekommen. Ich bin bei meiner Mutter aufgewachsen und erst als Teenie habe ich die Ferien bei meinem Vater verbracht. Seit ich denken kann, pflaumt Mama Papa an. Schnappt zu, sobald er nicht so agiert, wie sie es will. Jedes Mal, wenn die beiden aufeinandertreffen, ist die Luft vergiftet. Wie galliger Smog. Das ertrage ich nicht, ich bekomme Herzklopfen und Bauchschmerzen davon. Ich liebe meine Eltern, aber zusammen sind sie die Pest. Als Kind war ich oft neidisch auf Sarahs Eltern. Bis sie mir erzählte, dass ihr Vater die Putzfrau geschwängert hat. Da wusste ich dann, dass es keine heile Familie gibt. Dass nichts für immer ist. Sarahs Vater hat ihre Mutter bestimmt auch mal geliebt und ihr Treue geschworen. Was geschieht mit der Liebe, wenn derjenige, den du liebst, sie mit Füßen tritt? Wohin geht sie? Zuerst setzt sie sich in deinem Herzen fest – und dann? Wie wird man sie los? Mit Gewalt herausreißen? Oder entweicht sie, wie Luft aus einem undichten Loch im Fahrradreifen? Wie können zwei Menschen, die sich mal geliebt haben, einander hassen? Bleibt denn gar nichts übrig? Ist das Gegenteil von Liebe Hass - oder Gleichgültigkeit? Viele Ex-Partner sind sich gleichgültig. Bedeutet das, sie haben sich nie geliebt? Auf all diese Fragen habe ich keine Antwort.

Ich glaube, ich wäre zu großer Liebe fähig. Zu einer, die mir alles abverlangt, jede Faser meines Seins absorbiert. Ich würde mit Haut und Haaren lieben. Und genau das macht mir Angst. Jemanden kennenzulernen, dem ich die Macht über meine Gefühle aushändige, wie bei der feierlichen Schlüsselübergabe einer Stadt. Mit rotem Teppich und Blaskapelle. *Komm rein, alles gehört dir.* Er könnte meine Liebe mit einem Satz, einem Blick zerstören. Er könnte mich zerstören. Nein, das will ich nicht! Ich möchte bloß Spaß haben und flirten, mehr nicht. Die Liebe wird mich schon finden; ich befürchte, man kann sich ihr nicht ewig entziehen. Aber Bitteschön eher später als früher.

12

Dae

50 Tage bis Tag X

Durch die Fenster des Büros kriecht langsam Helligkeit. Bald geht die Sonne auf, die Welt erwacht und ich liege auf der Couch. Die meisten Menschen stehen gleich auf und fahren zur Arbeit. Ich dagegen arbeite antizyklisch; wenn andere aufstehen, lege ich mich hin. Einzig das Secondhand, wie mein Massagestudio offiziell heißt, hat tagsüber geöffnet. *Domi* (eigentlich *Pleasure Dome*, Tommy und ich fanden das witzig) und *Déjà Vu* nur nachts. Allerdings war ich nicht in meinen Clubs, sondern in Belgien. Für den Überfall brauchen wir sieben Motorcrossräder. Während ich nach Möglichkeiten Ausschau gehalten habe, Krads zu zocken, ist mir ein anderer Gedanke gekommen, und dafür muss ich heute Abend mit Betty reden.

Mein Blick fällt auf die Glasvitrine in der Ecke, darin steht mein Glücksbringer. Vor ein paar Jahren war ich tanken und hab einem Engel das Schühchen vom

Fuß geklaut. Keine Glanzleistung, ich weiß. Eigentlich ne Schnapsidee! Ellenlange, nackte Beine ragten aus einem offenen Cabriolet, und irgendwie hab ich mich durch das Wackeln der wohlgeformten Glieder provoziert gefühlt. Eine süße kleine Blume zierte eine Stelle unterhalb ihres Knöchels. Ich liebe Tattoos, und Frauen mit Tattoos sind wie ein warmer weicher Schokomuffin – unwiderstehlich. Die langen Beine und das Tattoo hatte ich damals als Einladung verstanden, einen ihrer Heels mitzunehmen. Aus Jux, damit ich sie irgendwann finden und vernaschen kann. Ach, Quatsch, so weit habe ich damals nicht gedacht. Es war ein Impuls, mehr nicht. Ich brauchte unbedingt einen Glücksbringer für die Verhandlung, zu der ich gerade auf dem Weg war. Hat geklappt, ich bekam damals Bewährung. Versonnen betrachte ich den sexy Schuh. Die Beine waren hinreißend, genau wie der geschwungene Heel mit der bestickten Blume, die aussieht, wie das Tattoo seiner Besitzerin.

Okay, ich geb's zu: Seitdem ist das Teil zu einer Art Obsession geworden. Ich schaue jeder Frau, der ich begegne, zuerst auf die Knöchel; suche nach diesem einen Tattoo. Habe mich tausendmal gefragt, wie sie wohl aussieht, wie alt sie war oder welcher Typ Frau. Ob sie hysterisch reagiert oder einfach gelacht hat, nachdem ich mit ihrem schicken Heel auf und davon bin. Im kleinen Rückspiegel konnte ich nicht viel erkennen, ich war zu schnell. Seitdem ist der Schuh mein privates Mysterium. Eine Fantasie, die nur mir gehört. Ich bilde mir ein, dass er mir Glück bringt. Hab ihn sogar zu meinem Haftantritt mitgenommen. Wenn man auf dem

Weg in den Bau ist und weiß, dass man länger nicht mehr rauskommt, braucht man was. Ein Andenken oder so. Ich wollte etwas, das mich daran erinnert, wie es ist, eine Frau zu spüren.

Im Knast wird einem alles genommen, du hast keine Würde mehr, bist bloß ein Insasse von vielen. Den Heel durfte ich behalten, nachdem ich ihnen erzählt hatte, er wär von meiner Freundin. Der Beamte hat sogar Verständnis gezeigt; früher hätte man eine Haarlocke mitbekommen und heute einen Stöckelschuh, hat der Schließer lachend gemeint. Nur den Absatz musste ich abschrauben. Im Knast waren wir beide ohne Untergestell – ich ohne meine Bikes und der Heel ohne Absatz.

Jetzt bin ich wieder mit meinem fahrbaren Untersatz vereint und der Heel steht mitsamt Absatz wieder an seinem angestammten Platz.

Mein Schatz.

Ich lache. *Au,* meine Bauchmuskeln. Ab sofort gehe ich fünfmal die Woche trainieren, die kleinen Übungen hinter Gittern ersetzen keinen Kampf. Ich brauche das Sparring, um wieder hart zu werden. Ich bette den Hinterkopf in meine Hand und komme ins Grübeln.

Alles wie immer, und doch ist alles anders. Die sechs Monate Knast haben nicht nur hier draußen was verändert. Sie haben mir auch erlaubt, mein Leben buchstäblich von außen zu betrachten; eine Distanz zu mir selbst zu schaffen. Tue ich das Richtige? Will ich so weitermachen – ständig mit einem Bein im Knast? Oder sollte ich mich lieber auf die Clubs konzentrieren und sauber werden? Wieder fällt mein Blick auf die Vitrine.

Soll ich den Heel mitnehmen, zum Überfall auf die LZB? Wird er mir ein weiteres Mal Glück bringen?

Mit Luke zusammen werde ich den zweiten Geldtransporter übernehmen. Wenn die Fahrer keine Dummheiten machen, wird ihnen nichts geschehen, allerdings bleibt ein nicht unerhebliches Restrisiko. Ich versuche den Klumpen, der mir auf den Magen drückt, wegzuatmen.

Zehn Millionen!

Möglicherweise gelingt uns der Coup und ich bekomme die Chance, mein bisheriges Leben hinter mir zu lassen. Noch mal ganz von vorn beginnen, ohne Mike. Sechs Monate lang brauchte ich mich nicht um ihn zu kümmern. Konnte so tun, als hätte ich keinen Bruder. Ich habe ihn nicht einen Moment vermisst.

13

Tess

36 Tage bis Tag X

Eine Meute lauter schwerer Motorräder fährt an der Tankstelle vorbei und biegt in die Parallelstraße ein, in der sich ihr Stammsitz befindet. Alle mit den gleichen Kutten. Ich erkenne sie und verdrehe die Augen. Natürlich! Die Templer – der größte Motorradclub im Rheinland. Papas Garten grenzt hinten an die Chapterzentrale oder wie auch sie ihr Vereinsheim nennen. Diese wummernden Motorräder, deren Auspuffanlagen niemals von einem TÜV genehmigt sein können, rauben mir seit Jahren den letzten Nerv. Jedes Mal, wenn ich im Sommer meinen Vater besucht habe.

Von jeher war Papas Credo, dass ich mich von denen fernzuhalten hätte. Und obwohl ich schon seit der Grundschulzeit auf seine Verbote allergisch reagiere, beherzige ich dieses. Nur zu gut erinnere ich mich an jenen Biker, in den ich hineingelaufen bin. Er hat mir mit seinem Blick nicht nur den Schlaf geraubt, sondern auch die Intimbehaarung. »Schöner Bär«, oder so hat er gesagt. Seitdem wird rasiert oder gewachst.

Ein besonders laut dröhnendes Motorrad spielt neben mir am Gas. *Nicht hochgucken, Tess.* Ich beschleunige meine Schritte. Der Bus war heute ausnahmsweise pünktlich und ich bin vor fünf Uhr zuhause. Eins der Motorräder hupt und ich fahre erschrocken zusammen. Jetzt hupen auch die anderen Harleys und einer der Typen mit offenem Helm pfeift. Ein bulliger Geländewagen mit dunklen Scheiben fährt hupend vorbei, dann noch einer und eine schwere Luxuslimousine. Weitere Motorräder machen ebenfalls alle laut auf sich aufmerksam. Idioten! Dennoch schaue ich brav zu Boden. Diese Typen zu provozieren, könnte für eine Frau gefährlich sein. Heute fand beim Landgericht eine Verhandlung gegen zwei dieser Templer statt, und das Gerichtsgebäude glich einem Hochsicherheitsgefängnis. Zwei Angeklagte, die alle einzeln mit Hubschraubern aus verschiedenen Justizvollzugsanstalten des Landes eingeflogen wurden. Draußen standen unzählige grüne Mannschaftsbusse und schwer bewaffnete SEK-Beamte mit Helm und Vollschutz. Alles war großräumig abgesperrt. Solche Szenen kenne ich nicht mal aus dem Fernsehen. Der Staatsanwalt steht unter Personenschutz, hat man da noch Worte?

Prostitution, Drogen und Gewalt. Das ist das Einzige, womit diese Männer Geld verdienen. Verächtlich schnaube ich. Wenn Frauen nicht so dumm wären und sich nicht ausbeuten ließen, könnten solche Kerle höchstens ein Mofa fahren.

Nicht dein Zoo, nicht deine Tiger, Tess. Dennoch kann ich nicht verhindern, ihnen verstohlen nachzublicken.

Warum spüre ich die wummernden Motoren tief in meiner Bauchgegend? Ich verstehe mich selbst nicht. Was für eine Faszination geht von diesen Typen aus? Spricht mich dieses Archaische an? Männerriten, harte Kämpfe, Schlägereien? Irgendwie sowas muss es sein. Weibliche Urinstinkte – pah! Ärgerlich trete ich gegen einen Kiesel am Wegesrand.

Von Bikern müsste ich eigentlich die Nase voll haben. Ein paar Monate nach meiner unrühmlichen Begegnung mit dem Biker, der mir einige schlaflose Nächte bescherte, hat mir ein doofer Biker meinen Stiletto gestohlen. Weder Dieb noch Schuh habe ich je wiedergesehen. Ich weiß nur, dass das Motorrad keine Harley war, weshalb ich mir nicht sicher bin, ob er zu den Templern gehörte, oder bloß ein ganz normales durchgeknalltes Arschloch mit Schuhfetisch war. Warum immer ich? Meinen linken Stiletto habe ich behalten. Als Mahnung, nie wieder so unvorsichtig zu sein. Ich lag auf dem Rücksitz von Sarahs Cabrio, als mir plötzlich ein Windzug um die Zehen wehte und ich bei dem Versuch, ihn zu verfolgen, kläglich am heißen Asphalt gescheitert bin. Dummer Wichser! Mögen ihm die Eier auf Rosinengröße zusammenschrumpeln und abfallen! Anders als die hupende Kolonne, trug er keine Kutte mit Templer-Logo. Genauso wenig wie der Typ mit dem hungrigen Blick. Fünf Jahre ist das her, damals war ich noch jung und unbedarft. Heutzutage würde mir sowas nicht mehr passieren, ich bin eine erwachsene Frau.

Juristin. Diese Biker müssten vor mir Angst haben, nicht umgekehrt.

»Tessi, bist du das?«

Ich schließe die Haustür hinter mir und stelle meine Laptoptasche ab.

»Ja, Papa.« Wer sonst? Er lebt schließlich alleine.

»Hast du Hunger?«

Ich höre Bratgeräusche aus einer Pfanne und folge dem leckeren Geruch. In der Küche steht Daddy mit einem Trockentuch über der Schulter vorm Herd und wendet zwei Schnitzel.

»Kannst du die Kartoffeln abschütten?«

Wortlos nehme ich ihm das Trockentuch von der Schulter und gieße das heiße Kartoffelwasser in die Spüle. Danach decke ich den Tisch.

»Wie war deine zweite Woche?«, fragt er neugierig.

»Och, ganz okay. Ist ein nettes Team, wir müssen zivilrechtliche Fälle nachvollziehen. Das heißt, wir bekommen eine Klage und Gegenbeweise und konstruieren daraus ein Verfahren. Mit allem Drum und Dran.« Ich erspare ihm die Einzelheiten.

Er nickt interessiert und rührt im Soßentopf.

»Und, wie war deine Woche?«, frage ich höflich. Wir müssen uns wohl beide erst wieder aneinander gewöhnen.

Mein Vater zuckt mit den Schultern. »Das Übliche. Zu viele Staus, doofe Disponenten und so weiter.« Er nimmt die panierten Schnitzel und legt sie uns nacheinander auf die Teller. Ich fülle uns jeweils ein paar Kartoffeln auf, und Papa verteilt Soße darüber.

Als er sich setzt, schaut er mich mit verhaltenem Lächeln an. »Schön, dass du hier bist.«

Ich lächle. »Danke schön, dass ich hier sein darf.«

»Du bist mein Kind, das ist auch dein Zuhause.«

Ich fühle mich ein wenig komisch, mit Papa unter einem Dach zu wohnen. In den Ferien waren es immer nur ein paar Tage, jetzt werden es voraussichtlich zwei Jahre.

»Musst du viel lernen?«

»Das Essen ist lecker, ich wusste gar nicht, dass du kochen kannst.« Ich schlecke den Löffel ab.

»Kann ich auch nicht. Es gibt da jemanden in meinem Leben …« Ich spüre seinen Blick und erwidere ihn mit einem ehrlichen Lächeln. »Das freut mich für dich. Du arbeitest viel und solltest nicht alleine sein. Wie heißt sie?«

»Susanne.«

»Ich würde sie gern kennenlernen, aber nur, wenn ihr das auch wollt«, biete ich vorsichtig an.

Er nickt bloß und schiebt sich ein Viertel Schnitzel in den Mund. Das hat er schon immer so gemacht, ich verkneife mir ein Kichern. Riesige Stücke verschwinden in Papas Mund wie nichts, und dann kaut er eine Ewigkeit darauf herum. Wir schweigen eine Weile, aber ehe die Stille unangenehm wird, spreche ich weiter. »Ich habe morgen Nachmittag einen Termin an der juristischen Fakultät in Köln.«

»Ach ja? Musst du dort deine Klausuren schreiben?«

»Nein, ich habe vielleicht einen Doktorvater. Er möchte mich persönlich kennenlernen.«

»Was ist denn ein Doktorvater?«

Ich räuspere mich verlegen. »Während der nächsten zwei Jahre möchte ich an meiner Dissertation arbeiten.«

Seine Augen sehen mich in Erwartung einer Erklärung an.

»Ich will promovieren. Eine Doktorarbeit schreiben«, ergänze ich.

»Oh Tessi!« Papa lässt die Gabel fallen und sieht mich ungläubig an. »Doktor Kuschel.« Er steht auf, kommt rüber und nimmt mich in den Arm.

Als er mich ansieht, schwimmen Tränen in seinen Augen. »Ich bin so stolz auf dich, mein Mädchen. Was aus dir geworden ist.« Unbeholfen streicht er mir übers Haar.

Jetzt kommen mir auch die Tränen. Ich kann meinen Vater nicht weinen sehen. Es gleicht einem Naturgesetz, dass ich dann mitweinen muss.

»Danke, Papa. Hab ich von euch geerbt.«

Er tätschelt meine Wange und küsst sie vorsichtig. »Mein Mädchen. Richterin Doktor Kuschel.« Immer wieder schüttelt er den Kopf. »Ich brauch jetzt nen Schnaps.«

»Warte besser damit, Papa. Ich steh doch ganz am Anfang, da kann noch einiges dazwischenkommen. Ich weiß ja auch noch gar nicht, was der Professor morgen sagt«, versuche ich, das Ganze runterzuspielen. Seine überschwängliche Freude ist mir unangenehm und setzt mich unter Druck. Es kann noch so viel schiefgehen. Zwei meiner ehemaligen Kommilitonen haben mich eh für verrückt erklärt, dass ich alles auf einmal will. Die meisten bringen erst mal ihre Referendarzeit hinter sich, ehe sie promovieren. Ich sehe allerdings kein Problem darin, parallel zu arbeiten. Außerdem mache nur *ich* mir Druck. Sollte mein Ehrgeiz mich umbringen, mir meine Ziele über den Kopf wachsen, stelle ich einen Antrag auf Fristverlängerung und lasse die Dissertation ruhen. Aber eine Richterin muss promoviert haben, finde ich.

»Hast du schon ein Thema? Heißt das so?« Mit großen Augen schiebt er sich das nächste Viertel vom Schnitzel in den Mund.

Ich nicke. »*Strafrechtliche Problematik wie Isolationshaft im Lichte der Grund- und Menschenkenntnisse*, hab ich überlegt. Kann jedoch sein, dass sich das morgen ändert.«

Es gilt auszuloten, ob mein Doktorvater ein Problem mit der Thematik hat. Ob er konservativ ist oder eher progressiv. Wohlerzogen zerschneide ich das Fleisch mit Messer und Gabel in mundgerechte Stücke, wie es sich für eine wohlerzogene junge Dame gehört.

»Sag mal, Papa: Du hattest doch früher mit diesen Rockern zu tun, oder? Als du jung warst. Mama hat mal sowas erwähnt.«

Seine Augenbrauen verdichten sich. »Warum fragst du?«

»Die sind eben in einer Kolonne an mir vorbeigefahren. Ganz schön lauter Haufen.« Ich spieße ein Kartoffelstück auf und tunke es in die Jägersoße.

»Das sind nette Jungs. Gehen füreinander durchs Feuer und so.«

Ich runzle die Stirn. »Versuchst du mir gerade verurteilte Schwerverbrecher als rechtschaffene Bürger zu verkaufen?«

Seine Gabel fällt laut scheppernd auf den Teller. »Okay. Ab und zu mache ich mit denen Geschäfte. Fahre … Motorräder und Teile durch die Gegend. Wolltest du das hören? Manchmal bist du wie deine Mutter!«

Betroffen schweige ich. Das war ja ein schneller Stimmungsumschwung. *Supi, Tess. Jetzt weißt du wieder, warum du Scheidungskind bist.*

Woher sollte ich wissen, dass er mit diesen Templern Geschäfte macht? Mamas siebten Sinn habe ich offenbar nicht geerbt.

»Aber jetzt wo du die Templer erwähnst, könntest du mir einen Gefallen tun.« Er holt einen großen weißen Umschlag von der Arbeitsplatte. »Ich muss gleich noch nach Belgien. Du triffst dich doch sicher noch mit Sarah, oder? Kannst du diesen Brief bei unseren Nachbarn in den Briefkasten stecken?«

Ach du Schreck! Ich soll zu deren Vordereingang? Was ich von ihrem Hinterhof sehe, reicht mir schon.

»Ich dachte, ich sollte mich von denen fernhalten?«

»Vorm Tor, direkt am Bürgersteig ist der Briefkasten«, antwortet er schmatzend.

»Fährst du nicht daran vorbei?«, frage ich nach. Ich mag mich nicht in deren Nähe begeben.

Papa schüttelt den Kopf. »Ich muss noch nen Auflieger an der A4 ankoppeln. Ist nicht meine Richtung. Es sei denn, du hast Probleme damit, einen Umschlag in einen Briefkasten zu stecken«, sagt er leicht ungehalten.

Papa hat mein Studium finanziert und ich bekomme

immer extra Urlaubsgeld. Er tut alles für mich und ich hab ihn lieb. Natürlich macht es mir nichts aus, für ihn einen Brief irgendwo einzuwerfen.

»Was steht denn drin?«

»Tessi.« Er lacht und wedelt mahnend mit der Gabel in der Luft herum. »Du kannst alles essen, aber nicht alles wissen.« Das letzte Viertel des Schnitzels verschwindet in seinem Mund und macht eine weitere Unterhaltung unmöglich.

Sollte mich auch nicht interessieren, was drinsteht. Ich werde den Umschlag einwerfen und hoffe, niemandem von dieser kriminellen Horde zu begegnen.

14

Dae

Langsam setzt die Dämmerung ein und ich beschließe, mit den Hunden in die Natur zu fahren. Tagsüber ist die Hitze kaum auszuhalten, aber im Wald dürfte es erträglich sein. Dort fließt ein kleiner Bach, in dem können sie herumtollen, bis sie müde werden. Aufgeregt kommen mir die zwei entgegengelaufen, und ich werfe ihnen ein paar trockene Rinderstrossen zu. Irgendwo in all dem Chaos im Tempel müssen Hundeleinen liegen, überlege ich und mache mich auf die Suche. Küche, Lager, Werkstatt, Büro, Sofas, Sessel, Tische, Bar, Theke.

Nach einer gefühlten Ewigkeit gebe ich genervt auf. Nirgends eine Leine zu finden, geschweige denn zwei. Nichts! *Was für eine Scheiße!* Ist überhaupt jemand in den letzten Monaten mit den Hunden spazieren gegangen, oder haben die bloß den Hinterhof vollgeschissen?

Ruhig, Dae. Ganz ruuhiig! Ich reiße mich am Riemen, um nicht auszuflippen. Im Knast habe ich viel Meditation und autogenes Training gemacht. *Einatmen, ausatmen.* Ich lasse den Kopf kreisen und versuche, meine

Nackenmuskeln zu entspannen. Hier laufen einfach zu viele Kerle rum, die ständig Unordnung machen.

Im Bunker ist grad eine Chapterversammlung wegen des Coups bei der LZB. Ich bin auch eingeladen, habe aber keinen Bock. Irgendeiner wird mir später schon erzählen, was besprochen wurde.

Vor dem Eingang steht mein schwarzer SUV, mit dem Magic hergekommen ist. Er ist der einzige mir bekannte männliche Dom, der für seine Dienste bezahlt wird. Die Weiber kommen aus ganz Deutschland, um von ihm ausgepeitscht und gefesselt zu werden. Praktischerweise wohnt der indische Tausendsassa auch im *Domi* und hat auf alles ein Auge. Motorrad fährt er selten, ich glaube sogar, er hat seine Harley verkauft. Vermutlich fliegt im Kofferraum des Wagens Spielzeug herum, also hoffentlich etwas, das sich als Hundeleine zweckentfremden lässt.

Und richtig! Als ich den Kofferraum des schweren SUV öffne, fällt mir schon allerlei Kram entgegen. Ein riesiger Doppeldildo knallt vor meine Füße. Ehe ich reagieren kann, ist Artos da und schnappt ihn weg. Verdutzt bleibe ich stehen, während Bella sofort die Verfolgung aufnimmt. Kann ja nicht sein, dass Artos ein Spielzeug hat und sie nicht, denkt meine Hündin. Das erkenne ich förmlich an der Art, wie sie die Beine beim Sprint nach hinten wirft. Ich muss lachen. Zum Schießen, die beiden. Wie sie die zwei Dildos im Maul haben und wie verrückt zerren und schütteln. Ich nehme ein schwarzes Baumwollseil heraus und prüfe, wie lang es ist. Normalerweise haben die Seile ordentlich aufgerollt zu sein, ich hasse Unordnung. Nein, das ist falsch. Ich hasse Unordnung mit Arbeitsmaterialien, denn das Equipment ist teuer. Wenn man die Utensilien pfleglich behandelt, halten sie länger und ich spare Geld. Plötzlich halte ich drei gleichfarbige Seile unterschiedlicher Länge in der Hand, die alle in sich verheddert sind. Ärgerlich grunzend nehme ich mir höchstpersönlich vor, Magic darin einzuwickeln und als Jobmotivation hinter meinem Bike herzuziehen. Bei Vollgas. *Einatmen, ausatmen.* Ein Knebel hat sich in den Stricken verfangen und fällt ebenfalls zu Boden.

»Oh nein!« Sofort stelle ich einen Fuß auf die Metallschnalle, an der der schwarze Gummiball hängt, denn Bellas Argusaugen entgeht nichts.

»Nein!« Ich erhebe mahnend den Zeigefinger. »Das Spielzeug ist für Magics läufige Hündinnen, oder wie auch immer er seine Kundinnen nennt.« Ich beuge mich runter, um den Ball aufzuheben und muss gleichzeitig die schlabbernden Küsse von Bella abwehren, als Artos losknurrt.

»E-Entschuldigung.«

Die Stimme kenne ich von irgendwoher. Ich richte mich auf und – traue meinen Augen kaum.

Tess.

Die Kleine steht derart unerwartet in meiner Welt, dass ich vor lauter Verblüffung erstarre. Sie sieht immer noch aus wie damals, trägt eine Baseballkappe, und ihr langes dunkles Haar ist zu einem dicken Zopf geflochten. Dennoch ist sie es. Und ihre Stimme hat immer noch die gleiche Wirkung auf meinen Schwanz. *Fuck.*

»Artos, stopp!«, rufe ich, um zu verhindern, dass er sie über den Haufen rennt, denn Artos liebt Frauen. Er bremst sofort ab. Ängstlich beäugt Tess meinen Hund, der seine Nase neugierig nach vorne streckt. Die Sonne hat goldene Strähnen in ihren dichten Zopf gewebt, und sie ist braungebrannt. Während ich hinter Gittern saß, war sie wahrscheinlich im Urlaub. Tess sieht umwerfend aus in dieser abgeschnittenen Jeans, einem geknoteten KISS T-Shirt und roten Ballerinas. Pah, an ihrem Schuhgeschmack müsste man arbeiten. Aber genauso gut hätte sie in Sack und Asche gekleidet sein können, für sie würde ich dennoch zum Poeten.

15

Tess

Tätowierter Badboy auf 12 Uhr. Hirn an Libido, Hirn an Libido. Hirn an … Hallo? Jemand da? *Oh oh.* Meine Libido hatte einen Herzinfarkt und liegt leblos darnieder.

Schöne breite Schultern, die definierten Oberarme führen gerade einen Stresstest an seinem grau-verwaschenen T-Shirt durch, und von den Fingern bis zu den kurzen T-Shirt-Ärmeln ist er tätowiert. Sogar am Hals. Mein Mund wird trocken. Der Typ bückt sich, um etwas aufzuheben, und als sein T-Shirt hochrutscht, sehe ich seine tätowierten Abs. Oh je, meine Pussy erwacht pochend zum Leben.

Geschickt hebt er ein Spielzeug auf, ehe die Kopie von Harry Potters dreiköpfigem Fluffy erneut danach schnappen kann.

»Das kann ich jetzt auch nicht schönreden, oder?« Seine Augen funkeln.

»Schätze nicht.« *Gute Erwiderung, Tess!*

Er lächelt mich an und meine Knie werden weich.

Sein Lächeln hat etwas spitzbübisch anziehend Ausziehendes. Wow! In einer Hand hat er einen Knebel und in der anderen … Ich reiße meine Augen auf, denn jetzt erst sehe ich, was er da hält. Einen breiten schwarzen Gürtel, der beidseitig mit einem riesigen fleischfarbenen Gummidildo bestückt ist. Ich schlucke hart. *Heiligs Blechle*! Beim Anblick dieses Monstrums zieht sich mein Unterleib schmerzhaft zusammen.

»Und wenn ich behaupte, dass das Zeug nicht mir gehört?«

In seinen Augen tanzt der Schalk. Ich schürze die Lippen und tue so, als müsste ich überlegen, obwohl meine Mundwinkel zucken. »Keine Chance.«

Sein kurz rasiertes Haar ist aschblond und auf dem Oberkopf etwas verstrubbelt. Wirklich heiß. Ganz so, als hätte er eben noch geschlafen. Er mustert mich und seufzt.

»Bella, aus!«, ruft er, doch Fluffy Nummer zwei springt erneut an ihm hoch. »Schluss jetzt«, mahnt er streng, aber ich höre das Lachen in seiner Stimme. Er liebt den Hund, das merkt man sofort. OMG – das ist so süß!

Schnell wirft er alles in den Kofferraum und lässt die Klappe herunter, ehe die Hunde wohlmöglich weiteres Spielzeug entdecken. Ich allerdings habe Ketten gesehen. Schwere Ketten. Meine Kehle hat sich in die Wüste Gobi verwandelt und lechzt nach …

»Sorry.« Er fährt sich mit den Händen durch sein kurzes Haar, und das T-Shirt hebt sich. *Krass!* Ein Sixpack hat er auch noch.

Reiß dich zusammen, Tess. *Der ist* bah, pfui, gefährlich!

– *Aber sexy.*

Rocker!

– *Süü-üüß.*

Trotzdem Rocker!

Ich beende die Unterhaltung in meinem Kopf zugunsten der vernünftigen Stimme – ohne Eisprungtendenz.

»Ich hatte nicht mit Besuch gerechnet.« Er lächelt mich wieder so an. *Himmel,* ich muss mich wirklich beherrschen. Wenn's von dem einen Lolligeschmack gäbe, reiche man mir den Bestellzettel: Ich hätte gern eine Jahresration.

Der erste Fluffy steht immer noch vor mir und – oh Schreck, er kommt näher. Vorsichtig weiche ich einen Schritt zurück und versuche, mich daran zu erinnern, ob man einem gefährlichen Tier in die Augen sehen soll oder nicht.

Noch ein weiterer Schritt … Hilfe, ich … *Aua!*

Ehe ich mich abfangen kann, sitze ich auf meinem Allerwertesten. Mein Steißbein zwirbelt, und ich sehe für einen Moment Sterne. Schon ist das schwarze Ungeheuer da und drängt seine Schnauze zwischen meine Beine.

»Iiih!«

Himmel hilf, er schnüffelt! Meine Ohren werden heiß, und ich versuche vergeblich, die Oberschenkel zusammenzudrücken. Hoffentlich beißt er nicht zu.

Hilfe, ich hänge an meiner Mumu!

Der Typ stellt sich vor mich und legt den Kopf

schief. »Artos steht auf Bären«, bemerkt er mit hungrigem Blick, und – peng! Jetzt erkenne ich ihn wieder.

ER ist es! Er, der unverschämte Biker, in den ich vor Jahren hineingelaufen bin. *Ist das zu fassen?!* Meine Wangen glühen. Wie kann das sein? Mein Blick fällt unwillkürlich auf seine Oberschenkel. Ich erinnere mich noch genau, wie ich seine harten Muskeln unter meinen Händen gespürt habe, als ich nach der abgeflogenen Handyhülle greifen wollte. Der Blick, als er sein Visier hochklappte … Genauso guckt er jetzt auf mich herab.

»Soll ich mir etwas darauf einbilden, dass du immer vor mir auf dem Rücken liegst?«, fragt er schmunzelnd. »Artos, aus!«

Sofort lässt das Vieh von mir ab. Ich spüre feuchte Hitze zwischen meinen Beinen und presse schnell die Schenkel aneinander. Hoffentlich sieht man nichts.

Mister Hungry Eyes nimmt seinen Hund am Halsband.

»Ab mit dir«, gebietet er, doch das Vieh bleibt stehen und beäugt mich. Fluffys Nase bebt. *Gott im Himmel!* Er riecht mich bestimmt. *Warum* ist eigentlich nirgends ein Loch im Erdboden, wenn man mal eins braucht? Hindernisse, über die ich falle, gibt es hingegen genug. Unfair ist das!

Er streckt mir seine Hand hin. »Komm hoch, ehe er dich besteigt.«

Ich muss ein entsetztes Gesicht machen, denn er lacht amüsiert.

»Nein, keine Sorge. Wir drehen hier keine Tierpornos. Er ist nicht kastriert und riecht fruchtbare Weibchen jeglicher Art.«

Fruchtbare … was? Oookay! Meine Wangen haben Feuer gefangen, und solange er derart nah vor mir steht, wird sich das auch nicht ändern. Diese Straße werde ich ab jetzt meiden wie der Teufel das Weihwasser. Hundertpro! Ich kann ihm nie wieder unter die Augen treten, so viel ist sicher.

Als ich seine Hand ergreife, trifft uns beide ein elektrischer Schlag, dass beinahe Funken fliegen.

»Au!«

Reflexartig ziehen wir unsere Hände zurück, und ich erhebe mich selbstständig, ehe der Siedepunkt an Peinlichkeiten erreicht ist.

Lässig setzt er seine verspiegelte Sonnenbrille auf.

»Was willst du hier?«

Das ist eine gute Frage. Was war es noch gleich? Ein Töpfchen Sperma zum Mitnehmen? In Babywunsch-Facebookgruppen könnte ich damit Tausende verdienen.

»Ja?«, fragt er schmunzelnd nach.

Ich habe ihn jetzt nicht etwa angestarrt und war in einen Tagtraum von seinen Spermien versunken, oder? *OhGottohGottohGott – sag was! Sofort!*

»Ich, ähm … mein Vater schickt mich. Ich sollte diesen Umschlag in den Briefkasten stecken. Aber …« Ich blicke zurück zum Tor und hebe hilflos die Schultern. »Der ist abgerissen.«

Er folgt meinem Blick, und sein Kiefer spannt sich an. Ich werde noch feuchter, und Artos macht einen Schritt nach vorn.

»Aus jetzt!«, befiehlt er streng und ich zucke zusammen. Mein Höschen ist pitschnass. Ich glaube, ich quietsche gleich, wenn ich gehe. Himmel, ist das peinlich! Jetzt blickt er auf den zerknitterten Umschlag in meiner Hand.

Oh je, ich hab gar nicht bemerkt, wie ich den zusammenknüllt habe.

»Wissen Sie, wo ich Danny Matthey finde?«, frage ich verlegen und streichle das Papier glatt. An den ist der Umschlag nämlich adressiert. Ich bringe es nicht über mich, ihn zu duzen. Siezen schafft Distanz. *Du bist ein geiles Flittchen, Tess Kuschel.* denk an deine gute Kinderstube*!*

»Day«, ruft eine tiefe männliche Stimme von hinten, und ein riesiger Kerl in Lederkutte und mit Tuch auf dem Kopf tritt aus der Tür.

»Neues Pferdchen?«

Day? So heißt er also. Vermutlich eine Abkürzung für Danny, dann ist der Umschlag für ihn. Peinlichkeitsstufe-Overload. Auf dem Nummernschild des riesigen SUVs lese ich die Initialen DM – für Danny Matthey? Ich strecke ihm den Umschlag hin, und er nimmt ihn entgegen.

»Nein«, erwidert er und lächelt mich charmant an. Mein Herz schlägt einen Purzelbaum. »Das ist unsere Nachbarin«, ruft er dem älteren Rocker zu und zwinkert mich an. »Dae mit ae nicht y.«

Woher weiß er…?

Hinter mir hupt es und ich drehe mich um.

»Tesssssiiii, wir wollen lo-os!«, ruft Nicole und winkt hektisch von der Straße aus.

Meine Freundinnen schickt der Himmel! Wie gut, dass ich Sarah eine Nachricht geschickt hatte, wo die zwei mich einsammeln sollten. Es geht zu einem der angesagtesten Beachclubs am Rhein. Mit einem entschuldigenden Lächeln verabschiede ich mich und laufe die Auffahrt hinunter. Mein Puls trommelt einen wildem Rhythmus bis hinauf in meine Ohren. *Schlag jetzt bloß nicht lang hin, während er deinen süßen Po bewundert,* ermahne ich mich.

*Tut er doch, oder? Es f*ühlt sich zumindest so an, denn meine Kehrseite kribbelt. Wahrscheinlich vom Sturz, aber der Gedanke, dass mir sein Blick folgt, lässt mein Herz noch heftiger pochen.

»Schnell, einsteigen!«, zischt Sarah, und ich klettere ins Cabriolet, während Nicole die Sitzlehne wieder zurückklappt. Kaum dass ich sitze und Nicole die Beifahrertür zugezogen hat, brausen wir los.

»Gott, die Templer. Bist du irre?«, fragt Nicole und dreht sich zu mir um. »Was wolltest du denn bei denen?«

Mit grimmiger Miene behält Sarah den Rückspiegel im Auge. »Ich hoffe, uns folgt niemand. Diese Typen sind gefährlich. Um so was schlägt man einen großen Bogen.« Sarah schüttelt ihre rote Mähne. »Was wolltest du denn dort?«

»Mich haben mal drei von denen in die Zange genommen, als ich mit dem Auto unterwegs war«, erinnert sich Nicole. »Kein schönes Gefühl, wenn vor, hinter und neben dir Motorräder wie Geier um ihre Beute kreisen.«

Ich kann es ihr nachfühlen. So sehr ich Männer mag, sind diese von der Gattung *Finger weg*. Obwohl ich bei Danny Matthey eher das Bedürfnis verspüre, mir die Finger abzulecken. Nachdem ich ihn vernascht hätte.

»Ich glaub, jeder in Kaiserberg hat irgendeine Story mit den Templern erlebt«, ergänzt Sarah.

Da hat sie wohl recht. Mein Eis klebte ihm auf der Brust damals. Danny Matthey heißt er also. Wie klein ist die Welt denn bitte?

Jetzt gibt es nur noch ein Mysterium zu lösen, nämlich ob der Schuhdieb von damals auch etwas mit diesen Rockern zu tun hatte. Ich hätte das Leckerchen fragen können. Aber … wonach? *Hey, kennst du vielleicht einen Typen mit schwarzer Motorradkleidung und schwarzem Helm? Auf einem schwarzen Motorrad?* Er würde denken, ich hätte zu heiß gebadet. Ohnehin habe ich keine allzu souveräne Figur abgegeben, weder damals noch heute. Wie – for crying out loud – habe ich es zuwege gebracht, gleich zweimal vor ihm hinzufallen?

»Fahr kurz zu mir, ich hab was vergessen«, bitte ich Sarah. Ich muss dringend mein Höschen wechseln, so kann ich zu keiner Beachparty.

Während Sarah weiterhin den Rückspiegel im Auge behält, biegt der Wagen in meine Straße ein. »Soweit ich mich erinnere, sitzt deren Chef sogar im Gefängnis. Wird wahrscheinlich nicht der Einzige sein.«

Ich lasse die Eindrücke des heutigen Tages bei Gericht Revue passieren, und erneut wird mir mulmig zumute. All die Polizei, die Sicherheitsvorkehrungen. Ich bin mir unsicher, welcher Umstand der schwerwiegendere ist, um künftig einen riesigen Bogen um Danny Matthey zu machen: dass er ein krimineller Rocker ist oder ich bei genau solch einem Typen die Kontrolle verlieren würde. Wollen würde. Frei nach dem Motto: Kobra, übernehmen Sie. Seine Kobra könnte sich an mir gütlich tun. *Ui*, die nächste Hitzewallung erfasst mich. Nein, der ist wirklich nichts für mich! Mit solch geballter Männlichkeit wäre mein jungfräuliches Herzilein rettungslos verloren. Elendig. Mit seinem entwaffnenden Lächeln sprengt er jeden braven Vorsatz, und mit diesem heißen Body Keuschheitsgürtel wie zu Boden geworfene Knallfrösche. Peng – und verloren bist du! Diese Kombi könnte er höchstens mit einem mickrig kleinen Penis wieder ausgleichen. Herrje! Siedend heiß kommt mir in den Sinn, was ich jahrelang verdrängt hatte. Wie er sein bestes Stück durch die Jeans gepackt hat und ich erneut nach hinten gefallen bin. Das Ding war riesig! Also damals fand ich das zumindest, da hatte ich ja noch keine Vergleichsmöglichkeit. *Nein Tess, pfui!*

Mein Erinnerungsvermögen stört sich nicht an meinen Einwänden und beschwört die Begegnung herauf. Wie ich in ihn hineingelaufen und durch den Drall rückwärts auf den Po gefallen bin. Da war ich siebzehn. Ich hatte mich viel zu sehr erschrocken, um zu registrieren, dass mein Kleid hochgerutscht war. »Schöner Bär« oder so hatte er gesagt, was mir noch Tage später total unangenehm war. Seitdem rasiere ich mich. Schockschwerenot, und dann falle ich eben wieder vor ihm auf den Allerwertesten?

Vor lauter Scham schlage ich mir die Hände vors Gesicht. Noch blöder kann man sich nicht anstellen, echt! Ohne Helm sieht er so viel besser aus! Im Nachhinein bin ich regelrecht erleichtert, dass er ihn seinerzeit aufbehalten hat. Damals war ich noch Jungfrau, hatte von nichts eine Ahnung, aber diesen Blick konnte ich nicht vergessen. Und jetzt das.

Nein, Tess, nein! Denk nicht mal dran!

Sarah parkt den Wagen, Nicole steigt aus und klappt den Sitz nach vorne. Ich klettere aus dem Fond und beeile mich, ins Haus zu kommen.

Hoffentlich ist gleich ein ähnlich attraktives Subjekt in der Strandbar, damit ich mir diesen Dae mit ae direkt aus dem Kopf knutschen kann.

16

Dae

30 Tage bis Tag X

Geil! Genießerisch schließe ich die Augen. »Hm, wie sehr ich das vermisst habe.«

»Mach mal halblang, Dae«, grunzt Paolo hinter seiner Theke quer durch den Raum und wirft einen runden Teigfladen hoch, der sich in der Luft dreht, ehe er ihn gekonnt auffängt. »Man könnte ja denken, du hättest ein Verhältnis mit meiner Pizza.«

»Hab ich auch«, antworte ich mit vollem Mund.

»Pizzaficker.« Tommy brüllt vor Lachen, während ich mich nicht beirren lasse und genüsslich weiter kaue.

»Ich liebe deine Pizza, hab sogar im Knast davon geträumt. Wenn das kein Verhältnis ist, weiß ich's auch nicht.«

Alle lachen, während ich aufpassen muss, mich nicht zu verschlucken, so sehr hungert es mich nach diesem riesig runden Stück Himmel auf Erden. *Pizza Diavolo, meine Lieblingspizza!* Paolo ist ebenfalls Member und die Pizzeria eine nette Geldwäschestätte. Obendrein läuft der Laden im Herzen der Altstadt von Kaiserberg hervorragend, weil er und sein Bruder einfach wissen, wie man Pizza backt.

»Hast du das neue Tattoo von Benny gesehen?« Tommy stößt mir in die Seite und deutet mit dem Kopf über den Tisch. Benny sitzt uns schräg gegenüber und dreht gerade seine Spaghetti Aglio e Olio auf die Gabel. Er ist in unserem Alter und arbeitet in Ramons Tattoostudio an der Stiftskirche. Sein langes schwarzes Haar trägt er stets in einem Bun und hat jeweils einen riesigen Ring in beiden Ohrläppchen. Breit grinsend hebt er sein Shirt an und zeigt uns seine Brust.

»Wow!«, entfährt es mir und ich rülpse laut. »Wer hat das gestochen? Echt fett.«

Eine Harley mit der Stars and Stripes-Flagge auf dem Tank. Sieht geil aus, wenn man Harley fährt. Daneben befinden sich zwei Fäuste, die ein Schwert halten, drumherum der Spruch *Christi de Templo – Soldat der Tempelritter*. Das Tattoo hab ich ihm vor ein paar Jahren gestochen.

»Geil, oder?« Er streicht sich über seine Rippen und die gepiercte Brustwarze. Hatte ich auch mal, aber irgendwie hatte ich im Knast plötzlich keine Lust mehr auf all den Firlefanz. Auch mein Schwanzpiercing hab ich entfernt.

»Kenny McFaden«, erklärt er stolz.

Ich nicke, das habe ich mir gedacht. Wir Tätowierer erkennen die Arbeit der Stars. McFaden ist so was wie eine lebende Legende. »Du warst auf der Tattooconvention in L. A.?« Ich lecke mir die Finger ab und freue mich auf das nächste Stück. Welches nehme ich, das breite oder das noch breitere?

»Ja, Bro. Beim nächsten Mal fliegen wir zusammen hin. Ach nee, geht ja nicht. Du bist ja vorbestraft«, feixt er und das breite Grinsen präsentiert seine Silberkronen. Ihm wurden mal ein paar Zähne ausgeschlagen.

»Haha«, mache ich und beiße in das breite Stück. Die Pizza schmeckt viel zu gut, als dass ich mich von Benny provozieren ließe. Kann mir gern den Buckel runterrutschen, der Gute. Zumal er recht hat, Straftäter dürfen nicht in die Staaten oder nach Kanada einreisen. Aber darüber will ich jetzt nicht nachdenken. Ich esse! Außerdem waren wir vor sechs Jahren mal ein paar Wochen drüben bei unseren MC-Brüdern im Mittleren Westen, das hat mir gereicht.

Draußen rast eine Bopper heran. Ein paar der Jungs erheben sich ruckartig. Die Nervosität bezüglich der Bluejackets ist greifbar und alle sind bewaffnet. Paolos Pizzeria liegt Tiefparterre zur Straße. Von Passanten sieht man nur Beine und Reifen, maximal die Taille. Das nennt man strategischen Vorteil, denn um von oben runterzuschießen, muss man in einer gewissen Nähe vorm Laden stehen, der uns von hier unten freie Sicht gewährt. Ich schnabuliere meine Pizza genussvoll weiter und lasse mich nicht aus der Ruhe bringen, schließlich höre ich am Klang der Maschine, wer da kommt. Aber die Eile, mit der Luke anbraust, passt nicht zu ihm. Irgendwas stimmt nicht.

Mit einem Mädel hintendrauf, dem er seinen Helm überlassen hat, parkt er direkt vor dem Schaufenster des Restaurants. Alle um mich herum setzen sich erleichtert wieder hin. Verächtlich schnaube ich. Kleine Schisser! Ich wäre erst aufgestanden, wenn mir jemand meine Diavolo aus der Hand geschossen hätte.

Luke schiebt das Mädel vor sich her, die vier Stufen runter, während ich mich meiner Pizza zuwende.

»Dae?«

Ich beiße ein weiteres Mal ab. Ob Luke den Wink versteht? Alle Augen sind auf mich gerichtet. Gemächlich nehme ich die Serviette, wische mir den Mund ab und lehne mich kauend zurück. Dann hebe ich meinen Blick und betrachte die beiden. In Kaiserberg und Umgebung gibt es jede Menge Clubs, und alle sind in Templerhand. Ich kenne das Pferdchen nicht, aber ihrem eingeschlagenen Gesicht nach zu urteilen, arbeitet sie für Bertie.

»Hast du mal einen Moment?«

Ich beiße erneut in mein Stück Himmel. Seitdem ich draußen bin, lässt man mir keine Ruhe. Weder zum Ficken noch zum Essen.

Vielleicht sollte ich alle Bluejackets im Alleingang ausschalten und dann wieder einfahren. Im Knast hätte ich meine Ruhe. Nur leider nicht Paolos anbetungswürdige *Diavolo*. Ob er ins Kittchen liefert? Wenn die Schließer auch eine bekommen, drücken sie vielleicht ein Auge zu.

»Dein Ernst, Digga?« Tommy beäugt die beiden ebenfalls skeptisch. »Was willst du von Dae?«

Ich verkneife mir ein Grinsen. Mein strahlender

Ritter in glänzender Lederkombi. Tommy ist zu gutmütig. Er versteht nicht, dass Luke mich bitten will, das Mädchen unter meinen Schutz zu stellen.

»Sprich!«, knurre ich Luke an. Das Mädel ist klein, blondiert und hat gemachte Titten. Das Veilchen ist echt, genau wie die dicke Lippe und die Würgemale an ihrem Hals.

»Melissa braucht nen neuen Job.«

Ich seufze und wische mir den Mund ab. Luke hat einfach ein viel zu großes Herz. Sobald irgendwo ein weinendes Mädel steht, kehrt er den Retter raus.

Eigentlich gibt es bei uns keinen Menschenhandel, keine Zwangsprostitution. Berti ist President der Flying Eagles, unserem Supporter-Club. Für mich sind Templer und die Adler eine Familie, sie gehören zusammen. Allerdings verdienen die Eagles ihr Geld noch mit Schutzgelderpressung und allen Klischees, die man aus der Glotze kennt. Bertie gehört halt zur Generation des Alten und damals war das eben so. Er und seine Jungs bieten den Kunden immer neues Frischfleisch und einige Huren arbeiten halt nicht ganz freiwillig. Vor allem, wenn sie kein Deutsch sprechen und neu im Land sind. Sie bleiben nie lange und werden schnell weitergereicht. Mir ist das zu heiß, und es ist auch unnötig. Man kann die Kunden dazu erziehen, mit dem hiesigen Angebot zufrieden zu sein. Außerdem ist es nützlich, wenn Gast und Pferdchen die gleiche Sprache sprechen. Die alte Generation hält jedoch an ihren Prinzipien fest. Ich werfe die Serviette auf den Tisch und stehe auf.

»Setz dich«, deute ich Melissa. »Hunger?«

Sie schüttelt schüchtern den Kopf. Hätte mich auch gewundert, die Kleine ist gut abgerichtet.

»Komm mit raus«, weise ich Luke an. »Tommy, kümmere dich um sie.«

Erst, als sich die Ladentür hinter uns schließt und wir oben auf der Straße stehen, atme ich wieder.

»Hilf mir, Dae!«

»Wem gehört sie?«

Luke zögert und ich warte.

»Wenn du mir nicht hilfst, hauen wir ab.« Er steckt sich die Hände in die Lederhose und tritt einen Kiesel aus dem Weg.

»Bertie?«

Das Ausbleiben einer Reaktion ist mir Antwort genug.

Das wütende Brüllen eines stadtbekannten Sportwagens kündigt den alten Luden an. Wenn man vom Teufel spricht …

»Geh rein und halt deine Fresse!«, warne ich Luke. »Sie gehört dir nicht und ist nicht dein Problem! Du weißt, was geschieht, wenn du Theater machst. Willst du dir noch ein Einschussloch einfangen?«

Luke weicht meinem Blick aus. Ich sehe ihm an, wie zerrissen er innerlich ist. Doch er gehorcht und nimmt die Stufen nach unten. Was glaubt er? Dass ich Bertie umlege, damit er mit seinem blonden Engel in den Sonnenuntergang reiten kann? Fuck! Jetzt hab ich ein Problem am Arsch, das gar nicht meins ist – und meine Pizza wird kalt. Bertie parkt in zweiter Reihe und springt aus dem offenen Luxussportwagen.

Ich stelle mich vor ihn und hoffe, er kocht nicht weiter hoch.

»Hey, Dae! Wieder draußen?« Es folgt der obligatorische Bikergruß, und Bertie schielt an mir vorbei, runter in den Laden. Seine goldene Uhr glänzt im Schein der Außenleuchte. Er hat zwei Tränen unterhalb des linken Auges tätowiert. Alte Tattoos werden mit der Zeit grün. Er könnte sie sich überstechen lassen, aber wahrscheinlich interessiert ihn das nicht. Zwei Tränen für zwei Morde. Er saß lebenslänglich, als ich geboren wurde. Lustig, was unser Staat so unter lebenslänglich versteht.

Es hat keinen Sinn, um den heißen Brei herumzureden. Der alte Lude hat Melissa entdeckt, und höchstwahrscheinlich ist er bewaffnet.

»Wer hat sie mitgenommen? Luke? Ist der bescheuert?«

»Natürlich ist er bescheuert«, pflichte ich ihm ruhig bei, »denn er hat ein Problem damit, wenn wehrlose Weiber verprügelt werden.«

Bertie schnaubt belustigt, sein angesäuerter Blick spricht jedoch Bände. »Wie gut, dass das nicht sein Bier ist. Oder deins. Sagt dir der Name Irina was? Bin ich da bei dir aufgetaucht?«

Er hat recht. Ich seufze leise. Fuck Kerle. Fuck Weiber. Fuck MC! Ich will gar nicht wissen, woher er die Story mit Irina kennt.

Seine kleinen blauen Augen fixieren mich und er schiebt seinen Zahnstocher von einem Mundwinkel in den anderen.

»Seit wann bist du wieder draußen?«

Der Klumpen in meinem Magen fängt an zu brodeln, und ich werde vorsichtig.

»Paar Tage.«

»Hm-m.«

Ich warte.

»Hast du Tobi gesehen? Oder Lotto?«

Die beiden sind seine Männer. Sitzen wegen bewaffneten Raubes mit räuberischer Erpressung ein paar Jahre. Ich furche die Stirn. Als ob die Bullen so blöd wären, Templer und Eagles gemeinsam in einen Knast zu stecken. Bertie weiß das.

»Ja, egal.« Er macht eine wegwerfende Handbewegung und zieht ein silbernes Zigarettenetui aus dem piekfeinen Ledersakko. Piekfein im Sinne von: aus längst vergangenen Zeiten, schätzungsweise den Achtzigern. Selbst wenn man mich foltert und mir die Augen ausbrennt, würde ich keine Klamotten mit Glitzersteinchen anziehen. Oder mir achtzehnkarätige Goldketten umhängen. Aber er ist halt ein alter Mann mit schlechtem Geschmack.

»Nee«, wehre ich ab, als er mir eine Kippe anbietet.

»Im Knast aufgehört?«

Boah, Smalltalk, genau mein Ding. Dafür kann Luke meine drei Hobel auf Hochglanz polieren! Ein ganzes Jahr lang!

»Hab letztens mit Charlie gesprochen«, erklärt er und zündet sich eine Fluppe an.

Die »alte Garde« trifft sich unregelmäßig oder zu jährlichen Clubtreffen.

»Vielleicht hast du Lust, uns mal zu besuchen.«

Klar, zu Kaffee und Kuchen. Mir schwillt der Kamm.

Mich interessieren die Templer schon nicht, was sollte ich dann bei den Eagles?

»Komm zum Punkt, Bertie! Sonst halten uns die Kids noch für Litfaßsäulen und kleistern uns Plakate auf den Arsch.«

Er lacht. »Du hast den gleichen Humor wie Kurt.«

So. Grad hat er verschissen!

»Hey, tut mir leid, Dae.« Er hält mich am Arm zurück. »Dein Vater hat auch seine guten Seiten.«

Ich muss die Reinkarnation von Buddha sein, dass ich ihm dafür nicht die Kehle aufreiße und reinpisse.

»Komm zum Punkt!«, wiederhole ich mich. Und ich hasse es, mich zu wiederholen. Ich bleibe nur ruhig, weil Lukes Leben auf dem Spiel steht und ich ihn nicht tot sehen will.

Bertie zieht an seiner Kippe und inhaliert, ehe er weiterspricht. »Ich glaub, es wird Zeit für nen Wechsel in der Spitze. Charlie lässt den MC verkommen.«

Aha, der Klumpen in meinem Magen bekommt Nahrung. Seit ich draußen bin, liegt was in der Luft.

»Und du willst als Präsi kandidieren, oder wie?«, frage ich ihn mit hochgezogener Augenbraue.

»Nein, ich würde dich vorschlagen.«

Wie bitte? Mir fällt alles aus dem Gesicht. »Hä?« Was Geistreicheres bringe ich nicht zustande.

»Komm schon, Dae. Du bist jetzt etabliert, auf dich hört jeder. Und du hast die Gene von … na ja. Du würdest die Templer in die Zukunft führen. Wer sonst könnte das tun?«

Mit *'jetzt etabliert'* meint er, dass die Dauer meines

Kittchenaufenthalts akzeptabel lang war. Ich fange an zu lachen.

»Nimm andere Tabletten oder reduzier' die Dosis, Bertie«, rate ich ihm wohlwollend.

Er schnippt den Glimmstängel zwischen den Fingern weg. »Lange wird das mit euch nicht mehr gutgehen. Die Blaujacken werden immer dreister, und es gibt einige, die Scheiße finden, dass Charlie nichts dagegen unternimmt.«

Grmpf. Er trifft einen wunden Punkt, Ähnliches hab ich mir auch schon gedacht. Die Bluejackets drängen massiv ins Adlerrevier vor und Bertie erwartet Backup von uns. Ich seufze innerlich. Palastrevolte ist gar so nicht meins. Ich wollte eher weg vom MC und ihn nicht in Ganztagspflege nehmen.

»Du willst mich als Herrn und Meister? Dann kannst du ja schon mal Gehorsam üben. Mir ist scheißegal, was du mit deinen Chics machst, aber jetzt gucken uns sechs Augenpaare zu und die Öffentlichkeit. Geh rein, entschuldige dich bei Melissa und zerr sie nicht an den Haaren zum Auto. Danach kannst du mit ihr wieder tun und lassen, was du willst.« Ich grinse breit. »Na, wie mach ich mich als neuer Bigboss?«

Bertie sieht mich an, als wär ich mein Bruder. Ganz so, als hätte ich einen Dachschaden.

»Ich soll mich bei ner Nutte entschuldigen? Hast du die Pfanne heiß?« Seine Augen verengen sich zu Schlitzen.

»Ich hab ne tote Mutter, die auch mal auf Rücken und Knien angefangen hat«, blaffe ich zurück. »Wenn mich nicht alles täuscht, kanntest du sie.«

Ich hasse mich selbst dafür, dass ich diese Karte ausspiele, aber wer den Alten für einen guten Menschen hält …

Das wirkt. Bertie hat ein schlechtes Gewissen. Alle wussten, was sie zu ertragen hatte und keiner hat sich eingemischt.

Bertie senkt den Blick, genau, wie ich es erwartet habe.

»Deine Mutter war ein Engel.«

Er nimmt die Stufen nach unten und stößt die Eingangstür auf. Ich folge ihm. Mama *ist* ein Engel. Sie *war* in der Hölle und ist jetzt frei.

Berti räuspert sich. »Sorry, Schneckchen. Es war nicht so gemeint. Hatte nen schlechten Tag.«

Er zieht ein goldenes Armbändchen aus der Hosentasche und hält es ihr vor die Nase. Ich rolle mit den Augen.

Klar, so ein Lametta hatte der Alte auch immer bei sich. Wie ein Kaninchen vor der Schlange kauert Melissa auf dem Stuhl, während ihr Blick an dem funkelnden Köder klebt. Die Chics kapieren es nie! Genau wie bei Schneewittchen mit dem vergifteten Apfel, wird sie gleich anbeißen.

»Verzeihst du mir, Schneckchen?« Berties Stimme bekommt einen derart schmierigen Ton, dass ich mir am liebsten die Gehörgänge ausbrennen würde.

Melissa nickt verhalten und lässt sich das Armband anlegen.

Ich beobachte Luke, der mit verschränkten Armen hinter Melissas Stuhl Stellung bezogen hat.

Die kleine Hure ist nicht das Problem, sondern wie

Luke reagieren wird. Ihm passt gar nicht, dass Melissa für ein bisschen Gold Demenz entwickelt. Im Gegensatz zu Luke hat sie ihr Leid schon vergessen. Er jedoch schwankt zwischen Hilflosigkeit und Hass. Bertie steht in der Nahrungskette über ihm, niemand hätte Verständnis für einen Angriff. Ich suche Lukes Blick und halte ihn fest. *Mach keine Scheiße*, warne ich ihn stumm.

»Danke«, sagt Melissa zu Luke, ohne ihn anzusehen, und lässt sich von Bertie aus dem Restaurant führen. Gekonnt küsst er ihr die Hand und hält die Tür auf. Ich verziehe das Gesicht. Lieber würd ich mir ein Veilchen verpassen lassen, als die feuchten Küsse dieses Typen zu ertragen.

Sei's drum, Krise abgewendet.

Ich hätte noch ein Viertelstück Pizza gehabt, aber die ist jetzt kalt.

»Der Dae-Man is back! Wir haben schon gedacht, gleich gäbe es Beef. Fein gemacht, Diggi!« Tommy boxt mir freundschaftlich auf den Bizeps, während ich mich wieder auf meinen Platz fläze. Er grinst wie ein Honigkuchenpferd. Pff. Seine Ehrfurcht kann mich nicht milde stimmen, denn ich hab den Kaffee auf. President der Templer – ich! Bertie hat nicht alle Latten am Zaun. Wenn es schon so weit ist, dass hinter Charlies Rücken über seine Nachfolge spekuliert wird, knallt es bald. Zu einer Unzeit, so kurz vor unserem großen Gig. All dieser Scheiß steht mir im Hals.

Luke steht immer noch an gleicher Stelle und guckt wie Artos, dem man den Knochen geklaut hat.

»Ziehst du noch mal so ne Scheiße ab, hetze ich die Hunde auf dich!«, verspreche ich ihm grimmig.

»Hier, Dae. Bist ein Guter!« Paolo kommt um die Ecke und balanciert einen Teller mit ner neuen Pizza Diavolo vor sich her. Sofort steigt meine Laune wieder. Zur Erheiterung aller werfe ich ihm breit grinsend eine Kusshand zu und nehme neben Tommy Platz, um mich über die heiße Verlockung herzumachen.

Lukes Tremor setzt wieder ein, registriere ich aus den Augenwinkeln. Sein Problem ist, dass er die Weiber zu ernst nimmt. Die meisten sind dumme kleine Pferdchen, die einen Reiter brauchen, der sie mit fester Hand an der Kandare führt. Sie wollen dominiert, gefüttert und eingekleidet werden. Ab und zu müssen sie die Gerte spüren, anschließend gibt's nen neuen Fetzen – und schon ist die Welt wieder in Ordnung. Luke hingegen ist ein Romantiker. Denkt immer, er könnte eines der Mädchen vor ihrem Schicksal bewahren.

In meinem Sichtfeld tauchen plötzlich nackte Beine auf. Schlanke, braungebrannte Beine. Gelbes Minikleid mit großen weißen Punkten, das ihre Oberschenkel umspielt. Hohe weiße Pumps inmitten von Männerbeinen und zwei weiteren nackten Frauenbeinen. Ein Tattoo blitzt auf und für einem Moment hebt sich meine Welt aus den Fugen.

Ist es das?

Das Tattoo, von dem ich seit fünf Jahren träume?

Ich recke den Hals, doch Luke versperrt mir die Sicht. Die Beine samt Anhang flanieren an der Pizzeria vorbei und verschwinden aus meinem Sichtfeld. Genervt wende ich den Blick ab. Im Laufe der Jahre habe ich so viele Knöcheltattoos angestarrt, dass meine Erinnerung mir Streiche spielt. Warum ausgerechnet jetzt? Warum sollte sie hier herumlaufen? Sechs Monate Bau sind einfach zu lang. Ich und meine wilde Fantasie. Gleich fahre ich ficken. Muss wohl mal meine WhatsApp Nachrichten durchgehen, auf wen ich Lust hätte.

Ich mustere Luke und seufze tief.

»Setz dich.« Ich deute mit dem Kopf auf den Stuhl mir gegenüber und schiebe den großen Teller in die Mitte des Tisches. »Ne Ganze schaffe ich nicht.«

17

Dae

20 Tage vor Tag X

»Papaa? – Paaaapaaa.«

Artos lässt den Fußball fallen, und seine Ohren stellen sich auf.

»Wuff«, macht Bella kurz, die nun auch die Ohren spitzt.

»Paaappaaa!«, erklingt es hinter der Gartenmauer.

Okay, jetzt kann ich sie auch nicht mehr ignorieren.

Tess.

Sie ruft ihren alten Herrn, aber der ist für mich auf dem Weg nach Hamburg. Vor fünf Jahren hab ich ihm versprochen, sie in Ruhe zu lassen.

»Paaaapaaa!«

Im Sinne von: Verboten. *Kein Kontakt, kein Flirten, kein Garnichts* – so war es ausgemacht.

»Paaaapaaa! Hilfeee!«

Artos und Bella blicken mich an, als wollten sie sagen: *Bist du doof? Oder schwerhörig?*

Unschlüssig bleibe ich stehen. Tess' Vater ist für mich unterwegs. Wäre er das nicht, könnte er ihr helfen.

»Papaaa!«

Artos wird unruhig und blafft mich an. Die Blicke meiner Hunde sagen so was wie: *Los, tu was! Worauf wartest du?*

Okay, über die zweieinhalb Meter hohe Mauer kämen die zwei nicht, doch so vorwurfsvoll, wie sie mich anstieren, ist ihnen das klar. Sie fragen sich wohl gerade, warum ich Idiot nicht einfach die Leiter nehme, die am Pflaumenbaum lehnt. Gestern hat Ramons Old Lady Pflaumen gepflückt, um hoffentlich heute einen leckeren Pflaumenkuchen vorbeizubringen. Nichts geht über selbst gemachten Pflaumenkuchen.

»Feuer! Feuer!«

Okay, jetzt kann ich sie nicht mehr ignorieren. *Scheiße, verdammte!*

Ich bin schneller oben als es gedauert hätte, die Leiter vom Baum an die Mauer zu stellen. Dahinter liegt ein kleiner Schuppen, auf dessen Dach ich springe.

Was'n das?

Ich starre auf eine riesige Hecke mit großen dunkelrosa Weiß-der-Himmel-wie-das-Grünzeug-heißt. Jedenfalls würde ich mir alle Knochen brechen beim Versuch, da hinunterzukommen. Oder sollte ich auf die Garage springen und von dort in den ersten Stock?

»Feu-er!«

Nein, der Ruf kommt aus dem Erdgeschoss.

Was man nicht alles tut für eine holde Maid in Nöten! Ich mache einen Hechtsprung und rolle mich ab.

Nach gefühlt drei Schritten bin ich auf der Terrasse und im Haus.

»Hallo?«, rufe ich. Meine Nase fahndet in der Luft nach dem typischen Brandgeruch.

»Papa?«

Jetzt sehe ich es: Wasser. Es fließt langsam und unaufhörlich über die Fliesen ins Wohnzimmer.

Da steht sie.

Fuck.

Scheiße.

F.U.C.K.

Bin ich im Arsch!

Nackte Beine, Nippel, große verwunderte Augen.

»Öh, hi. Sie sind nicht mein Vater. Äh, egal. Können Sie mir helfen?«

So. Im. Arsch.

Oh ja, Baby. Ich kann dir ganz sicher helfen.

Allerdings hat ihr Anblick gerade mein Sprachzentrum zerschossen. Sie ist nass. Pitschnass. Bis auf die Haut. Ein durchsichtiges T-Shirt klebt an ihr. Schmaler Hals. Nippel. Brüste. Flacher Bauch. Schlanke, nackte Beine.

Kleine harte Nippel.

Ich schlucke. Sie hat Feuer gerufen, und ich stehe in Flammen.

»Das ist Wasser, kein Feuer.« Mit dieser Bemerkung mache ich meine Kehle frei, die irgendwie verstopft ist.

Jetzt höre ich es auch. Wasser spritzt mit enormem Druck irgendwo heraus.

Tess zieht sich verlegen das klebende T-Shirt vom

Körper. Als ob das noch was nützen würde – ihr Anblick hat sich für immer auf meine CPU gebrannt.

»Hat doch gewirkt, oder? Sie sind jetzt hier. Wenn man Hilfe braucht, soll man Feuer rufen.«

Wieder siezt sie mich. Ich räuspere mich und versuche, nicht darauf zu achten, dass die Anziehungskraft zwischen dem nassen T-Shirt und ihrer Haut genauso stark ist wie die zwischen meinen Augen und ihren Nippeln.

Fuck, Fuck, Fuck!

»Wo ist der Haupthahn?«, knurre ich heiser. Ich muss mich ablenken. Das Wasser nimmt sich Quadratmeter um Quadratmeter und der Gedanke, sie einfach auf den nassen Boden zu werfen und meinen Prügel in sie zu tunken, ihren geilen Körper unter mir spüren …

»Der was?«, fragt sie mit verständnislosem Blick und unterbricht meine Fantasie.

»Der Haupthahn«, wiederhole ich und schlucke hart. »Irgendwo gibt es nen Drehknauf ohne Hahn an der Wand. Wo?«, blaffe ich sie an. Ich muss mich von ihren Nippeln ablenken, sonst lutsch ich gleich dran.

Ihr Kinn beginnt zu zittern. Das Wasser ist eiskalt, ich spüre es durch meine Boots und sehe es an ihrer Gänsehaut. Überall. Während mein Körper dampft. Wenn ich sie knalle, wird ihr ganz schnell warm, das kann ich ihr versprechen.

Wortlos wate ich an ihr vorbei in den Flur und suche das Bad.

»Im Keller«, antwortet sie hinter mir.

Ich halte mich am Geländer fest und suche auf den rutschigen Stufen vorsichtig Halt, auf denen das Wasser hinabfließt. Unten sehe ich mich schnell um. Hier steht eine Minisauna und daneben eine Toilette. Sofort drehe ich den Hahn zu. Nach ein paar endlosen Augenblicken – in denen ihre weit aufgerissenen Augen an mir hängen und mich ihr Blick derart verunsichert, dass ich kurz überprüfe, den Knauf nicht auf- statt abgedreht zu haben – Erleichterung! Das Druckgeräusch versiegt. Unsere Blicke haben sich ineinander verfangen. In ihren Augen spiegelt sich meine eigene Lust, aber auch Scham und Unsicherheit.

»Das ist der Haupthahn? Sorry, das wusste ich nicht. Ich werde es nicht wieder vergessen«, schiebt sie entschuldigend nach, als wäre ihr das peinlich. Ihr Haar ist länger als vor fünf Jahren. Die Spitzen reichen ihr bis zum Bauchnabel, das habe ich im Zopf letztens nicht gesehen. Und sie ist irgendwie weniger rund im Gesicht. Nicht mehr so kindlich. Fünf oder sechs Jahre sind im Leben einer jungen Frau eine lange Zeit. Sie machen den Unterschied zwischen Kind- und Erwachsensein. Wie viele Jungs in ihr waren, seit ich sie das letzte Mal sah? Wie viele Schwänze sie gelutscht hat?

»Ich habe Zähne geputzt, als der Wasserhahn explodierte. Ich weiß auch nicht …«

Es dauert einen Moment, bis ich die Verbindung zwischen einer Ladung Sperma in ihrem Mund und Zähneputzen kappen kann. *Reiß dich am Riemen, Dae!* Wie alt bist du – 15?

Ich versuche, mich abzulenken, ehe mir das Wort *Riemen* weitere Assoziationen beschert.

Mein Blick fällt erneut auf ihre Füße, das einzig relativ ungefährliche Terrain. Schwarzer Nagellack, na toll. Und süße Zehen, an denen man wunderbar nuckeln kann. Ist das ein Tattoo da an der Seite? Ich blinzle und sehe schnell weg. Nein, Tess ist nicht die mit dem Knöcheltattoo. Mein Blick gleitet langsam an ihr hoch. Die schlanken Schenkel, das patschnasse T-Shirt. Hohe feste Brüste.

»Was machen wir denn jetzt?« In ihren wunderschönen dunklen Augen befindet sich ein heller Fleck. Grün-Grau. Was *wir* jetzt machen? *Ich ficke dich und du keuchst meinen Namen, während ich dich vollpumpe.*

»Wo?«, frage ich heiser. Ich muss mich erkältet haben.

»Wo was?«

Gott, wenn sie mich weiter mit diesen Kulleraugen anstarrt, ist es mit meiner Beherrschung gleich Essig. »Wo ist der kaputte Wasserhahn?«

»Ach so. Oben im ersten Stock, in meinem Bad.«

Sie lässt mich vorgehen, was auch besser ist. Denn sollte ich auf ihren nackten, knackigen Arsch starren müssen, der sich auf Mundhöhe vor mir die Stufen hochbewegt, wäre sie endgültig fällig.

Einmal ziehen, zweimal schieben: Ihre Hüfte zu mir ziehen, Hose nach unten schieben und meine Latte in ihre Pussy.

Ich schüttle den Kopf, um wieder klar zu werden. *Jetzt hör auf, an ihren Arsch zu denken! Jedes Fötzchen – nur nicht ihres.*

Flirten verboten!

Anfassen verboten!

Ficken verboten!

Alles verboten!

Ich finde das kleine Bad, das von ihrem Zimmer abgeht, sofort. Das Bett ist 1,40 m breit, erfasst mein Kennerblick. Jahrelange Erfahrung im Einrichten von Sexclubs und das Wälzen auf jeder Menge Matratzen williger Damen, haben meinen Blick perfektioniert. *Mit ihr reichten auch 90 cm*, schießt es mir durch den Kopf, und schon wieder muss ich mich innerlich zur Ordnung rufen.

Bunte Decken und Kissen, in weiß und rosa gehalten, einige Beigetöne dazwischen. Die Möbel stehen im Wasser.

»Hol Aufnehmer, Handtücher und was Saugfähiges, ehe das Wasser alles durchweicht. Hast du ne Gummiflitsche? Los jetzt!«, weise ich sie an. Etwas harsch, wie ich an ihrem entsetzten Blick sehe.

»Ja, klar. Sorry. Ich … stehe irgendwie neben mir.« Ihre Wangen sind gerötet, allerdings versteckt sie die ein wenig hinter ihren offenen Haaren.

Sofort zerrt sie Decken von ihrem Bett und lässt sie fallen, reißt einen Schrank auf und verteilt überall Handtücher auf dem Boden. Derweil kümmere ich mich um die Ursache der Katastrophe. In ihrem kleinen Bad ist gerade Platz für Dusche, Toilette und Waschbecken. Ich bücke mich vor dem Schränkchen unterm Waschtisch und öffne es.

Darin befindet sich ein kleiner Unterbauboiler. Ein paar fachmännische Handgriffe und ich habe den Übeltäter überführt. Sie benötigt ein neues Verbindungsstück, dieses hier ist verschlissen und geplatzt. Kostet bloß ein paar Euro.

Unten höre ich ein dumpfes Geräusch, gefolgt von

erschrockenem Quietschen und einem Schmerzlaut. Ist sie wieder auf den Arsch geknallt? Zieht ihre geile Kehrseite sie irgendwie nach hinten? Normal ist das nicht.

Nein, du gehst jetzt nicht gucken, Dae!

»Alles klar?«, rufe ich laut und hoffe, sie liegt nicht hilflos irgendwo im knöchelhohen Wasser. Bisher hat sie ja öfter vor mir auf dem Boden gelegen als gestanden.

»Ja-ha. Alles klar«, flötet sie gepresst. Wieder höre ich schmatzende und schleifende Geräusche. Sie scheint das Wasser von den Stufen zu schieben.

18

Dae

Erst jetzt wird mir bewusst, dass ich in ihrem Zimmer stehe. Unten höre ich sie schrubben. Soll sie, ich hab Zeit. Wahrscheinlich denkt sie, ich wär schon weg. Och, das Bett sieht bequem aus. Kleine Manie von mir, dass ich mich in fremde Weiberbetten lege. *He he.*

Ich schiebe den Laptop zur Seite, teste die Matratze und strecke mich lang aus. *Geil!* Könnte sofort einpennen. Gemütlich hat sie's. Hier liegt der wilde Bär also und starrt an die Zimmerdecke. Ich sehe mich um. Auf dem Schreibtisch stapeln sich fette Bücher. Zivilrecht. Angewidert verziehe ich das Gesicht. Noch nicht mal im Zuchthaus käme ich auf die Idee, sowas freiwillig zu lesen! An einem Ständer hängen Kleidchen, Handtaschen und Schmuck. Jede Menge Haarbänder, Schals und Glitzerkram. Fotos hängen hier keine, aber in Zeiten von Instagram hat sich das wohl erledigt. Schade eigentlich.

An einem Haken an der Tür hängt ein gelbes Kleidchen mit großen weißen Punkten. Ich stutze. Liefen nicht neulich ein paar wohlgeformte nackte Beine in so einem gelben Fetzen an Paolos Pizzeria vorbei? Mit weißen Pumps und einem ganz bestimmten Tattoo? Das wird doch wohl nicht *sie* gewesen sein? Sie stand eben fast nackt vor mir, da habe ich nicht auf ihre Knöchel geachtet. War zu sehr von dem nassen T-Shirt abgelenkt. Und den nackten Beinen. Und den kleinen süßen harten Nippeln, die das Shirt durchstachen.

Kann *sie* es gewesen sein? Ist Tess mit ihren Beinen an Paolos Pizzeria entlangspaziert? Mein Blick wandert auf den Schrank, dort stapeln sich Schuhkartons. Ich blicke wieder auf den Ständer mit dem Punktekleid. Wie viele davon gibt es? *Ach, Shit.* Ich stehe auf. Wie gut, dass ich kein Zwerg bin und an die Schuhkartons auf dem Kleiderschrank herankomme. Was ist denn das? Mit zuckenden Mundwinkeln sehe ich mir die Stapel genauer an. Sowas habe ich ja noch nie gesehen. Offenbar klebt Tess Polaroids außen auf die Kartons. Irgendwie süß, ihre Schühchen zu katalogisieren. Passt zu einer angehenden Richterin. Das amüsierte Schnauben bleibt mir allerdings in der Nase stecken, als ich ein Paar weiße Pumps entdecke.

Nein, sie kann es nicht sein. Jede Frau besitzt weiße Pumps. Oder jede zweite. Zumindest die jungen mit schlanken Beinen. Ich schiele das Kleid an und reibe mir das Kinn. Gesetzt den Fall, Tess wäre an der Pizzeria vorbeiflaniert, könnte das Zufall sein. Aber was ist mit dem Tattoo? Ich überschlage kurz. Jede fünfte Frau hat heutzutage ein Tattoo, fünf Prozent davon wahrscheinlich am Knöchel. Von der Hälfte der Bevölkerung wären das immerhin noch hunderttausend Frauen.

Eine merkwürdige Ahnung beschleicht mich, ganz so, als wüsste mein Magen schon, was mein Hirn noch nicht checkt. Tess kann nicht Besitzerin der Beine sein, denen ich den Heel gestohlen habe. Ich bin nur ein chronisch untervögelter Idiot. Einfach öfter ficken, das ist die Lösung. Vor meinem geistigen Auge erscheinen die verführerischen Beine von damals. Braungebrannt und glänzend. Die kleinen Füße, die in wunderschönen Heels stecken. Eine grazile Verzierung, die sich unterhalb ihres linken Knöchels rankte, mit einer kleinen Blüte. Genau wie die Stickerei auf dem Heel, der in meiner Vitrine steht. Ich kenne das Tattoo so gut, weil ich den Heel seit fünf Jahren jeden Tag anstarre.

Sie ist es nicht! Damals war sie doch zum Studieren in München. Wie von selbst, schieben meine vorwitzigen Griffel die vorderen Kartons und ein paar Seidentücher zur Seite. Mir steigt ihr süßes Parfum in die Nase. Sie riecht auch noch gut, verdammte Hacke! Es hilft nichts, ich muss wissen, ob ich bekloppt bin.

Ein silberlackierter Schuhkarton mit Designerlabel des Schuhs, der in meiner Vitrine steht, kommt zum Vorschein. Und mich trifft der Schlag. Das Polaroid mit meinem Heel.

Schnell packe ich den Karton und ziehe ihn zu mir. Ich öffne den Deckel, greife hinein und – hole einen Heel raus. Verfluchte Axt! Das Gegenstück zum rechten, den ich seit fünf Jahren hüte, wie einen Schatz. Hoch, schmaler lackierter Absatz. Spitz zulaufend, hinten offen, mit der berühmten Stickerei, die dem Tattoo so ähnlich ist.

Okay! Ich atme tief durch. Dafür gibt es bestimmt eine logische Erklärung. Ich taste den Boden des Kartons ab und als ich nichts finde, ziehe ich ihn einfach vom Schrank. Nichts. Er ist leer. Nur der linke. Ich mustere das Polaroid. Darauf ist auch nur der linke abgebildet. Mit den Augen taste ich die anderen Kartons ab, öffne die Schränke und suche nach dem rechten. Purer Zufall, mehr nicht. Die Stilettos waren keine Sonderanfertigung. Vielleicht sind sie ein Fake und es gab sie an jeder Straßenecke. Tess war damals zum Studieren in München. Nachdem ich in die Firma ihres Vaters eingestiegen bin, konnte er es sich leisten, Tess nach Bayern zu schicken. Wenn ich mich recht erinnere, war die Verhandlung im Spätsommer. Ich komme ins Grübeln. Wann beginnt so ein Semester? Nein, sie war es nicht. Ganz sicher habe ich nicht vor fünf Jahren ausgerechnet *ihr den* Schuh vom Fuß … hier in Kaiserberg. An einer Tankstelle. In einem Cabriolet. So wie das, was Tess vor ein paar Wochen am Tempel abgeholt hat. Verfickte Scheiße!

Fuck! Ich finde den rechten Heel nicht. Genervt kneife ich mir in die Nasenwurzel. *Na klar!* Am liebsten würd ich mir selbst eine runterhauen. Sie ist es gewesen. Wer sonst?! Die einzige Frau unter Gottes Sonne, die für mich tabu ist. Jahrelang habe ich das Tattoo in meinen Träumen gesehen. Mir überlegt, wie die Trägerin wohl aussieht. Habe mir im Kittchen das Unmögliche vorgestellt, nämlich sie zu finden. Sie kennenzulernen, wenn ich wieder draußen bin.

Ihre wunderschönen schlanken Fesseln, die wohlgeformten, sonnengebräunten Unterschenkel auf meine Schultern zu legen und sie …

Wie kann das sein, Tess ist ein Stöpsel! Ich Idiot habe mir die langen Beine bloß eingebildet. Von Millionen Frauenbeinen musste es der wilde Bär sein. Ausgerechnet! Ich reibe mir ungläubig durchs Gesicht.

Ihr Heel soll mir seitdem Glück bringen? Hell no! Bullshit! Er bringt mir kein Glück, sondern ist einfach nur ein Weiberschuh!

Ich knirsche mit den Zähnen, lege das Teil zurück und schiebe den Karton dorthin, wo er war.

Mama hat immer gesagt, es gibt keine Zufälle. Tja. Die muss es wohl geben, denn das wär ja der größte Haufen Kamelscheiße, in den ich je reingetreten bin. Eine höhere Macht hat mich quasi dazu verleitet, ihren Schuh zu klauen und ein paar Jahre später ihre Wasserleitungen zerstört, damit ich die heiße, kleine Nixe jetzt vernasche? Ich verdrehe die Augen. Zu viel Zuckerguss für meinen Geschmack. Und was käme danach? Bei einmal Vögeln bliebe es nicht, das ist mir jetzt schon klar. Dafür ist sie viel zu süß, viel zu richtig.

Richtig? Falsch, falsch … viel zu – tabu! Sie drückt Knöpfe bei mir, wie keine zuvor. Sobald ich die imaginäre Grenze überschreite, würde uns das beide ganz sicher in den Untergang reißen. Bis ich genug von ihr hätte, wäre ihre berufliche Zukunft zerstört, und ich könnte meine Geschäfte mit Steve vergessen. Wem würde das nützen?

Wenn es wirklich eine höhere Macht gäbe, die nicht wollte, dass Tess Richterin wird, hätte sie Tess einfach durch die Prüfungen rasseln lassen können, statt mich da mit reinzuziehen. Ich begreife es nicht! Was ist das für eine abgefuckte Scheiße?

Mein Job ist getan – Zeit zu gehen. Immer noch höre ich, wie Tess das Wasser unten aus dem Haus schiebt. Ich steige die Treppe hinab und traue meinen Augen nicht. Verblüfft bleibe ich stehen. Sie trägt eine knallgelbe Regenjacke und gelbe Gummistiefel, die ihr viel zu groß sind. Von einem Tattoo keine Spur.

»Du weißt schon, dass es hier drin nicht regnet, oder?«, frage ich sicherheitshalber.

»Mir ist kalt, und ich kann ja nicht in der offenen Haustür nackt rumlaufen.«

»Und ne Regenjacke hält warm?«

Scheinbar regt sie die Unterhaltung an, denn das Wasser wird immer eifriger aus dem Haus geschoben.

»Nehmen Sie sich gern einen Besen und helfen mir.«

»Danke«, lache ich, »aber nein, danke. Du kommst ja jetzt zurecht. Dein Vater ist übrigens länger weg. Wenn er zurückkommt, wird er dir bestimmt helfen.«

Sie legt noch einen Gang zu und schrubbt über den feuchten Boden.

»Ja, danke. Er hat ne SMS geschickt, dass er heute Abend zurückkommt«, brummt sie verstimmt. Ihre Stimme ist wirklich der Hammer.

»Ich geh dann mal. Viel Spaß noch.«

»Ha ha.« Sie zieht eine süße Schnute. »Danke für die Hilfe«, schiebt sie schnell hinterher. »Ich weiß nur nicht, wie ich das alles schaffen soll. Der Keller steht ja auch noch unter Wasser und um eins muss ich bei Gericht sein.«

Ja, schön. Smalltalk. Genau mein Ding. Wortlos begebe ich mich durchs Wohnzimmer in Richtung der offenen Terrassentür. Meine Nachbarspflicht ist erfüllt, und ich hab mein eigenes Leben. Zum Glück muss ich heute nicht zum Gericht!

Unschlüssig stehe ich draußen vor dem beschissenen Busch, der mir den Weg aufs Dach des Gartenhäuschens versperrt. Ein Blick nach oben und mein Entschluss steht fest. Vom Fenster ihres Zimmers komme ich aufs Flachdach, von dort übers Gartenhäuschen zurück in meine Welt.

Toll, wie ich mich vor ihr zum Horst mache, weil ich rein- und rausrenne. *›Fett, Digga‹, würde Tommy breit grinsend dazu sagen.*

Ja, ganz fett, denke ich grimmig. Der Boden im Wohnzimmer ist nass und verschmiert, aber es steht kein Wasser mehr auf den Terrakottafliesen.

Nanu? Ich sehe mich um. Gerade war sie doch noch hier? Die Tür zum Keller steht offen. *Aha.* Jetzt macht sie unten weiter.

Da sie mich nicht hört, muss ich auch nicht Bescheid geben. Hoffe ich. Wieder nehme ich die Stufen nach oben und bete kurz, dass sie nicht nackt vor mir steht, wenn ich um die Ecke biege. Obwohl … Nein! Ich verbiete mir jeglichen Gedanken daran, wie ich sie aufs Bett werfe und ihr die Gummistiefel von den nackten Füßen ziehe. Ich brauche keinen Beweis mehr, der Heel kommt weg und mit ihm all meine Gedanken daran.

Ihr Zimmer ist leer. Gut! Meine Gentleman-Skills sind für dieses Jahr aufgebraucht. Würde sie tatsächlich nackt hier stehen, wär sie fällig. Gleich werde ich den Heel wegwerfen. Scheiß Tag, echt! Da will man einmal ein netter Kerl sein und dann stellt dieses Weib alles auf den Kopf. Sie hat kein Recht, mir meine Fantasie zu stehlen. Sie hatte noch nicht mal das Recht, an der Tankstelle in einem Cabriolet zu liegen und die Beine rauszustrecken.

Ich öffne das Fenster und prüfe, ob die Fensterbank für mein Gewicht stabil genug ist. Plötzlich höre ich Wasserrauschen. Die kaputte Muffe, die ich provisorisch an der Leitung befestigt hatte, schießt wie Munition durchs Bad und schlägt mit voller Wucht gegen die Tür. Mit zwei Sätzen bin ich bei der offenen Leitung und versuche, mit den Händen das Unheil aufzuhalten. Wassermengen schießen mit enormem Druck durch meine Finger. »Bist du bescheuert?«, brülle ich so laut, dass Bella draußen anschlägt. »Dreh SO-FORT das Wasser wieder ab!«

In meinem Sichtfeld erscheinen nackte Beine in Gummistiefeln. »Scheiße!«, sagt sie laut und rennt davon. Hoffentlich in den Keller. Sie scheint nicht die hellste Kerze auf der Torte zu sein.

Ich beiße die Zähne zusammen, denn es ist schier unmöglich, das Wasser aufzuhalten. Meine Arme werden taub.

Endlich! Nachdem ich Tess in Gedanken verflucht, erwürgt, verdroschen, durchgefickt und anschließend noch mal erwürgt, durchgefickt und dann verdroschen habe, spüre ich, wie der Wasserdruck nachlässt und … versiegt.

Leck mich am Arsch, ich bin nass bis auf die Knochen!

Und stinksauer! Dieses Weib ist ne Vollkatastrophe! Der Typ, der sie mal kriegt, tut mir leid. Von der lasse ich die Finger! Falls daran zuvor noch Zweifel bestanden haben, sind die jetzt ausgeräumt.

Ich erhebe mich vom Boden und bewege meine Hände, damit wieder Blut reinläuft. Sturzbäche laufen aus Shirt und Jeans an mir runter. Meine Lederboots werden wahrscheinlich erst nächstes Jahr wieder trocken.

»Sorry, das wusste ich n…« sie steht wieder vor mir und starrt mich mit großen Augen an.

19

Tess

Noch niemals in meinem Leben habe ich ein schöneres Exemplar Mann gesehen. Zumindest nicht persönlich, höchstens bei Instagram. Pitschnass erhebt er sich und funkelt mich böse an. Sein Blick, dieser breite Kiefer, das Grübchen am Kinn. Seine muskulösen Schultern, die definierten Arme … Herrje. Er sieht mich an, als wollte er mich aufspießen. *Oh jaaa.* Unwillkürlich befeuchte ich meine Lippen.

»Hast du die Pfanne heiß oder was?«, knurrt er. »Wieso drehst du denn das Wasser wieder auf?«

»Ich, äh … ich muss duschen.«

Jetzt richtet er sich zu voller Größe auf. Mein geräumiges Bad ist plötzlich nur noch so groß wie ein Schuhkarton.

»Kapierst du nicht, dass ein Verbindungsstück kaputt ist und ich darum das Wasser abgedreht habe? Dein Dad muss erst ein neues kaufen.«

Er betont jede Silbe, als wäre ich begriffsstutzig.

Mir reicht's!

»Sie müssen mich nicht gleich anpflaumen«, fauche ich ihn an. »Ich konnte ja nicht ahnen, dass ich das Wasser nicht benutzen darf. Davon haben Sie nichts gesagt.«

»Doch! Dass dein Dad ein neues Verbindungsstück kaufen muss«, widerspricht er.

»Aber nicht, dass ich, bis das neue Teil dran ist, das Wasser nicht mehr aufdrehen kann. Woher soll ich das wissen? Bin ich Einstein?«

»Offensichtlich nicht.«

»Woher …« empört stemme ich die Hände in die Hüften. »Was soll diese Beleidigung? Ich habe Sie nicht hergebeten. Sie haben mir geholfen – ja – aber zeigen Sie bitte mehr Respekt! Ich konnte nicht wissen, dass das ein Provisorium und sie konnten nicht wissen, dass ich es nicht weiß. Ein dummes Missverständnis also, stattdessen behandeln Sie mich, als wäre ich doof. «

Sein ausgeprägter Adamsapfel zuckt. Mit der Zunge fährt er sich über die Zähne. Plötzlich bekomme ich es mit der Angst zu tun.

Er sieht aus, als wollte er mich übers Knie legen. Oder etwas sagen. Seine Nasenflügel blähen sich auf, was echt süß aussieht. Er schweigt und dreht sich weg.

»Hallo?«, rufe ich, nachdem er wortlos an mir vorbeistiefelt. Seine Lederboots machen bei jedem Schritt schmatzende Geräusche.

Ist das die Möglichkeit? Der kann mich doch nicht wie ein kleines dummes Mädchen stehenlassen! Die nasse Jeans ist bis auf seine Hüften gerutscht, und mein Blick wird automatisch … wow! Am Po-Ansatz ist er ebenfalls tätowiert. Wie weit das Tattoo wohl runtergeht? Von Unterwäsche scheint er nichts zu halten.

Ich folge ihm zum Fenster, durch das er gerade nach draußen klettert.

»Halt, Moment! Ich muss in drei Stunden arbeiten. Wie soll ich denn jetzt duschen?«

»Ich sage das jetzt mit viel Respekt: nicht mein Problem.« Seine Stimme trieft vor Spott.

Aber … der kann mich doch nicht einfach stehenlassen? Ich klettere ihm nach.

»Hören Sie, mein Vater zahlt Ihnen Ihre Unannehmlichkeiten sicher. Könnten Sie mir nicht wenigstens dieses Verbindungsstück besorgen? Bitte?«

»Zu spät. Jetzt bin *ich* beleidigt.«

»Meine Güte!« Unweigerlich verdrehe ich die Augen. »Ich habe Sie nicht beleidigt, höchstens gekränkt. Den Unterschied kennen Sie sicher.« Mein letzter Satz ist mit einer Prise Ironie gewürzt.

»Sicher«, antwortet er im gleichen Ton, und sein intensiver Blick heftet sich auf mich. Unwillkürlich mache ich einen Schritt zurück.

»Der Unterschied ist folgender: Dass ich dir nicht aus deinem Dilemma helfen will, kränkt dich. Dass du mit jedem weiteren Satz aus deinem Mund weniger fickbar wirst, ist eine Beleidigung.«

Ich schnappe hörbar nach Luft, und er lacht. Ist das zu fassen? Sein nasses Shirt klebt immer noch an seinem Oberkörper. Das Muskelspiel seiner Schultern … Himmel, ich muss kalt duschen. Meine Knie werden schon wieder weich. Er hat eine Körperspannung, die meinen Körper dahinschmelzen lässt wie Eis in der Sonne.

Danny Matthey macht Kampfsport, wird mir plötzlich klar. Solche Beine und diesen kleinen Prachtarsch bekommt man nicht vom Gewichtheben.

»Irrtum!«, rufe ich ihm nach, um die Wiederherstellung meines Egos bemüht. »Wenn ich auf einen Templer weniger fickbar wirke, dann ist das ein *Kompliment*!«

Ich sehe, wie er den Kopf schüttelt und am Rand des Dachs angekommen ist. Von dort braucht er nur die Mauer runterzuspringen. Ich höre die beiden Rottweiler aufgeregt bellen, dann verschwindet er aus meinem Sichtfeld.

Nein! Er kann mich nicht alleine lassen. Was soll ich denn jetzt tun? Ich muss mich fertigmachen, mein Haar hängt strähnig runter, ich klebe … und muss aufs Klo. So kann ich doch nicht …

Ich laufe ihm übers Dach hinterher.

»Hallo, Herr Matthey? Bitte! Bitte warten Sie. Es-es tut mir leid, falls ich Sie beleidigt habe. Bitte! Ich kann so doch nicht zur Arbeit. Und – ich muss aufs Klo.«

»Mach in den Garten«, murmelt es leise von unten. Die beiden Hunde springen hoch, als sie mich oben auf der Mauer sehen.

Ich weiche einen Schritt zurück.

»Bitte! Haben Sie ein Herz für Ihre Nachbarin.«

»Ist ja schon gut, Bella«, beschwichtigt er einen der beiden schwarzen Teufel.

»Ach, zu Ihrem Hund können Sie nett sein und zu mir nicht?«

Er wendet sich mir zu, und unsere Blicke treffen sich. Mir wird heiß. Dieser Blick … gefährlich und sexy! Meine Brüste fangen an zu prickeln.

»Was krieg ich dafür, wenn ich dir helfe?«

Mein geschockter Gesichtsausdruck veranlasst ihn, laut loszulachen.

»Ich, äh …«

»Komm runter!«

Ich starre auf die zwei Meter unter mir. »Wie?«

Spring, ich fang dich auf, sagt sein Blick. Oder wünsche ich mir das bloß? Unsicher presse ich die Lippen zusammen.

Den Hauch eines Augenblicks später nimmt er die Leiter vom Pflaumenbaum und lehnt sie direkt unter meinen Füßen an die Mauer.

Ich spüre seine Arme, die die Leiter festhalten, als ich zwischen ihnen und ihm hinunterklettere. Sprosse für Sprosse. Sein Atem an meinen feuchten Haaren. OhheiligeMariaMutterGottes. Wieder wird mir heiß. *Blöde Regenjacke.* Wenn er kein Rocker wär, könnte er mich einfach so … auf der Leiter. Mein Unterleib zieht sich in freudiger Erwartung zusammen. Hui – seine Unterarme haben gerade meinen Po berührt. War das Absicht? *Ich schlucke hart. Reiß dich zusammen, Tess!* Im Geiste versuche ich, ein paar Gesetzestexte zu rezitieren, damit sich meine Wangen schnell wieder auf Normaltemperatur herunterregeln.

»Ihr benehmt euch, das ist Besuch«, ermahnt er die

Hunde mit einem Lächeln in der Stimme. »Komm. Ich zeig dir, wo das Klo ist.«

Natürlich halten sich die Tiere genauso an seine Anweisung wie meine Libido sich an meine hält, mich nicht von ihm angezogen zu fühlen. Die Hände fest in die Taschen der Regenjacke gestopft, hoffe ich, dass die Hunde nicht nach mir schnappen. In Papas viel zu großen Gummistiefeln versuche ich, mit ihm Schritt zu halten.

»Holla, Dae. Wer ist das denn?« Ein paar Rocker kommen aus der Werkstatt. Einer steht in der Eingangstür, durch die Dae mich weist.

»Treppe rauf, erste Tür links«, bekommt ich gesagt. Er ignoriert die Männer.

20

Dae

»Hat sie dich nassgespritzt?«, feixt Charlie und schaut vielsagend an mir runter.

»Leck mich«, antworte ich ihm.

»Das ist doch Steves Kleine«, wundert sich Ramon, der schon immer Augen wie ein Habicht hatte. Jetzt wär mir lieber, er würde nicht so genau hinsehen.

»Wasserschaden. Ich bin rüber und hab ihr kurz geholfen.«

Stumm starren mich fünf Augenpaare an, als hätte ich falsche Wimpern angeklebt.

»Was?«, herrsche ich alle an.

Die Blicke sind mir unangenehm, und erst jetzt fällt mir auf, dass ich für gewöhnlich weit weniger Worte mache.

Ramon räuspert sich. »Soso, Wasserschaden. Und zufällig muss sie aufs Klo?« Vielsagend wackelt er mit den Augenbrauen. Ich zucke mit den Schultern und versuche, nicht zu grinsen. Gelingt so semi.

»Und du hast ihr nicht erklärt, dass sie fürs Pipimachen noch einmal ihre Toilette nutzen kann, weil noch fünf Liter im Spülkasten sind?«

Mein Grinsen wird breiter und er schüttelt lachend den Kopf.

»Drecksack.«

»Respektvoller Drecksack, bitte«, berichtige ich ihn. »Sie hat mir die Leviten gelesen, dass ich sie gefälligst mit Respekt zu behandeln hätte.«

Vielstimmiges Gelächter setzt ein.

»Vielleicht muss sie groß«, prustet Trash los, und alle lachen erneut.

»Die Kleine kennt dich überhaupt nicht, oder?«, fragt Charlie. Ich antworte nicht. Sie siezt mich. Wirke ich so alt auf sie? Oder braucht sie die Distanz?

Oben in meinem Büro kicke ich mir die nassen Stiefel von den Füßen, ziehe mir das T-Shirt über den Kopf und suche im Stahlschrank an der Wand nach trockenen Klamotten. Hoffentlich hat jemand Wäsche gewaschen. Das gehört zu den Dingen, die ich zwar kann, aber ständig vergesse. Stelle ich die Wäsche an, fällt mir erst zwei Tage später ein, dass ich gewaschen habe. Oder fünf Tage. Ich musste schon mal eine Ladung wegwerfen, weil sie Schimmelflecken hatte. Ela erbarmt sich oft, oder auch Conny, Charlies Old Lady. Genauso oft nehme ich meine Klamotten mit in den Club oder ins *Domi* und lasse sie von den Chics dort waschen. Die Maschinen laufen wegen der vielen Handtücher, Bademäntel und Bettlaken ständig. Meine Jeans liegen allesamt in der Gefriertruhe, die werden nie gewaschen. Meine Lederhosen sowieso nicht. Aber Handtücher, Unterhosen, Socken und T-Shirts sind frischgewaschen schon was Feines.

Leider finde ich nichts.

»Mike?«, rufe ich laut. »Hast du ein T-Shirt?«

Ah, da ist noch eins. Ich nehme es raus und halte es hoch. Ist das überhaupt meins?

Ich drehe mich um und sehe Tess im Gang. Sie starrt mich mit ihren großen Augen an und dreht dann den Kopf wieder nach rechts. *Mike.* Wenn man uns nicht kennt, ist es verwirrend. Und sie kennt uns nicht.

»Mike?«, rufe ich erneut, um ihn von Tess abzulenken. »Kannst du mir ne Jeans aus der Gefriertruhe holen?«

Ich reibe mich mit einem kleinen Handtuch trocken, das ich im Schrank gefunden habe.

Fuck. *Tess wird die Vitrine sehen,* fällt mir siedend heiß ein. Mit ihrem Schuh! Ich muss mich eigentlich selbst noch von dem Schock erholen, dass es *ihr* Heel ist. Wenn sie ihn sieht, bin ich geliefert. Das geplatzte Wasserrohr macht das nicht wett, befürchte ich. Ich habe nämlich überhaupt keine Erklärung dafür, warum ich ihren Schuh besitze – repräsentativ in einer Glasvitrine ausgestellt.

Ich erinnere mich genau an jenen Tag. Ihre langen, verführerischen Beine hingen aus dem Cabrio heraus, und die schmalen Fesseln bewegten sich derart anmutig, dass ich nicht anders konnte. Sie hat mich provoziert. Jeder Mann mit Puls hätte auf ihre Aufforderung reagiert. Jetzt wird mir klar, dass Tess es wahrscheinlich gar nicht provozierend gemeint hatte. Sie kann einfach nicht stillhalten und wibbelt ständig herum. Ich taxiere ihre nackten Beine, die in viel zu großen gelben Gummistiefeln stecken.

Ich muss mir die ellenlangen Beine echt eingebildet haben. Wie einiges andere auch.

»Kann ich hier duschen?«, fragt Tess. Ihr Blick verharrt auf Mike, der sich stumm in Bewegung setzt und hoffentlich mit einer Jeans zurückkehrt.

Irgendwie muss ich sie ablenken, sie darf sich hier nicht umsehen.

Zeit, meine Charme-Skills aus der Mottenkiste zu holen. Ich baue mich breitbeinig im Türrahmen auf, die Hände oben am Türholm, damit sie keine Dummheiten begehen. Dass ich dabei den Oberkörper leicht anspanne, ist natürlich Zufall. Ihre Schnappatmung und die großen Augen hingegen nicht. Ich lecke mir leicht die Unterlippe. Wie praktisch, dass ihr gefällt, was sie sieht.

»Sicher kannst du hier duschen. Aber nur mit mir zusammen, Süße.« Ich blicke ihr tief in die Augen und beuge mich langsam zu ihr vor. Gebe ihr die Gelegenheit, zurückzuweichen. Tess wirkt wie erstarrt. Ihre Lippen beben leicht, die Pupillen sind riesengroß.

Nur ganz kurz, sage ich mir. Nur um sie davon abzulenken, die Vitrine mit ihrem Heel zu entdecken. Ganz sachte berühren meine Lippen ihren süßen Mund. Im gleichen Moment erwischt mich ein heftiger elektrischer Schlag, der uns beide zurücktaumeln lässt.

»Fuck!« Ich schlage mir auf meine kribbelnden Lippen. »Was hast du eigentlich an dir, dass du ständig unter Strom stehst, Weib?« Angepisst reibe ich mir ein paar Mal über den Mund. Auch Tess hat die Hand auf ihre Lippen gelegt, und in ihren Augen bilden sich Tränen.

»Aua, das tat echt weh«, höre ich sie undeutlich durch ihre Finger murmeln. Ihre Stimme klingt vorwurfsvoll. Ich blicke auf ihre Gummistiefel. Meine Füße sind nackt. Wie ist das möglich?

Verfluchte Axt, so was hab ich noch nie erlebt.

»Ab nach Hause. Und zieh dir was Gescheites an«, knurre ich schlecht gelaunt. Jetzt ist sie definitiv von ihrem Heel abgelenkt. Ich Hornochse hätte sie sofort anschnauzen sollen, statt sie zu küssen.

»Du holst dir ne Blasenentzündung, wenn du kein trockenes Höschen anziehst.«

Ich habe berufsmäßig ständig mit Blasenentzündungen zu tun. Als Chef wird man mit der Zeit sensibel für Weiberkrankheiten.

»Und bring Geld mit. Wir fahren zum Baumarkt, holen das Teil, ich bau es dir ein und dann war's das, okay?«

Als ob ich sie hier duschen ließe! Aber warum rede ich so viel?

Tess nickt stumm und starrt auf meinen nackten Oberkörper. Na toll, jetzt werde ich wieder geil. Ich presse meine Kiefer aufeinander. Haben mir die sprühenden Funken gerade nicht gereicht, um die Finger von ihr zu lassen? Tess und ich, das passt auf keiner Ebene - noch nicht mal physikalisch.

Leider scheint ihr der elektrische Schlag nicht ausgereicht zu haben, um den Blick abzuwenden und zu fliehen. Mein Ego samt Sixpack fühlen sich geschmeichelt, und unter normalen Umständen (also allen *anderen* Umständen als den hier vorliegenden) würde ich dieses Kompliment erwidern und mich mit Zunge, Händen und Schwanz erkenntlich zeigen. Allerdings hab ich keinen Bock, mir noch mal die Lippen anzukokeln. *Wink mit dem Zaunpfahl verstanden.* Tess ist verbotenes Terrain.

Wenn es nicht auf die charmante Art geht, dann eben auf die dominante.

»Los jetzt!«, schnauze ich sie an, und sie zuckt zusammen.

Wortlos dreht sie sich um. Ihr langes dunkles Haar schlägt rhythmisch auf den Rücken von Daddys Regenjacke, während sie davoneilt. Gern hätte ich meine Hände in dieser dichten Fülle vergraben. Langsam atme ich aus. Dass ich mich schneller im Griff hatte als sie, war gemein. Tess ist halt eine junge Frau aus der normalen Welt. Andererseits ist sie ja auch nass und nahezu nackt vor mir herumgewackelt. Dass ich mich da beherrscht habe … Allein dafür steht mir das Bundesverdienstkreuz für Keuschheit zu.

»Süßes Regencape«, höre ich Trash. Ein paar Pfiffe folgen, sie muss unten angekommen sein.

»Gelb ist halt meine Farbe«, antwortet Tess schnippisch, und ich grinse. Um keine Antwort verlegen, die Kleine.

Mike steht vor mir und hält mir eine Jeans entgegen. »Is-ss Tes-si dein neues Pfer-dchn?«

Ich schüttle den Kopf. »Nein.«

»Aber s-sie hat mich so angesehn.«

Ich unterdrücke ein Seufzen. Wie soll ich ihm erklären, dass sie ihn angestarrt hat, weil sie ihn für mich gehalten hat? Weil sie dachte, sie sähe doppelt?

»Sie hat sich bloß gewundert, weil wir uns so ähnlich sehen.«

Ich nehme den Heel aus der Vitrine und lege ihn in die unterste Schublade meines Schreibtischs.

»Niemand darf den Schuh anfassen! Verstanden? Niemand!«

Ich lege die frische Jeans über die Stuhllehne, ziehe die nasse aus und gehe duschen.

Später, wenn sie bei Gericht ist und ich Zeit habe, werde ich darüber nachdenken, was es bedeutet, seit fünf Jahren in ihren Heel verknallt zu sein und wie ich ihn ganz schnell loswerde.

21

Dae

Tatsächlich schaffe ich es ganz gediegen und habe noch Zeit, die Männer nach einem passenden Helm für sie suchen zu lassen. Ich werde schnell mit Tess zum Baumarkt fahren, das scheiß Teil einbauen und fertig. War ein Fehler, auf ihre Hilferufe zu reagieren. Meine Illusion von einer Traumfrau, der ich den Heel vom Fuß geklaut habe, ist geplatzt wie eine Seifenblase, und ich schmecke das Spülwasser. Eine meiner Fantasien war, der Lady irgendwann mal zu begegnen. In Nizza oder Saint Tropez. Wenn ich genug Geld verdient und es aus diesem Loch heraus geschafft habe; sich jemand anderes um Mike kümmert. Wenn ich mich nicht für das schämen muss, was ich bin. Wer ich bin. Eine richtige Dame, hatte ich mir vorgestellt. Schick, etwas mondän vielleicht – und ne Sau im Bett. Die hätte ich gern zum Essen eingeladen und danach diverse Schweinereien durchexerziert.

Aber diese Dame hat nie existiert.

Die wahre Besitzerin des Schuhs ist die Tochter des Mannes, durch dessen Firma ich Geld wasche.

Tess Kuschel wird Richterin werden. Wenn das alles nicht so absurd wäre, könnte ich drüber lachen.

Kuscheljustiz bekommt bei ihr noch mal eine völlig neue Bedeutung.

Ihre Naivität passt perfekt zu diesem Beruf. Richter hängen irgendwie auch alle mit dem Kopf in rosa Wattewolken. Leben in ihrer eigenen Zuckergusswelt. Was gut für mich ist. Wäre ich irgendwann in meiner Karriere an einen harten Hund geraten, säße ich seit Jahren hinter Gittern. So gesehen passt Tess perfekt hinein in diese Kaste vergeistigter Traumtänzer, die jedem eine zweite Chance geben, dann eine dritte, eine vierte …

Die Welt, in der ich lebe, funktioniert nur, weil unser Rechtssystem schwach ist.

»Danny?«, höre ich Mike rufen. Die Art, wie er ruft, verrät mir seine Unsicherheit. Tess ist zurück.

Ich erscheine oben auf der Treppe. Sie trägt ein kurzes, weinrotes Sommerkleid und dazu Boots. Gefällt mir, dieser lässige Stil. Lenkt mich von dem Heel ab, den ich vor ihr verstecken muss. Vielleicht sollte ich ihn ihr einfach über die Mauer in den Garten werfen. Nachts, wenn niemand guckt.

»Charlie, hast du einen Helm gefunden?«

Da sehe ich schon zwei unten auf der Theke.

Ich deute darauf, während sie mich mit großen Augen anstarrt. »Probier mal, ob dir einer passt.«

Das Gute am Motorradfahren ist, dass man nicht erkannt wird. Zumindest nicht von flüchtigen Bekannten. In ihrem Fall: von Staatsanwälten und anderen Justizangestellten. Die angehende Richterin mit Danny Matthey auf dem Motorrad. Ihre Karriere wäre vorbei, ehe sie angefangen hat.

»Was soll ich mit einem Helm?«, fragt sie verwirrt und gibt sich die Antwort augenscheinlich selbst, denn in ihrem ausdrucksstarken Gesicht zeichnen sich diverse Emotionen ab. Erstaunen, Unglauben, Ablehnung.

»Nee, ich fahr nicht Motorrad«, sagt sie und wedelt abwehrend mit den Händen.

»Dae fährt ganz gut, wenn man mal von dem Umstand absieht, dass er von der Knieschleiferfraktion ist!«, ruft Ronny und zwinkert wohlwollend, während er sich den Dreck mit seinem Butterflymesser unter den Nägeln entfernt.

Mir reicht's! Ich lasse mir von niemandem auf der Nase herumtanzen, und Mike ist viel zu interessiert an ihr.

»Hör zu, Kessi.« Ich betone ihren Namen extra falsch. »Ich war netter zu dir als zu … Ach!« Ärgerlich mache ich eine wegwerfende Handbewegung. Das geht sie gar nichts an.

»Stimmt, er ist eigentlich ein Drecksack«, unterstützt mich Ronny hilfreich und nickt eifrig.

Ich ignoriere ihn. »Entweder wir fahren zum Baumarkt, ich repariere die Leitung und dann kannst du mich am Arsch lecken, oder du kannst mich sofort am Arsch lecken und dich verziehen. Mit viel Respekt natürlich.« Ich verschränke meine Arme und warte auf ihre Antwort.

Sie denkt tatsächlich darüber nach. Ich sehe es in ihrem Gesicht, wie sie das Für und Wider abwägt. Nein, ich hab die Schnauze voll!

»Na, dann …« Ich drehe mich weg und gehe.

»Nein, so war das nicht gemeint! Tut mir leid. Hat Ihre Frau denn nichts dagegen, wenn Sie mit mir … äh, auf dem Motorrad …?«

»Welche Frau?«, schaltet sich Charlie ein. »Dae ist nicht verheiratet. Und wir siezen uns hier nicht. Ich bin Charlie, das sind Ramon, Ronny und Trash. Das ist Mike, Daes Bruder.«

»Ich bin Tess.«

»Wir wissen alle, wie du heißt, kleine Tessi. Du hast schon auf meinem Schoß gesessen, da hattest du noch Pampers an.« Ramon grinst vergnügt. Tess macht nicht den Eindruck, als könnte sie sich daran erinnern. Oder als ob ihr der Gedanke, mit einer Windel auf den Schößen dieser Altherrenriege Hoppe Reiter zu spielen, behagt.

Mir geht das alles auf den Sack. Dass Tess hier ist, nervt mich plötzlich. Sie sollte nicht hier sein.

In der Werkstatt nehme ich meinen Helm vom Regal. Vor mir stehen meine zwei Hobel. Auf der Gixxer ist kein Platz, nur die Yammi hat ein kleines Sitzbrötchen.

Die Entscheidung steht. Genervt kicke ich die Halterung weg und rolle die R1 aus der Garage.

»Nimm doch die Maschine von deinem Dad«,

schlägt Trash vor und scheint nicht zu ahnen, wie nah er dem Tod gerade ist.

»Ihr könnt meine nehmen«, erklärt Charlie schnell, denn er scheint die Gefahr zu erkennen. »Ist bequemer.«

Er zwinkert Tess zu. Diese nimmt wortlos einen der Helme entgegen. Ramon hilft ihr dabei, ihn aufzusetzen und den Verschluss unter ihrem Kinn festzuzurren. Die großen bösen Rocker stehen um Prinzessin Rosenrot herum, als wären sie ihre Ersatzdaddys. Zu allem Überfluss reicht Ronny ihr noch meine – MEINE – Lederjacke. Er grinst mich breit an, und zu Tess sagt er: »Hier, die Lederjacke schützt dich.«

Schnell drücke ich mir den Helm auf den Kopf, ehe er explodiert. Ich komme mir vor wie ein Siebzehnjähriger, der sein Date zum Abschlussball abholt. Sind denn alle irre geworden?

Unter normalen Umständen – und wenn mir nicht alle so auf den Sack gehen würden – hätte ich vielleicht selbst den Vorschlag gemacht, eine von den Eisenhaufen zu nehmen, damit Madame Hecklast es bequem hat. Aber in meiner jetzigen Stimmung kann sie froh sein, wenn ich sie nicht bei voller Fahrt vom Bock werfe.

Mühelos starte ich die Fighter und warte. Ohne eine Miene zu verziehen, kommt sie auf mich zu, bis sie das kleine Rechteck sieht, das hinter mir aufragt. Wortlos klappe ich das Minipedal aus, auf dem ihr Fuß Halt finden muss. Dies wiederhole ich auf der rechten Seite. Ohne es zu wollen, strecke ich meine Hand aus, die sie ergreift. Sofort zucken wir beide zurück, denn noch mal erwischt es uns.

»Au.« Tess schüttelt ihre Hand aus, während mir der Kamm schwillt.

Herr im Himmel! Mögen mir beide Hände abfallen, bevor ich dieses Weibsbild noch einmal berühre! Wortlos hält sie sich an meiner Schulter fest und tritt auf das Pedal, um das rechte Bein rüberzuschwingen. Die Federn der Maschine geben kaum nach, was daran liegt, dass die Maschine kaum Federn hat.

Fuck! Ich widerstehe dem Impuls, die Augen zu schließen und ihre schlanken Beine, die sich an meinen Arsch und meine Hüften schmiegen, auf mich wirken zu lassen. Wie lange habe ich keine Sozia mehr mitgenommen? *Wann überhaupt?* Mir fällt keine Gelegenheit ein. Die R1 ist so umgebaut, dass höchstens im Notfall jemand mitfahren kann. Also nie. Selbst mit ihrem kleinen Po hat sie kaum Platz und muss sich eng an mich pressen. Ihr Bär ist genau an meinem Arsch. *Gott, heute ist echt ein Scheißtag!* Ich gase an und rolle los.

»Fährst du bitte vorsichtig? Ich hab etwas Angst.«

Diese Stimme … Ungewollt rühren mich ihre Worte.

»Du brauchst keine Angst zu haben«, ruft Ronny, ehe ich etwas erwidern kann. »Dae ist ganz zärtlich.«

»Oder, Dae? Du fährst schön vorsichtig«, ergänzt Ramon, der sich offenbar als Vaterersatz sieht. Zur Antwort drehe ich kurz am Gas. »Halt dich fest.«

»Wo?«

»An mir, geht nicht anders. Ich werte es auch nicht als Anmache, versprochen. Und noch was …«, ich tippe auf ihr rechtes Bein, natürlich brav über dem Stoff.

»Der Auspuff wird heiß. Sieh zu, dass du ihn nicht berührst. Auch nicht mit den Stiefeln.«

»Stiefeletten«, verbessert sie mich.

Boah! »Willst du laufen?«

Ich muss dringend Dampf ablassen. Mit jeder Bemerkung bringt sie mich höher auf die Palme, das ist nicht normal! Eigentlich bin ich die Gelassenheit in Person.

»Das war doch nur ne Information, keine Beleidigung. Es sind Stiefeletten, keine Stiefel«, verteidigt sie sich.

»Auf ner Skala von eins bis zehn: Was schätzt du, wie egal mir das ist?!«

Sie antwortet nicht.

Braves Mädchen. Ich klappe das Visier runter und fahre los.

22

Tess

Er hält mich für eine dumme Gans, das ist mir jetzt klar. Unter normalen Umständen hätte ich einen Heidenspaß, diesen Eindruck noch zu verstärken. Ich liebe es, Männer an der Nase herumzuführen. Zu provozieren. Bei Dae gerät jedoch alles irgendwie außer Kontrolle.

Ich hatte gefragt, woran ich mich festhalten soll, weil sich normalerweise ein Griff hinter dem Sitz befindet. Es gibt etliche Motorräder, auf denen die Sozia hinter ihrem Po irgendwo Halt hat. Aber hier ist nichts. Gar nichts. Nur Dae.

Und weil ich erhöht sitze und nicht anders kann, muss ich mich an ihn klammern. Was schwierig ist, weil er wirklich … nein. Ich schließe die Augen. Meine Schamlippen haben zu pochen begonnen und ich habe keine Ahnung, ob er das durch seine Jeans spüren kann. Mit den Händen versuche ich, an seiner Taille Halt zu finden. Gott, ist der hart. Kein Gramm Fett.

»Suchst du nach ner Waffe?« Aufgeschreckt sehe ich ihn an. Dae hält den Kopf zur Seite gedreht, damit ich ihn hören kann. Nicht nötig, ich fühle ihn direkt zwischen meinen Beinen.

»Was?«, schreie ich durchs Visier. Ich habe ihn zwar verstanden, weiß aber nicht, was er meint.

»Ob du ne Waffe suchst!«

Was will er? »Nein!«

»Dann hör auf, mich abzutasten und halt dich fest.«

Grmpf. Dieser Mensch! Notgedrungen lege ich meine Hände auf seine Schultern. Möglichst weit weg von jeglichen erogenen Zonen.

Das Motorrad hat kaum Verkleidung und ist laut, dazu die fetten Reifen. Ich beiße die Zähne zusammen. Die Vibration dieses fahrenden Düsenjets ist derart intensiv, dass ich das Gefühl habe, mein Döschen entwickelt ein Eigenleben. *Grrr.* Die Maschine ist ein einziger riesiger Vibrator! Kein Wunder, dass Dae gern Motorrad fährt. Er lässt sich mehrmals täglich die Eier massieren von diesem Ding. Sperma geschüttelt, nicht gerührt.

Tess! Sofort rufe ich mich zur Ordnung, aber zu spät – meine Wangen werden erneut heiß. Unglaublich! *Konzentrier dich lieber darauf, dass er nicht gleich einen feuchten Abdruck an seinem Arsch hat, du dauergeiles Flittchen.*

Ich schließe die Augen und kann nicht fassen, wo ich mich befinde und mit wem. Dieser blöde Wasserschaden! Warum geschehen solche Dinge nur, wenn Papa nicht zuhause ist? Ich halte mich an seinen Schultern fest und versuche, mich zu entspannen. Wenn er am Gas dreht, spüre ich es am Muskelspiel seiner Schultern unter meinen Fingern. Ihn so wenig wie möglich anfassen zu wollen, ist völliger Blödsinn, da ich ihm quasi am Rücken klebe. Dae bremst kurz, und ich hebe ab.

»Hilfe!«

Intuitiv klammere ich mich an ihn. Die Innenschenkel pressen sich fest an seine Hüften, und meine Hände verhaken sich vor seiner Brust.

Die gerade vibriert. Lacht er etwa? Ich beiße die Zähne aufeinander und zähle bis sechs. Fast hätte ich einen Salto vorwärts über ihn hinweg gemacht, und Dae findet das witzig?

Ich fühle mich wie eine Trägerrakete, die er jederzeit abschießen kann. Er will wohl, dass ich mich an ihn schmiege, und ich muss gehorchen, um nicht zu sterben.

Grmpf.

Unfair! Männer schreiben mir nicht vor, was ich zu tun habe! Ärger steigt in mir hoch, verpufft aber gleich wieder, denn auch an den Rippen hat er kein Gramm Fett.

Nein, du doofes Gehirn wirst jetzt nicht registrieren, wie er sich anfühlt! An was sich meine Brüste schmiegen. Dae in ganzer Pracht konnte ich ja vorhin ausgiebig bestaunen, als er mit nacktem Oberkörper vor mir stand und mich vorhin geküsst hat. Fast geküsst. Ich wäre beinahe in Ohnmacht gefallen, als er näherkam und …

Grr, diese Vibration!

Völlig überfordert mit all den Emotionen, die er und sein doofes Motorrad mit den überschnappenden Nervenenden zwischen meinen Beinen veranstalten, muss ich aufpassen, nicht ohnmächtig zu werden. Er ist Rocker! Ein gesetzloser und gefährlicher, doofer

Angeber mit zu viel Testosteron, der von Frauen genauso viel hält wie von Gesetzen.

Ganz genau, Tess! Und das sagst du jetzt so oft, bis deine pochende Klitoris gehorcht und sich nicht selbst zum Höhepunkt bringt.

Ich brauche einfach mal wieder Sex, das ist es. Nein, nicht mit *ihm*! Nein, du starrst nicht wieder auf die Tattoos an seinem Hals und auf seine breiten Schultern! Normaler Sex, bei dem *ich* die Kontrolle habe. Ich!

Oh nein! Zu spät: Mein Höschen ist feucht.

Ich möchte weinen. Das nasse Höschen weicht gleich seine Jeans ein. Das Schlimmste ist, dass er sich bloß umzudrehen bräuchte – meine Beine umschlingen ihn ja schon. Hölle! Nicht die von Wolle-Petri, sondern eine, in der mich der Teufel auf den Rücken eines attraktiven Badboys schnallt, darunter ein riesiger Vibrator – und mir dann fett grinsend ins Ohr flüstert: So, wenn du in den Himmel willst, musst du staubtrocken bleiben und darfst nichts empfinden. *Durchgefallen, Baby! Mit wehendem Höschen.*

Dae spürt das bestimmt, hat wahrscheinlich einen Pussyradar. Der kann sich doch mit nem nassen Fleck hinten an der Jeans nirgends sehen lassen. Ich bin so was von erledigt. Schon sehe ich die Schlagzeile vor mir: *Notgeile Jurastudentin sabbert kriminellem Rocker voll.*

Ich muss dringend runterkommen und an etwas anderes denken. Hoffentlich sind wir gleich da. Am Hals hinter seinem Ohr fliegt ein Schwarm schwarzer Vögel umher. Das sind wirklich gut gestochene Motive. Ich bin auch tätowiert, aber solche Tattoos haben eine ganz andere Qualität als meine drei Sprüche.

Unter seiner harten, tätowierten Schale vermute ich einen cremig-weichen, sehr leckeren Kern, denn es ist nett von ihm, mir zu helfen. Den Gesichtern der Männer nach zu urteilen, scheint das definitiv etwas Besonderes zu sein. Allesamt haben sie ausgesehen, als wollten sie mit offenem Mund Fliegen fangen.

Und wie Dae pitschnass im Wasser gelegen hat auf dem Fußboden in meinem Badezimmer. Gott, am liebsten hätte ich ihn direkt dort … NEIN! Ich habe Regeln. Keine Mannsbilder, die mir gefährlich werden können, basta! Dass er einen Zwillingsbruder hat, macht es nicht einfacher. Der ist nämlich genauso tabu. Unter anderen Umständen wäre ich eine Glückspilzin, zwei solche Prachtexemplare direkt nebenan wohnen zu haben. Aber nein, ich habe Prinzipien. Keine Templer!

Ah, ich sehe den Baumarkt. Gott sei Dank, endlich da!

Das Motorrad knallt über den Bordstein zum Parkplatz, und ich spüre den Schlag bis tief in meine lechzende Vagina. Himmel! Ich beiße die Zähne aufeinander und klappe schnell das Visier hoch, um nicht an der aufsteigenden Hitzewallung zu ersticken.

Dae parkt das dröhnende Ärgernis direkt vor dem Laden, und sofort lasse ich ihn los. Von Parkplätzen hält er wohl nicht viel, aber andererseits braucht ein Motorrad kaum Platz.

Dae klappt das Visier hoch und schaut zur Seite. »Absteigen!«

Ich versuche zu gehorchen und gleichzeitig zu verhindern, dass die Haut meiner Oberschenkel beim Absteigen am Motorrad kleben bleibt. Meine Beine fühlen sich an wie Pudding, mir tut alles weh. Himmel, selbst nach einer Stunde hemmungslosem Sex bin ich nicht so fertig wie jetzt. Ich fingere am Verschluss unter meinem Kinn herum.

Dae nimmt seinen Helm ab, als täte er nie etwas anderes, und hängt ihn an den Lenker. Seinen kurzen Haaren sieht man nichts an. Während ich gleich aussehen werden, wie ein begossener Pudel – zum zweiten Mal.

»Ich krieg ihn nicht auf«, jammere ich und sehe Dae hilfesuchend an. Mit Helm auf dem Kopf gehe ich ganz sicher nicht in den Baumarkt, das kann er doch auch nicht wollen. Oder?

Krass, er sieht aus, als wäre ihm genau das lieber. Nach einem Augenblick der Spannung nähert er sich wortlos, beugt sich runter und – löst den Verschluss mit zwei Fingern. *Aha, das ist bestimmt sein BH-Griff.* Möchte wissen, worin er keine Routine hat. In höflichen Umgangsformen wahrscheinlich.

Ich nehme den Helm ab und halte ihn unschlüssig.

»Häng ihn an den Lenker!«

»Und wenn er gestohlen wird?«

Dae schmunzelt. »Da musst du keine Angst haben.«

Ich könnte mir vorstellen, dass Helme nicht günstig sind. »Du hast keine Angst, dass er weg ist, wenn wir zurückkommen?«

Er schüttelt bloß den Kopf. »Den Fehler würde hier in Kaiserberg niemand begehen.«

»Und wenn der Dieb nicht aus Kaiserberg kommt?«

Dae lässt mich wortlos stehen, als wäre ihm jedes Wort zu viel und geht einfach in den Markt. Also ich hätte ganz viele Worte, um meiner Empörung Luft zu machen, aber entscheide mich dafür, den Helm an den anderen Lenker zu hängen und ihm zu folgen.

Lange Beine machen große Schritte. Ich muss fast rennen, um ihn einzuholen. Er biegt zweimal ab und bleibt derart abrupt stehen, dass ich in ihn hineinlaufe.

»Sorry.«

Mist, ich werde rot. Sofort gehe ich wieder auf Abstand.

Er schnaubt und mustert mich. »Du bist irgendwie komisch.«

OhGottohGottohGott.

Männer verehren mich, schenken mir Blumen, laden mich zum Essen ein, sind verrückt nach mir. Aber dieses Prachtexemplar gibt mir das Gefühl, als wäre ich ein dummes Kind. Ich koche innerlich. Am liebsten würde ich ihm meine Meinung geigen, aber ich befürchte, dass er sich dadurch nur bestätigt fühlt.

Wir marschieren weiter. Er marschiert. Ich folge nur. Immer wieder blickt Dae an den Regalen hoch. Ganz oben befindet sich die Beschriftung, in welcher Abteilung wir uns befinden. Für mich sind das alles böhmische Dörfer. Der Baumarkt ist riesig und ich habe keine Ahnung, was wir überhaupt suchen. Ich folge ihm stumm, möchte mich nicht noch einmal in Verlegenheit bringen. Dae denkt sowieso ich sei … keine Ahnung. Dumm? Nervig? Unfähig? Und natürlich muss ich mich auch so verhalten. Ich könnte mir selbst in den Hintern treten.

Uns kommt ein Pärchen mit Kind im Wagen entgegen und mir wird bewusst, dass wir ebenfalls wirken wie ein Paar. Wir halten zwar nicht Händchen, aber das tun die beiden auch nicht. Der Mann liest die Beschriftung auf einer Packung und seine Frau oder Freundin schaut auf seine Hände. Sie sind in die Beschreibung vertieft, und plötzlich gibt sie ihm einen Kuss auf die Wange. Er lächelt sie an, mehr sehe ich nicht, denn um mit meinem *Partner* Schritt zu halten, muss ich weiter.

Wäre das schön, Teil eines Pärchens zu sein. Bisher hatte ich noch keine feste Beziehung, das Studium war mir wichtiger. In München gab es Paul, aber mit dem war ich nie in Baumärkten shoppen. Nur Kino, Essengehen, Spazieren und Sex. Mehr ist uns irgendwie nicht eingefallen. Mit Anton war ich im Fußballstadion. Das hier ist … ich weiß nicht. Anders. Wie Alltag. Pärchen mit gemeinsamer Zukunft, die zusammenwohnen oder dies planen. Bei denen ist es ernst. Und plötzlich will ich das auch: Einen Partner, einen Part, zu dem ich gehöre und der zu mir gehört. Verstohlen riskiere ich einen Blick, aber Dae ertappt mich und starrt mich an.

Sofort gucke ich weg. *Verflixt!*

Dae ist wie ein Luchs, ihm entgeht einfach nichts. Ich trage seine Lederjacke, was mich ihm irgendwie näherbringt.

Wie er sich wohl fühlt, einer nervigen Nachbarin helfen zu müssen? Oder findet er mich vielleicht ein wenig sexy? Aus dem Augenwinkel riskiere ich noch einen Blick. Er bewegt sich wie ein Kampfsportler. Ich kenne so viele Jungs, dass ich mittlerweile sehr gut abschätzen kann, wer welchen Sport macht. Ich schiele kurz auf seinen Po – passt. Nicht zu mir, zu Kampfsport. Jiu Jitsu oder so. Ob Dae auch Spagat kann? Ich hatte noch nie einen Kampfsportler. Studenten machen selten Sport, gehen bloß Joggen oder fahren Mountainbike. Manche hiken und fahren Ski. Aber ein Kampfsportler … Ich gehe noch mal kurz die Verflossenen durch, die mir einfallen oder einen beeindruckenden Körper hatten. Nein, kein Kampfsportler dabei. Dae – der Name passt gut zu ihm. Hab ich noch nie gehört, diesen Spitznamen; aber er ist ja sowieso besonders.

Dae bleibt stehen, bückt sich und fischt ein Kunststoffteil aus einem Korb auf Knöchelhöhe. Mein Blick fällt auf seine breiten Schultern unter dem dünnen Shirt. An die hab ich mich eben noch geschmiegt.

»Hier, das brauchen wir.« Er spricht leise, fällt mir gerade auf, denn fast hätte ich ihn nicht richtig verstanden.

Skeptisch blicke ich auf den Preis. Das Teil kostet nicht mal fünf Euro. Ich runzle die Stirn. »Bist du sicher? Es ist so … günstig.«

Er lässt mich einfach stehen, und ich trotte ihm erneut hinterher.

Nein, ich nehme seine ablehnende Haltung nicht persönlich. *I wo.*

Plötzlich stockt er, und seine ganze Physis verändert sich. Jeder Muskel spannt sich an, ich sehe es an seinem Nacken, den Schultern, Unterarmen und Fäusten, die er kurz ballt und dann wieder entspannt.

Er hat wen erspäht. Irgendetwas sagt mir, er weiß,

dass es zu spät ist, sich wieder zurückzuziehen. Jetzt sehe ich sie auch: ein Pärchen.

Ui, ist die hübsch! Eine Mischung aus Sophie Marceau und Marion Cotillard. Eine zarte, schwarzhaarige Schönheit mit Bubikopf. Und üppig. Dagegen bin ich ein flaches Bügelbrett. Sie muss seine Ex sein. Wenn er auf solche Frauen steht, hätte ich nie eine Chance bei ihm. Nein – nicht, dass ich darauf spekulieren würde, auf keinen Fall!

Ich bemerke ihren Gesichtsausdruck, als sie Dae erblickt. Ihr Begleiter, ein großer, breiter Schrank mit blonder Stoppelfrisur, greift ihr an den Po, ehe sein Blick dem ihren folgt. Sie trägt ein enges weißes Stretchkleid, dazu hohe gleichfarbige Plateaupumps. Alles an ihr schreit *billig*. Schade, denn sie ist echt hübsch, und ihre Oberweite ist der Wahnsinn. Beneidenswert, nicht übertrieben. Passt zu ihrer schmalen Taille und den runden Hüften. Hoffentlich bin ich nicht grün vor Neid.

»Hallo, Arschloch«, begrüßt sie Dae mit breitem osteuropäischem Akzent. Sie schmiegt sich an ihren Schrank, als würde er ihr die nötige Sicherheit verleihen, die sie bräuchte. Oder um Schutz zu suchen.

»Bluejacket«, knurrt Dae so leise, dass ich ihn fast nicht gehört hätte. Er legt den Kopf schief, als würde er überlegen, wie schnell er den Bodybuilder erledigen könnte. Ich begreife nur langsam. Bluejackets, davon hab ich gelesen. Das ist eine konkurrierende Motorradgang, die hier seit ein paar Jahren ihr Unwesen treibt und sehr aggressiv vorgeht. Am ersten Tag meines Rechtsreferendariats wurden wir mit der Terminkoordination bei Gericht vertraut gemacht, und ich habe mindestens sechs Verhandlungen gesehen, die in Zusammenhang mit diesem MC stehen. In einer Woche!

Das kurvige Früchtchen sieht mich an. Von oben bis unten.

»Die Lederjacke, in der hat er mich vergewaltigt«, sagt sie so laut, dass ich erstarre. Wie unangenehm, in eine Beziehungsschlammschlacht hineingezogen zu werden. Mein zuvor positiver Eindruck über ihre äußerliche Gestalt schlägt gerade ins genaue Gegenteil um. Zimtzicke!

»Weißt du, dass er Zuhälter ist? Mit Sicherheit nicht, oder?«, provoziert sie mich weiter. »Sonst würdest du nicht in so einem formlosen Sack herumlaufen. Er mag nur sexy Frauen«, sagt sie mit abfälligem Blick auf meine Stiefeletten.

»Wenn Sie vergewaltigt wurden, haben Sie sicherlich Anzeige erstattet. Oder?«, antworte ich in gleichem provozierenden Tonfall und halte ihrem Blick stand, in den sich Unsicherheit schleicht.

»Das ist der berühmte Danny Matthey? Diese schmale Nulpe?«, springt der Schrank seiner holden Schönheit mit überraschend piepsiger Stimme bei. Ob er den Stimmbruch schon überwunden hat? Zwischen 17 und 35 ist alterstechnisch alles möglich. Solche aufgepumpten, Steroide spritzenden Typen altern schnell.

»Du hast mein Mädchen vergewaltigt?« Er baut sich dicht vor Dae auf, der keine Miene verzieht. »Ohhh«, macht der Hüne mitleidig. »Und jetzt stehst du hier ganz alleine, ohne deine tollen Templer im Rücken. Ich glaube, mir stehen deine Clubs viel besser als dir, du kleiner Scheißer. Ich mach dich platt«, droht er. »Was meinst du, Irina? Du wirst die Managerin.«

Sein Lachen klingt wie das Krähen eines Hahns. Ich sehe, wie Danny unauffällig mit seiner rechten Hand die Hosentasche abtastet. Gleichzeitig greift der Herman-Munster-Verschnitt hinter sich, und mir bleibt keine Zeit mehr, nachzudenken. Ich schreie einfach los. »Waffe, Polizei! Hilfe! Polizei! Er hat eine Waffe.«

Ich nehme Daes Hand und schiebe mich schnell zwischen die beiden Männer. Der Schrank verfällt in Schockstarre, genau wie sein Ostimport. Ein Mitarbeiter erscheint, dann ein Handwerker mit seinem Wagen. Ich schreie wie am Spieß. Der Schrank zieht die Hand hervor und hält – tatsächlich – eine Waffe in der Hand! Ich hatte maximal mit einem Messer gerechnet, aber eine echte Handfeuerwaffe? Jetzt sind meine Schreie echt. Als Dae mich zur Seite schieben will, lasse ich mich mit Schwung in seine Arme fallen. Wir taumeln zwei Schritte rückwärts. Diese Hohlbirne hat doch einen Sprung in der Schüssel, so was mit in einen Baumarkt zu nehmen! Am helllichten Tag! Mein Organ scheint auszureichen, um die Aufmerksamkeit eines ganzen Baumarktes auf uns zu lenken. Es dauert nicht lange, bis wir von mehreren Mitarbeitern umringt sind. Einer ist mit einem Hammer bewaffnet, ein anderer hält eine Axt. Wie in einem schlechten Low-Budget Film.

»Die Polizei ist schon gerufen, machen Sie keine Dummheiten!« Ein Mann in strahlend weißem Hemd mit aufgesticktem Emblem des Baumarktes kommt hinzu. »Ich weiß nicht, was Ihre Intention ist, aber am besten, Sie lassen die Waffe fallen.«

Mittlerweile drücke ich mich schluchzend (gut, ein wenig übertrieben, aber ich verhindere hier gerade einen tätlichen Angriff!) an Daes Brust. Breite Brust. Warm. Gut riechend, das T-Shirt ist frisch gewaschen. Hmm … hier bin ich genau richtig. Und zwinge Dae so, sich mit mir zu beschäftigen, statt irgendetwas zu tun, was in Actionfilmen immer beeindruckend aussieht, aber im wirklichen Leben unschön enden könnte. *Not on my watch!* Ich muss schließlich gleich zur Arbeit. Eine Zeugenaussage bei unerlaubtem Waffenbesitz und Bedrohung, kann ich schriftlich machen. Aber Mord, versuchter Totschlag, Körperverletzung oder Ähnliches – da ist die Polizei penibel, und die Zeugenbefragung dauert Stunden. Ich käme definitiv zu spät zur Arbeit.

Ich schluchze und zittere, aber Dae bleibt ruhig. Immer, wenn er die Arme heben will, drücke ich sie wieder runter. Seine Brust vibriert kurz. Lacht oder knurrt er? Egal. Ich wage kaum, mich umzusehen, bin ich doch viel zu sehr in meine Rolle vertieft. Jetzt höre ich schnelle Schritte.

»Legen Sie die Waffe langsam auf den Boden. Keine schnellen Bewegungen. Und dann treten Sie einen Schritt zurück!«

Dae legt eine Hand unter mein Haar direkt auf den Nacken und hält mich fest. Sofort schießt mir ein Schwall Lust in mein Höschen. Ganz so, als hätte eine Lawine in meinem Unterleib nur darauf gewartet, losgetreten zu werden. Mit einer solchen Wucht, dass mir kurz schwindelig wird. Wow. Ich bin – nass. Nur durch Handauflegen. Gott, was würde geschehen, wenn er seine Hand …

»Wird's bald?«, zerstört eine männliche Stimme meine unangebrachte Phantasie. Mein Haar hängt mir im Gesicht. Ich schaue auf seine Boots und meine Stiefeletten, mehr kann ich nicht sehen. Aus irgendeinem Grund darf ich nicht, denn Dae lässt mich nicht. Gott, ist der Mann warm. Mir bricht in seiner Lederjacke der Schweiß aus.

»Hat er Sie bedroht?«, fragt eine männliche Stimme. »Brauchen Sie einen Arzt?«

Nun muss Dae mich loslassen, denn offenbar bin ich gemeint.

»Nein, es geht schon.« Ich richte mich auf und werfe mein Haar nach hinten. Der Polizist ist ungefähr Mitte fünfzig.

»Danny Matthey. Das wundert mich ja gar nicht, dass du dort bist, wo was los ist. Wie lange hast du noch Bewährung?«

Dem Ton des Polizisten entnehme ich nichts Gutes. Dae hat Bewährung? In den vielen Taschen der Lederjacke suche ich nach einem Taschentuch. Ich bin nassgeschwitzt.

Huch! Meine Finger ertasten … eine Waffe. Schnell ziehe ich meine Hände wieder heraus. Was stimmt mit diesen Rockern nicht, dass sie alle bewaffnet durch die Gegend laufen? Mein entsetzter Gesichtsausdruck ist echt. Eine Polizistin reicht mir ein Taschentuch, das ich mit kurzem Lächeln entgegennehme. Wenn sie die Jacke durchsucht, wird Dae festgenommen und seine Bewährung ist hinfällig. *Es sei denn, ich behaupte, das sei meine Jacke.* Meine viel zu große Lederjacke – im Sommer. Aber wie erkläre ich das Mitführen einer illegalen Waffe? Und selbst wenn die Waffe nicht illegal wäre, habe ich keine Erlaubnis, sie mit mir zu führen. Unerlaubter Waffenbesitz könnte meine Karriere bei Gericht sehr schnell beenden. Am besten, ich überlege mir schon mal Argumente.

23

Dae

Ist das zu fassen?! Diese … Geißel Gottes ist eine Katastrophe! Sprachlos höre ich zu, wie sie den Bullen wort- und gestenreich erklärt, was geschehen ist. Ich koche. Schon wieder kreuzt ein Bluejacket meinen Weg. Auch noch mit Irina, also hatte ich recht. Entweder, sie wurde bei mir eingeschleust oder hat nach ihrem Rauswurf bei denen gesucht. Egal wie, das bleibt nicht ungesühnt! Mich hat fast der Schlag getroffen, als Tess meine Hand nahm und sich vor mich gestellt hat – just in dem Augenblick, als ich ihn mit einem kurzen Handkantenschlag außer Gefecht setzen wollte. Sie ist lebensmüde! Und strohdumm dazu. Obwohl … In ihrer heilen, gesetzestreuen Welt ruft man die Bullen, wenn einer ne Waffe hat. Dass so was bei uns normal ist, kann sie nicht wissen. Den blonden Popeye hat sie jedenfalls kalt erwischt. Genau wie mich. Nur, dass er jetzt die Anzeige wegen unerlaubten Waffenbesitzes am Arsch hat und nicht ich. *Hehe.* Ich kenne den Bullen, er hat die Knarre geprüft und das Magazin rausgenommen. Ich musste mir ein Grinsen verkneifen. Ne Walther PPK mit Munition … und wahrscheinlich hat er sich schon ein paar Sporen auf der Karriereleiter in Sachen gefährlicher Körperverletzung verdient. Das könnte das Ende seiner Liaison mit Irina sein, zumindest für einige Monate, bestenfalls Jahre. Und mithilfe dieser wandelnden Katastrophe könnte das tatsächlich klappen. Sie ist eine tolle Zeugin, so als angehende Richterin.

Ich schüttle den Kopf. Dieses Weib! Fällt mir in die Arme, tritt mir auf die Füße und wirft sich an mich. Ob sie wusste, dass ich noch Bewährung hab? Nein, woher auch?

»So, können wir jetzt gehen? Ich muss zur Arbeit und Herr Matthey noch meine Dusche reparieren«, tönt Madame Chaos neben mir. Wenn ihre Stimme nicht so sexy wäre … Ich hebe kurz den Blick in Richtung Baumarktdach und frage mich zum x-ten Mal, warum ich letzte Nacht nicht im Club gepennt habe.

Belustigt zucken die Mundwinkel des Beamten.

»Soso, Herr Matthey ist neuerdings Sanitär- und Heizungsinstallateur? Dreh dich mal um«, sagt er zu mir, »und heb beide Hände.«

Wortlos folge ich seiner Anweisung.

»Mooment mal«, schaltet sich die Katastrophe hinter mir ein.

Ich kann es nicht fassen und schließe die Augen. *Was kommt denn jetzt?!* Sie wird mich noch in den Knast bringen. Nicht zuletzt, weil ich sie gleich erwürge.

»Wieso wollen Sie ihn durchsuchen? Welchen Grund haben Sie?«

»Junge Dame, ich brauche keinen Grund,« erwidert der Beamte leicht ungehalten. »Herr Matthey ist kein Unbekannter, er ist einschlägig vorbestraft …«

»Er ist mein Nachbar! Und er hilft mir, meinen Wasseranschluss zu reparieren! Das ist Amtswillkür!«

»Wer sind Sie eigentlich? Eine seiner Nutten?«

Ich höre sie laut nach Luft schnappen und ahne, dass das ein langer Vormittag wird. Ein sehr langer.

»Haben Sie mich gerade tatsächlich als Hure tituliert? Wie ist Ihr Name? Das wird ein Nachspiel haben, jawohl! Eine Unverschämtheit! Darf Herr Matthey keine Nachbarschaftshilfe leisten? Wir leben nicht in einem Polizei-, sondern einem Rechtsstaat! Sie …«

Meine Ohren stellen sich auf Durchzug, obwohl ein bisher unbewohnter Teil in meinem Bauch durchaus amüsiert ist. Aber ich will keinen Ärger und erst recht keine Aufmerksamkeit. Nicht vor dem größten Coup, den wir je gedreht haben.

Wenn die Bullen was riechen und öfter Streife fahren oder so … *Worst Case!*

Ich atme tief ein und drehe mich wieder um. Sicherlich muss ich meine Arme nicht minutenlang hochhalten, während die kleine Furie die zwei Bullen in meinem Rücken zusammenfaltet.

Herrje, die tun mir fast leid.

»Los, Werner, durchsuch mich schon«, fordere ich ihn auf. »Desto schneller schaffe ich sie dir vom Hals.«

Ein kurzer Blickwechsel in stillem Einvernehmen, und ich hebe erneut die Arme. Er tastet mich liederlich zwischen Schulterblättern, am Hosenbund, Taschen, Knien und Knöcheln ab und tritt einen Schritt zurück.

»Ich werde mich trotzdem beschweren«, macht Fräulein Sturmfront ihrem Unmut weiter Luft.

Der Fickfehler wird abgeführt, und Irina rennt kreischend mit. Ich bin versucht, mir die Ohren zuzuhalten. Wenn Tess kreischt, ist es anders. Ihre Stimme geht mir unter die Haut, aber bei normalen Frauen krieg ich Tinnitus.

»Ich habe ihm mein Einverständnis gegeben, Madame«, kürze ich ihre nächste Tirade ab. Der Bulle nickt mir zu, und ich senke meine Arme wieder.

»Schönen Tag noch, Herr Matthey – und Frau Kuschel.« Er tippt sich an die Mütze und betont ihren Namen.

»Das habe ich gehört, Herr Polizeikommissar Schumacher. Man sieht sich immer zweimal im Leben!«

Schnell nehme ich ihre Hand und wir zucken beide zurück. Verfickte Scheiße, den Funken habe ich beinahe gesehen! Diese Frau steht echt unter Strom. Mich wundert, dass ihre wilde Haarpracht nicht in alle Himmelsrichtungen absteht. Ich ergreife ihr Handgelenk über der Lederjacke und ziehe sie davon. Wortlos lässt sie es geschehen.

»Mann, war das knapp«, stöhnt sie auf dem Weg zur Kasse. »Das nächste Mal mache ich nicht so ein Theater, das kannst du vergessen!«

Ich drehe mich zu ihr um und sehe gerade noch, wie Kessi sich mit ihrem Rockzipfel verstohlen über die Stirn und Nacken wischt. Kurz erhasche ich einen Blick auf ihren Slip und stocke. Hä? Wo ist denn mein Bär?

Der Bär ist weg! Und die roten Punkte sind einem bordauxfarbenen Nichts aus Spitze gewichen.

Der rote Vorhang fällt, und ich bin einer weiteren Illusion beraubt. Eigentlich wär mir jetzt nach nem Schluck Whiskey.

Zuerst zerstört Tess meine Fantasie von der Traumfrau mit dem wunderschönen Heel, mit der ich irgendwann an der Cote d' Azur Champagner schlürfen wollte. Und nun trägt sie keine unschuldigen weißen Baumwollschlüppis mit roten Punkten mehr - und sie ist glattrasiert. Warum kann nichts so bleiben, wie es war? Warum muss sich ständig alles verändern?

Und warum bin ich heute Morgen nicht mit Artos und Bella an den See gefahren, wie ich es eigentlich vorhatte? Dann hätte sie so viel Feuer schreien können, wie sie wollte.

An diesem Vormittag hat dieser wandelnde Tornado mir gleich zwei Illusionen geraubt, die mich nächtelang durch die schlimmste Zeit meines Lebens gebracht haben.

Nichts ist trauriger als der Tod einer Illusion, schießt mir ein Kalenderzitat durch den Kopf.

Wenn ich noch mal einfahre, hab ich nichts mehr, woran ich mich festhalten kann. Mein Magen fühlt sich komisch an.

»Ich behalte die Jacke an, um keinen Verdacht zu erregen. Damit die Polizei nicht begreift, dass ich *deine* Jacke trage und sie durchsuchen will«, erklärt sie mir.

Ich verstehe nur Bahnhof. Anscheinend sieht Tess

mir das an, denn sie nimmt einen Zipfel ihres Kleides, durch das sie meine Hand packt und in *meine* Lederjacke steckt. Offensichtlich hat sie auch verstanden, dass Haut auf Haut bei uns beiden nicht funktioniert.

Erstaunt reiße ich die Augen auf und begreife. Tess hat mich gedeckt. Fuck, meine neue Knarre. Verblüfft starre ich sie an. Nachdem mir der Bluejacket auf der Straße entgegengekommen war, brauchte ich wieder eine Waffe und hab die Schreckschusspistole selbst aufgebohrt. Sie ist nicht geladen, um Munition wollte ich mich heute Nachmittag kümmern und eventuell noch mal nachbohren. Jetzt fällt's mir wieder ein. Ich hatte die Waffe in meine Lederjacke gesteckt, damit sie sich kein anderer in der Werkstatt unter den Nagel reißt. Nebenbei bemerkt, würde Tess diese Jacke gar nicht tragen, wenn es nach mir gegangen wäre! Ich werde Ronny die Fresse polieren! Macht einen auf väterlichen Beschützer und bringt mich in Teufels Küche.

Unwirsch schüttelt Tess den Kopf und ihre Augen blitzen. »Dieser Herman-Munster-Verschnitt war ja wohl ein Witz, oder? Ist das eigentlich üblich bei euch, dass ihr alle bewaffnet durch die Gegend lauft?«

»Boa, wo ist bei dir der Ausschalter?«, frage ich genervt. Sie hat eine tolle Stimme, könnte mir das Telefonbuch vorlesen, und ich würde einfach so abspritzen. Aber diese ganzen Fragen und dann ihre Augen, die mich immer anstarren, als würde sie erwarten, dass ich sie endlich küsse. Vielleicht wünsche ich mir das auch bloß. Jedenfalls macht mich ihr Blick konfus.

Tess bleibt an der Kasse stehen, baut sich vor mir auf und stemmt die Hände empört in ihre Hüften. Die

Boots haben keine hohen Absätze, sie reicht mir höchstens bis zum Schlüsselbein. Jetzt reißt sie mir förmlich das Verbindungsrohr aus der Hand, hält es der verdutzten Kassiererin hin, die außer uns niemanden bedienen muss, und wirft einen fünf Euro Schein aufs Band.

»Stimmt so, der Rest ist für Sie.«

»A-Aber« Der verständnislose Blick, der Tess' Abgang folgt, erfasst nun mich. Ich zucke bloß mit den Schultern.

»Wollen Sie nicht wenigstens den Bon fürn Umtausch?«, ruft die Verkäuferin ihr nach.

»Ganz sicher nicht«, ruft Tess über ihre Schulter zurück. »Eher werfe ich das Teil weg, als dass ich noch einen Fuß in diesen Laden setze. Wo man mit Waffen bedroht, beschimpft und beleidigt wird! Pah!«

Ich atme tief aus, und die Kassiererin schenkt mir einen mitleidigen Blick. »Pfeffer würzt eine Beziehung.« Sie zwinkert vielsagend.

Wenn sie wüsste … Ich muss von Pfeffer immer niesen!

24

Dae

Wortlos folge ich Tess und bin gespannt, ob sie zu Fuß nach Hause geht oder brav an meiner Maschine wartet.

Tatsächlich stülpt sie sich gerade den Helm über ihren Kopf. Das wilde, lange Haar ist genauso widerspenstig wie sie. Tess ist wirklich eine Rakete, in jeder Beziehung. Aber mir ist sie von allem zu viel.

»Dieses Affentheater wäre nicht nötig gewesen«, bemerke ich knapp.

»Der hätte dich vielleicht erschossen«, erwidert sie wütend. »Dann wäre ich zu spät zur Arbeit gekommen und Papa könnte noch nicht mal aufs Klo, wenn er nach Hause kommt.« Ihre Stimme schrappt schon wieder über meinen Schwanz, verdammt! Meine Klöten am Rücken rauf bis in den Nacken.

»Möglicherweise hätte ich deine Gehirnmasse an meinen Stiefeletten kleben gehabt, das wär bestimmt nie wieder rausgegangen!«, schimpft sie weiter. »Und dann hätten die beiden versucht zu fliehen und ich hätte den Salat gehabt: Mit meinem toten Nachbarn zu Füßen, der zufälligerweise auch noch Rotlichtgröße und Rocker ist. Wie hätte ich das meinem AG-Leiter erklären sollen, bitte schön?«

Jetzt finde ich sie wieder süß, wie sie über meinen Tod spricht. Ich denke oft über den Tod nach, aber Tess darüber philosophieren zu hören, macht mich auf verquere Art an.

»Ich hätte ihm keine Gelegenheit gegeben, die Waffe zu ziehen«, erwidere ich schmallippig. »Du bist mir in meinen Schlagarm gefallen.«

Tess rollt wieder mit den Augen. »Ernsthaft? Muss ich dir erklären, was es bedeutet, während der Bewährungszeit Straftaten zu begehen? Weswegen bist du vorbestraft?« Sie taxiert mich. »Ich tippe auf Körperverletzung. Hättest du ihn verletzt – oder Schlimmeres – hätte die Polizei dich mitgenommen. Schließlich bist du Templer. Wie wäre ich dann nach Hause gekommen, hm? Und dann hätte ich immer noch nicht duschen können.«

Ich warte einen kurzen Moment und lasse ihre Worte sacken.

»Wow, beeindruckend. Das hast du dir in dem Sekundenbruchteil überlegt, ehe du dich zwischen uns geworfen und um Hilfe geschrien hast?« Meine Stimme inklusive Blick könnten Spuren von Sarkasmus enthalten. Aber nur minimal.

Ihre Augen blitzen vor Wut. Sie klappt das Visier runter. »Fährst du uns jetzt nach Hause und reparierst bitte dieses doofe Rohr?«

25

Dae

Zum ersten Mal in meinem Leben stehe ich an der Tankstelle am Anfang unseres Industriegebiets und warte. Das Verbindungsstück war innerhalb von drei Minuten eingebaut. Ich bin direkt zur Spedition gefahren. Tess hat meine Jacke sofort ausgezogen und mir hingehalten, als sie abgestiegen ist. Ebenso den Helm. Plötzlich brauchte sie auch keine Hilfe mehr beim Öffnen des Verschlusses. Gesagt hat sie nichts mehr. Tess ist zum Anbeißen und hat Feuer im Arsch. In einem verführerischen, runden kleinen Arsch. Aber ich hab ihrem Alten mein Wort gegeben. Auch, wenn es nicht viel gibt, worauf ich stolz bin, stehe ich zumindest zu meinem Wort. Immer. Außerdem kommen wir aus verschiedenen Welten. Das wird mir umso klarer, als ich hier versteckt an der Waschanlage stehe und auf sie warte. Wie sie sich vor mich geworfen hat, als müsste sie mich schützen. MICH! Ich lache laut auf und huste, weil meine Lunge lautes Lachen nicht gewohnt ist. So was ist mir mein Lebtag noch nicht passiert!

Keine Frau, die mich kennt, hätte sich so verhalten und nach der Polizei gerufen. Das ist ungefähr so, als würde eine Mücke nach Insektenspray schreien. So was kommt in unseren Kreisen einfach nicht vor. Kreischen tun die Weiber alle, aber für gewöhnlich ignoriert man sie einfach. Oder bringt sie zum Schweigen.

Ich zwinge meine Gedanken, sich auf den bevorstehenden Coup zu konzentrieren und zähle die Ampelzeiten, wann welche Spur rot oder grün hat. Wir müssen auf alles vorbereitet sein. Zunächst fahren wir zur Geldtransporterfirma, die täglich Millionen aus der LZB in ganz NRW verteilt. Und anschließend zur LZB, um so zu tun, als wären wir die Fahrer. Endlich die große Kohle und dann weg hier!

Der Blick des Bullen, als er mich erkannt hat – all das steht mir im Hals. Mike kann bleiben, wo der Pfeffer wächst. Den hat der Club geerbt, nicht ich. Ich will endlich raus, weg hier. Nach Spanien oder Portugal. In die Sonne. Ans Meer, Freiheit atmen. Keine Verantwortung mehr.

Da ist sie.

Ich blicke auf die Uhr an meinem Handy. Tess trägt ein dunkelblaues Businesskleid ohne Ärmel und dazu flache Ballerinas. Ihr Haar hat sie zu einem Knubbel hochgesteckt. *Sieh an.* Will nicht sexy wirken, sondern ernstgenommen werden. Ich schnaube. Als ob! Sobald sie den Mund aufmacht, bekommen alle Typen um sie herum einen Ständer – jede Wette! Da ist es egal, was sie anhat. Meine Hand erinnert sich genau an den Moment, als ich ihren schmalen Nacken umfasst hielt, um sie vor den Blicken der Bullen zu schützen. Da hat es ausnahmsweise mal nicht gefunkt zwischen uns. Sie war schweißnass unter ihren Haaren, was mir weitere üble Mindgames einbrachte. Welche mit ihr schwitzend unter mir. Ich wollte nicht, dass man sie erkennt und die Bullen wissen, mit wem Juristin Kuschel sich herumtreibt.

Aber Madame hat einen selten harten Dickschädel. Auch konnte ich nicht ahnen, dass sie derart in die Offensive geht, um zu verhindern, dass der dumme Bulle kapiert, wessen Jacke sie trägt. Auf ihre rechtschaffene Art hat sie Schneid. Irgendwie ringt mir ihr Verhalten Respekt ab, obwohl ich die Nachwehen ihrer Tirade noch immer in den Knochen spüre.

Der Bus kommt und Kessi steigt ein. Ich verlasse meinen Beobachtungsposten und fahre wieder zum Tempel. Alles gut. Sie wird pünktlich zur Arbeit erscheinen, das ist die Hauptsache.

26

Tess

14 Tage bis Tag X

»Darf ich?« Demonstrativ stelle ich mein Tablett auf der Zeitung ab, die Jan-Philipp gerade liest.

Schnell zieht er das zukünftige Altpapier unter meinem Tablett hervor und faltet es ordentlich zusammen.

»Hast du schon gelesen?« Er deutet auf einen Artikel. »Ein paar Studenten haben einen Solarmotor entwickelt, der per Dach auftankt – während der Fahrt.«

Aha. Studiere ich neuerdings Ingenieurwesen? Gleichgültig zucke ich mit den Schultern. »Solange man sein E-Auto nicht stundenlang zuhause am Herd laden muss …« Ich stocke mitten im Satz, weil mir die Überschrift eines Artikels aus dem überregionalen Teil ins Auge fällt.

»Darf ich?« Ich nehme die Zeitung hoch, um sie neben meinem Putenbrustsalat zu platzieren.

»Klar, den hab ich schon durch«, erwidert Jan-Philipp und vertieft sich sogleich wieder in seinen technischen Artikel.

Kontakt zu Templern – Polizist gefeuert

Lautet die Überschrift. Mit klopfendem Herzen überfliege ich die Zeilen und prüfe immer wieder aus den Augenwinkeln, ob mich jemand beobachtet.

Ein dreiundzwanzigjähriger hatte Kontakt zu Templern, die er angeblich dazu angestiftet hat, seinen Nachbarn zu verprügeln. Auf seinem Handy fand man Nachrichten, die er an ein Member der Templer geschickt hatte, woraufhin er entlassen wurde. Mein Herz pocht wie nach einem Hundertmeterlauf. Warum fasst es mich derart an, dass unsere Justiz verhindert hat, einen Kriminellen weniger in den Polizeidienst aufzunehmen? Das ist eine gute Sache. Meine Augen huschen über die anderen Artikel, ohne zu lesen. Hat mich jemand mit Dae im Baumarkt gesehen? Oder vor der Chapterzentrale? Mein Gehirn hat sich in einen Hamster verwandelt und rennt in meinem leeren Kopf herum wie in einem Laufrad. Fieberhaft suche ich nach Parallelen zu mir. Der Typ hat WhatsApp-Nachrichten mit zwei Templern geschrieben und seinen Job verloren.

Bin ich – ist meine Karriere – gefährdet? Ich blicke über die Tische in der Kantine, ob mich jemand beobachtet. Wie viele dieser Justizangestellten und Staatsanwälte wissen, dass mein Vater Templer war? Wurde bei meiner Bewerbung darüber gesprochen? Gab es Gegenstimmen? Leute, die mich für beeinflussbar halten? Warum habe ich nie zuvor darüber nachgedacht? Und warum bin ich bloß mit Danny Matthey in einen Baumarkt gefahren? Bald werde ich einen Anhörungsbogen bekommen und muss wegen dieses bewaffneten Bluejacket vor Gericht aussagen.

Der Appetit ist mir vergangen, mein Magen nicht mehr aufnahmefähig. Eher im Gegenteil. All meine Gedanken tragen dazu bei, meinen Mageninhalt in Geberlaune zu versetzen. Der Polizeianwärter hat ein paar WhatsApps mit einem Templer ausgetauscht und seine Karriere ist am Ende, ehe sie begonnen hat. Ich war in deren Chapterzentrale. Bin mit einem Templer am helllichten Tag durch Kaiserberg auf seinem Motorrad gefahren. Einem stadtbekannten Zuhälter. War mit ihm in einem Baumarkt shoppen. Und er hat mich beinahe geküsst. Mir wird heiß und kalt gleichzeitig. Wenn das herauskommt, bin ich erledigt.

Tränen schießen mir in die Augen und mein Puls überschlägt sich. Zehn Semester habe ich hinter mir. Tausende Stunden Lernen, Tränen, Angst, Schlaflosigkeit. Ich brauche nur noch zwei Jahre, dann bin ich fertig. Verdiene Geld, baue mir eine Karriere auf. Ich könnte eine der jüngsten Richterinnen Deutschlands werden. In Talkshows sitzen, Bücher schreiben.

Wollte Dae mich deshalb küssen? Würde er versuchen, mich zu manipulieren, weil ich bei Gericht arbeite?

Wenn etwas zwischen uns laufen würde – rein hypothetisch: Könnte ich sicher sein, dass Dae nicht ab und an etwas wissen will? Dass ich nicht regelmäßig Internas ausplaudere, wenn ich nachts unter ihm liege? Wenn seine heißen Lippen sich an meinem Hals hinunterarbeiten, seine Zunge meine … Schnell wische ich mir durchs Gesicht und vertreibe die notgeilen Gedanken. Ich sehe mich um. Wie viele Tage darf ich hier noch essen, ehe sie mich feuern?

Trink einen großen Schluck Apfelschorle, Tess. Der bittere Geschmack hilft dir, dich zu konzentrieren.

Verzweifelt überlege ich, wie meine Karriere noch zu retten wäre.

Die Lösung ist ganz einfach: Mich von allen Templern fernhalten.

Ich straffe meine Schultern. Nichts leichter als das.

27

Dae

10 Tage bis Tag X

»Irgendwas stimmt mit der Bremse nicht, Tommy!«, rufe ich und klappe mein Visier hoch.

»Hm.« Dieser inspiziert die Bremsen meiner Ninja.

»Lass uns warten, bis sie abgekühlt sind, Diggi. Ich seh so nix. Was stimmt denn nicht?«

Ich nehme den Helm ab und reiße mir die Sturmhaube vom Kopf. Puh, was für eine Hitze! Endlich kann ich wieder frei atmen. Mein Kopf juckt, und ich rubbele über meine verstrubbelten, schweißnassen Haare. »Irgendwas fühlt sich … komisch an«, sage ich. »Unsicher.«

Tommy lacht. »Du rennst seit Tagen mit ner Leichenbittermiene rum, Digga. Und je näher der Tag«, kurzer Blick über die Schulter, »… X kommt, desto schlimmer wird es. Wirst du langsam paranoid?«

Ich steige ab und stelle das Vorderrad in den Montageheber.

»Wirst du *nicht* paranoid?«, frage ich zurück und löse die Verschlüsse an meiner Lederkombi. Dann ziehe ich den Reißverschluss nach unten. Ich schwitze wie Sau. Tommy reicht mir eine Flasche Wasser, die ich zur Hälfte austrinke.

»Ich freu mich irgendwie. So viel Kohle.« Sein Gesicht bekommt einen schwärmerischen Ausdruck. »Vielleicht mach ich dann einen eigenen Club auf.«

Ich verschlucke mich. »Du kannst meine haben«, sage ich aus Reflex und kippe mir den Rest Wasser über Kopf und Gesicht.

»Warum? Du willst sie nicht mehr?«

»Was denkst du, warum ich mitmache, Tommy? Ich brauche das Geld und kauf mich damit frei.«

»Von was?«

»Vom MC, Mike … von allem«

Tommy lacht. »Traumtänzer. Du wirst nie frei sein. Du, der MC, Mike … das ist in deiner DNA. Mach die Augen auf: Die Templer sind dein Vermächtnis, Digga.« Er schüttelt verständnislos den Kopf. »Du bist der Sohn des Präsi, sein Erbe. Hast drei Clubs, könntest fette Ferraris oder Porsche fahren, in ner geilen Bude wohnen mit allem Schnick und Schnack. Stattdessen haust du überall und nirgends, bewahrst deine Klamotten in ner Gefriertruhe auf und pennst auf ner zwanzig Jahre alten Couch. Du hast noch nicht mal ein eigenes Bett, Digga! Willst du mir erzählen, dass du bisher nur darauf gewartet hast, ein Mordsding zu drehen, damit dein ganzes Leben eine plötzliche Wendung nimmt?«

Er lacht so sehr, dass er sich an der Ninja festhält.

Am liebsten würd ich ihm meine Faust ins Gesicht drücken. Spinnt der?

Als er seinen Lachanfall einigermaßen überwunden hat, fügt er hinzu: »Du hättest dich schon längst freischwimmen können. Aber du willst nicht.« Er tippt sich an die Stirn. »Das Problem ist hier drin, Diggi. Und das lässt sich auch mit ner Million nicht lösen.«

Irgendwie hab ich das Gefühl, mich verteidigen zu müssen.

»Ich schlaf nicht oft im Büro.«

»Super«, spöttelt er. »Lässt du dich in den Nicht-Couch-Nächten im *Domi* ans Kreuz fesseln, entspannst auf der Streckbank oder wie?«

»Oben unterm Dach ist das Tausend-und-eine-Nacht Zimmer.«

»Also findest du es geil, in einem Bett zu schlafen, in dem Stunden vorher noch widerliche Perverse abgespritzt haben, während sie ausgepeitscht wurden?« Angeekelt schüttelt er den Kopf. »Red dir ein, was du brauchst, Digga – mir egal! Die Million, die ich von dem Deal abbekomme, werde ich nutzen, um mir was Eigenes aufzubauen. Ich hab keinen Bock mehr, kochenden Teer auf die Straßen zu kippen. Ein dickes Ding und dann ausgesorgt haben.« Freudig reibt er sich die Hände, und ich bekomme einen gehörigen Hieb zwischen die Schulterblätter, der durch die Lederkombi abgefedert wird. Ich ziehe den Reißverschluss noch weiter runter,streife mir die engen Ärmel ab und lasse das Oberteil einfach in der Taille nach unten fallen.

Mein Anteil beträgt das Zehnfache, aber das weiß er nicht. Ich habe das Ding schließlich ausbaldowert und mitgeplant, während die anderen Jungs einfach nur absahnen. Allerdings beschäftigen mich seine Worte. Was, wenn Tommy recht hat? Wenn ich nie vom MC und all dem loskomme? Von Mike? Er ist mein Bruder, ich trage die Verantwortung für ihn. Bin ich wirklich imstande, ihn zu verlassen? Mir fällt Berties Bemerkung ein, dass ich die Gene des Alten in mir trage.

Meine Gedanken schweifen ab, Jahre zurück, in meine Kindheit. Ich erinnere mich an einen Tag, an dem ich Mike zusammengeschlagen habe, weil er mir ständig nachlief wie ein Hündchen. Da war ich elf und er fast dreizehn. Und dass mein Vater mich anschließend zusammenschlug, wobei er dafür keinen Grund brauchte, das geschah regelmäßig.

»Ob es dir gefällt oder nicht«, dröhnt seine Stimme immer noch in meinen Ohren. »Du bist für ihn verantwortlich, er ist dein Bruder.«

»Warum?«, habe ich damals zurückgebrüllt. »Er ist ein Idiot!«

»Er ist *dein* Idiot. Deinetwegen ist er so. Weil du ihm mit dem Hammer den Schädel eingehauen hast.«

Ganz so weit reichen meine Erinnerungen nicht zurück, ich muss noch sehr klein gewesen sein. Aber jener Tag, an dem mein Vater mir erklärte, dass ich schuld am Zustand meines Bruders bin, hat sich auf ewig in meine Seele gebrannt.

28

Tess

7 Tage bis Tag X

Heute Morgen stand ich an der Bushaltestelle, und Dae ist auf seinem riesigen Vibrator vorbeigerast. Ob er mich nicht gesehen hat oder mich übersehen wollte – keine Ahnung. Der Anhörungsbogen zu dem Vorfall im Baumarkt ist per Post gekommen.

Vor lauter Anspannung bricht mir die Mine meines Bleistifts ab und ich suche in meinem Federmäppchen nach einem Anspitzer. Ich versuche, mich nach außen hin locker zu geben, innerlich bin ich jedoch komplett durch den Wind.

Seit mehreren Jahren date ich Jungs und habe sie stets ganz gut unter Kontrolle. Vor allem mich selbst. Aber bei Dae entgleitet mir … Ich entgleite mir. Eigentlich würde ich gern meine Zeugenaussage mit ihm durchsprechen, schließlich müssen wir beide …

»Tessi, kannst du mir mal kurz helfen?«, reißt Viola mich aus meinen Gedanken.

Wir sitzen zu viert in einem muffigen Besprechungszimmer im Souterrain des Gerichts, bekommen übelst viele Akten und kämpfen uns durch Sachverhaltsdarstellungen.

»Muss die Triplik wirklich sein?«, fragt sie mich. »Der Sachverhalt scheint so einfach, dass ich von Kläger und Beklagtem direkt zur Beweisstation übergehen würde.«

Viola ist fünfundzwanzig, kommt aus Bremen und absolviert hier mit mir und zwei anderen ihr zweijähriges Rechtsreferendariat. Sie ist nett, aber faul. Vom Alltag bei Gericht bekommen wir kaum etwas mit, gehen stattdessen ehemalige Fälle durch, erhalten Schablonen und müssen eigene Relationsgutachten anfertigen.

»Ich würde es so machen, wie vorgegeben«, widerspreche ich. »Es gibt einen genauen Verfahrensablauf, und wenn sich ein Richter nicht daran hält – wer dann? Wir müssen uns an die Regeln halten und jedes Verfahren verdient, dass man es ernst nimmt. Justitia ist blind, eben weil sie keine Unterschiede macht. Auch nicht bei einfachen Streitigkeiten. Wenn du da irgendwas weglässt, könnte dir das in der Berufung auf die Füße fallen. Da hättest du unsauber gearbeitet und ein Revisionsverfahren bessere Aussichten. Halte dich besser von Beginn an direkt an die Verfahrensabläufe«, ergänze ich.

»Holla!«, ruft Jan-Hendrik. »Hübsch *und* intelligent!« Er zwinkert mir zu.

»Wir dulden hier keinen Sexismus und keine Frauendiskriminierung, Herr Wiese!«, fährt unser AG-Leiter dazwischen. Richter Spengenrath ist Ende fünfzig und eigentlich ganz lustig. Ein ruhiger und sehr kompetenter Lehrer. Ich höre ihm gern zu, er hat eine angenehme Stimme und würzt seine Monologe immer mit netten Anekdoten.

»Sorry«, entschuldigt sich Jan-Hendrik sofort, und ich lächle kurz. Thema erledigt.

An unseren AG-Leiter gewandt, frage ich: »Darf ich kurz in die Kantine? Ich brauche Energie.«

Sofort springt er auf. »Das ist eine gute Idee, ich auch.« Nach einer kurzen Frage in die Runde und einer kleinen Bestellung, was ich mitbringen soll, dackeln wir zwei los.

»Ich glaube, aus Ihnen wird eine ganz exzellente Richterin. Sie sind ruhig, kompetent und haben eine schnelle Auffassungsgabe«, erklärt er gutgelaunt.

Nimm das, Danny Matthey! Pah!

»Oh, vielen Dank! Das freut mich, aber kann man das nach sieben Wochen schon sagen?«

»Nun, ich muss mich ranhalten, ehe die smarten Anwälte Ihrer habhaft werden und Sie für unseren Berufsstand verloren sind.« Wir lachen beide. Er ist mir sympathisch.

»In Ihrer Bewerbung steht, dass Sie Richterin werden wollen. Hier am Landgericht? Oder lieber in einer schicken Großstadt?«, fragt er. Ich höre die Hoffnung heraus, ihm eine Antwort in seinem Sinne zu geben. Damit kann ich dienen.

»Ich stamme aus Kaiserberg, meine Freunde wohnen hier, und mir gefällt es, im Dreiländereck zu wohnen. Ich würde gern hier arbeiten«, antworte ich und er strahlt mich an wie ein Honigkuchenpferd.

»Schön, schön. Wenn Sie Hilfe brauchen oder einen Rat – melden Sie sich gern bei mir. Wissen Sie schon, wo Sie Ihre Wahlstation machen wollen?«

Ich zögere kurz. »Wenn das Referendariat gut läuft, würde ich gern hier am Landgericht bleiben. Dürfte ich zu gegebener Zeit die Hoffnung äußern, bei Ihnen …?«

»Sprechen Sie nicht weiter, junge Dame«, unterbricht er mich und wedelt mit beiden Händen. »Das ist hiermit schon fix.«

Wir müssen aus dem Gebäude treten, um zur Kantine zu gelangen. Galant hält er mir die Tür auf. Mir drückt immer noch das ganze Geschehen mit Dae und dem Bluejacket im Baumarkt auf den Magen. Ich hoffe, genug Vertraulichkeit aufgebaut zu haben, um Antworten zu bekommen und gleichzeitig nicht meinen Job zu verlieren.

»Vor ein paar Tagen war ich in einem Baumarkt und wurde unfreiwillig Zeugin einer Festnahme«, beginne ich zögernd.

»Och?«

»Ja. Ein Mitglied der Bluejackets trug eine scharfe Waffe bei sich.«

Richter Spengenrath seufzt. »Bis vor ein paar Jahren hatte die Polizei eigentlich alles unter Kontrolle. Die Templer sind alteingesessen, und manchmal gibt es … stille Übereinkünfte. Solange die Drogen nicht überhandnehmen und niemand umkommt, haben wir in Frieden miteinander gelebt. Dann sind die Bluejackets aufgetaucht.« Er krabbelt sich den runden Bauch und hält mir die Tür zur Kantine auf.

»Was wollen die denn?«

Er schnalzt mit der Zunge. »Was alle wollen, Frau Kuschel. Macht. Und Geld.«

Als ich schweige, fährt er fort, während er die Kuchentheke inspiziert.

»Sie wollen die Templer vertreiben und das Revier übernehmen.«

Mir ist der Appetit vergangen, aber ich zwinge mich dazu, ein Puddingteilchen auf meinen Teller zu legen und spüre Spengenraths Wohlwollen, denn er greift sich auch eins. Meine Hände werden feucht.

»Also steht ein Krieg bevor, oder wie?«

»Der Krieg ist schon längst im Gange, Frau Kuschel. Nur ist er bisher nicht offen ausgebrochen. Uns ist es allerdings gelungen, einen V-Mann bei den Bluejackets einzuschleusen, und ein anderer von denen informiert das LKA aus freien Stücken. Beide wissen jedoch nichts voneinander.«

»Ach was!«, entfährt es mir.

»Ja, ja. Ab und an benötigt die Polizei eine richterliche Erlaubnis. In den Berichten steht, dass sich einer der Informanten mit der Tochter des Templer-Präsidenten angefreundet hat.« Er kichert los. »Na, ich darf Ihnen nicht mehr erzählen, nur so viel: Die Templer wollen in Kürze ein Riesending drehen.«

Meine Finger umschließen das Tablett so fest, dass das Puddingteilchen in massive Schräglage gerät. Schnell bringe ich es wieder in Balance, ehe Spengenrath meine Nervosität bemerkt. Um mein inneres

Gleichgewicht kümmere ich mich später. Ich traue meiner Stimme kaum, dennoch muss ich es wissen.

»Und wie genau haben die Bluejackets davon erfahren?«

Er lacht. »Das neugierige Töchterchen mag unseren Informanten sehr. Aber am wichtigsten ist, dass das LKA Bescheid weiß, Frau Kuschel.«

Mein Tag ist gelaufen. Wenn ich mir bis vorhin Sorgen darüber gemacht hatte, mit einem stadtbekannten Luden und Rocker am helllichten Tag in einem Baumarkt shoppen gewesen zu sein, sind das Kinkerlitzchen zu dem, was jetzt in mir vorgeht. Durch den Sturm der Angst, der in mir ein riesiges Rauschen verursacht, nehme ich vom restlichen Tag nichts mehr wahr.

29

Dae

4 Tage bis zum Tag X

Ich keuche. *Ja, Baby!*

Ela kniet vor mir. Ich sehe ihr dabei zu, wie sie meinen Schwanz immer wieder in ihren warmen, nassen Mund einsaugt. *Gott!* Ich lasse den Kopf zurückfallen und schließe die Augen. Sie weiß genau, wie ich es brauche. Jetzt wichst sie ihn und leckt meine Eichel, neckt sie mit der Zunge, und ihre Zähne schrappen immer wieder über mein empfindliches Bändchen. Ich beiße mir auf die Zunge; versuche, meinen Orgasmus hinauszuzögern, aber Ela kennt mich zu gut. Immer fester fährt ihre Faust meinen Schwanz auf und ab, und ihr weicher …

Ich komme, ich komme, ich …

Meine Sahne spritzt wie ein Brunnen aus mir heraus. Und spritzt und spritzt. *Fuck!*

Endlich bin ich leer.

Jetzt bräuchte ich ein Bett und ne weiche Decke.

Offenbar ist meine Beinmuskulatur mit rausgeschossen, denn ich fühle mich wie ein neugeborenes Rehkitz.

Ich öffne die Augen und lächle sie an, während Ela schon geschäftig alles aufwischt, abputzt und wegwirft.

»Danke.«

Zu etwas Geistreicherem bin ich nicht fähig.

»Immer gern, Chef.« Sie zwinkert mir zu, packt ihre weichen Brüste wieder ein und verschließt ihre Bluse.

In den letzten Wochen habe ich häufiger mal darüber nachgedacht, die Affäre ernster zu nehmen. Wir vögeln schon lange, und sie ist zuverlässig. Ela macht kein Theater, schreit nie rum und kennt mich gut. Mit ihr ist es so schön einfach. Und sie wäscht meine Wäsche. Aber leider fehlt der Funke. Mit Ela ist es … bequem. Wie mit einer meiner alten Lederhosen. Passt immer und ist stets verfügbar. Aber irgendwie erinnert sie mich heute an eine Mutti. Für ihren Kleinen kocht sie Wackelpudding, dem Großen räumt sie das Zimmer auf, und mir saugt sie die Eier leer.

Ich seufze und packe meinen empfindlichen Schwanz wieder ein.

»Was würdest du mit einer Million anfangen?«

Ela schnappt sich das Tablett, auf das sie meinen leeren Kaffeebecher stellt.

»Mit ner Million? Hm.« Sie hält kurz inne und überlegt. »Eine Wohnung kaufen, die Titten machen lassen, mal richtig in den Urlaub fahren und den Rest für die Jungs anlegen.«

Ich weiß nicht, was ich erwartet habe, aber das enttäuscht mich.

»Warum?«, fragt sie zurück.

Ich zucke mit den Schultern. »Hatte überlegt, Lotto zu spielen.«

Ela lacht und schüttelt ihre kupferrote Mähne. »Nichts für ungut, Dae, aber du willst dem Staat noch zusätzlich Geld in den Rachen werfen?«

Da hat sie nicht unrecht, denn Lottospielen ist nichts anderes als ne freiwillige Steuer. Aber ich brauche für meinen baldigen Reichtum ein Alibi.

»Ich hab von ein paar Zahlen geträumt, und ehe ich mir später in den Arsch beiße, werde ich mal ein paar Euro setzen, schätze ich.«

»Wenn du meinst«, antwortet sie gleichgültig und zieht die Tür leise hinter sich ins Schloss.

Ich stehe auf und öffne das Fenster, lasse den Sexmief raus und atme die frische Nachtluft tief ein. Die Sommernacht ist wunderschön, klar und kühl. Ich werde dreihunderttausend in die Renovierung des Clubs stecken. Wenn ich das meiste selbst mache – mit Mikes Hilfe und Tommy – kann ich mir die feinste Innenausstattung leisten.

Ich habe im Internet auch schon einen Innenarchitekten ausgespäht, mit dem ich die Tage einen Termin ausmachen will. Nach Mittwoch.

Sollte ich im Knast sitzen oder tot sein, brauche ich keine Architekten mehr. Die Clubs zu verkaufen, ist Quatsch. Man muss dem besten Pferd im Stall nicht die Beine abhacken. Die Clubs sind legal, alles hier ist gesetzeskonform, darum werde ich nichts ändern. Ich könnte mehr über die Bücher laufen lassen und die Geldwäsche kappen.

Keine Ahnung, wieso, aber je länger ich darüber

nachdenke, desto unwahrscheinlicher erscheint mir der Erfolg unseres Plans. Ich sehe mich einfach nicht mit zehn Millionen. Auch Tommy sehe ich nicht kündigen. Ich habe genug Erspartes, um drei Renovierungen durchzuziehen, allerdings fliege ich lieber unter dem Radar. Es muss niemand wissen, wie viel Geld ich wirklich habe und wenn ich plötzlich auf dicke Hose mache, weckt das Neider. Darum bloß eine kleine Summe, die nicht so auffällt.

Mama hatte sowas wie einen siebten Sinn und mir oft erklärt, dass ich mich fragen soll, ob ich mich in dieser oder jener Situation sehe. Sich etwas richtig anfühlt. »*Wenn du das mit Nein beantworten kannst, lass die Finger davon*«, hat sie immer gesagt.

Als ob ich das noch könnte. So spät in der Planung kann ich den MC jetzt nicht mehr hängenlassen. Ärgerlich reibe ich mir den Nacken. Direkt nach dem Knast wäre die Gelegenheit gewesen, meine Teilnahme abzusagen. Dafür hätte jeder Verständnis gehabt. Aber jetzt …?

Plötzlich rummst es über mir. Cloe schreit und schimpft laut los. Ich höre Gepolter, dann die Treppe. An den Schritten erkenne ich Ela, die rauf eilt.

Es rummst erneut und jetzt zieht es mich auch nach oben.

Ich kann kaum fassen, was mir geboten wird, als ich in der offenen Tür zum Princesszimmer stehe. Der schwere, große Wandspiegel liegt mit einem riesigen Sprung auf dem Boden, die Platte des Glastisches ist zertrümmert, und der Gast diskutiert mit Cloe. Er ist angetrunken und aggressiv. Als die Pferdchen mich sehen, verstummen sie und machen mir Platz.

»Was ist los?«

»Der Gast hat einfach angefangen, das Mobiliar zu zerstören«, erklärt Cloe stinksauer.

»Weil die halbe Stunde noch nicht um war«, erwidert der Mann, ebenfalls stocksauer. »Ein Betrügerladen ist das!«, ergänzt er.

Ein schneller Blick auf die Uhr. Ela liest mal wieder meine Gedanken. »Vor vierzig Minuten sind sie hoch.«

»Ich werde jetzt gehen. Sie können froh sein, dass ich Sie nicht anzeige … wegen Wucher. Oder Betrug!«, brüllt der Mann und stört damit vermutlich die anderen Gäste, die in den Zimmern nebenan sind. Wer will beim Ficken schon wütendes Gebrüll hören? Aber das ist ja die Absicht dieses Typen. Aufsehen erregen und mir die Einnahmen versauen.

»Für die Zerstörung müssen Sie aufkommen«, erklärt Ela geschäftig. »Das sind mindestens 500 Euro.«

»Tausend«, schalte ich mich ein und betrachte den Mann. »Zahlen Sie, dann können Sie gehen.«

Er lacht. »Ich gehe so oder so. Und seien Sie froh, dass ich niemandem erzähle, was für ein Scheiß Puff das ist.«

Ela und Cloe halten die Luft an. Normalerweise würde ich den Mann kurz an der Wand hochschieben, seinen Solarplexus eindrücken und aus meiner Bitte eine Forderung machen. Der könnte er sich dann nicht entziehen, vor allem nicht mit blutender Nase und ein paar lockeren Zähnen. Stattdessen ziehe ich mein Handy aus der Hosentasche und halte es Ela hin.

»Ruf die Polizei. Wir zeigen ihn wegen Sachbeschädigung und Vandalismus an.«

Ela sieht mich an, als ob sie auf die Pointe wartet, aber ich meine es ernst. Bisher ist mir nie in den Sinn gekommen, wie viel einfacher das Leben ist, wenn man sich ans Gesetz hält. Ich habe nichts falsch gemacht; der Gast hat völlig ohne Grund meine Möbel zertrümmert, also soll er dafür zahlen! Wenn er mit Cloes Diensten nicht einverstanden ist, kann er sie verklagen, das ist aber nicht mein Problem, denn ich hab nur einen Mietvertrag über eins der Zimmer mit ihr.

Mit den Augen befehle ich Ela, den Anruf zu tätigen, und sie wählt den Notruf.

»Ja, hallo? Hier ist die Bardame aus-«.

»Moment«, unterbricht sie der Gast und will ihr das Handy aus der Hand nehmen. Ich bin schneller und hindere ihn daran.

»Lassen Sie meine Mitarbeiterin telefonieren, sonst kommt noch tätlicher Angriff hinzu«, warne ich ihn.

»Schon gut, schon gut«, lenkt er plötzlich und mit viel geringerer Lautstärke ein. »Ich zahle.«

»Tausend Euro«, erinnere ich ihn und tausche einen Blick mit Ela. Sie drückt das Gespräch weg.

Anscheinend hat die Vernunft gesiegt. Er zieht zwei fünfhundert Euroscheine aus der Tasche. Demonstrativ überprüfe ich sie auf Echtheit.

»Das war das letzte Mal, dass ich hier war. Scheiß Laden!«, tönt er im Hinausgehen.

»Ja ja, Klaus. Bis nächste Woche«, ruft Cloe hinterher. Wir drei folgen ihm die Treppe runter. Als die Tür hinter ihm ins Schloss fällt, atmen die Frauen auf.

. . .

»Was war'n das, Dae? Bullen?«, fragt Ela und versteht die Welt nicht mehr. Ich eigentlich auch nicht. Der Kontakt zu Tess muss irgendwas mit mir gemacht haben. Seitdem fühle ich mich eigenartig.

»Geil, Dae. Echt geil!«, sagt Cloe lachend. »Der ist verheiratet, seine Frau ist ein Besen. Genialer Schachzug, die Drohung mit der Anzeige. So weit hätte er es nie kommen lassen, denn ne Scheidung käme ihn viel teurer als die tausend Euro. Die dumme Olle weiß ja von nichts.« Sie lacht hämisch, bis sie meinen strengen Blick auffängt.

»Das sind Gäste! Und die Frauen dieser Gäste ermöglichen uns allen dieses einträgliche Geschäft. Aus diesem Grund sind diese Damen keine dummen Ollen, sondern hochgeschätzte, ehrenamtliche Vertriebsmitarbeiterinnen, die uns jeden Gast vermitteln, der hier durch diese Tür kommt. Auch, wenn sie davon nichts wissen. Wir äußern uns trotzdem nicht abfällig über sie, sondern sind dankbar«, erkläre ich und stecke die tausend Euro ein. »Sag den anderen Mädels Bescheid, sobald sie frei sind, dass das Princess heute nicht mehr gebucht wird«, weise ich Ela an. »Räumt auf, und du machst mir nen Whiskey on the rocks.« Ach nein, ich muss ja noch zum Tempel zurück. *Shit!*

»Nein, noch nen Kaffee.« Ich stapfe wieder ins Büro.

Es war überhaupt nicht nötig, Gewalt anzuwenden. Mir ist irgendwie merkwürdig zumute. Als würde ich die Welt plötzlich mit anderen Augen sehen. Verblüfft reibe ich mir die Brust. Leicht ums Herz. Ich muss grinsen.

Wie ist das möglich? Ich bin um tausend Euro reicher und musste keinen Finger krümmen. Ist das Leben außerhalb des MC so einfach?

Ich werfe mich in meinen Chefsessel, und Ela kommt mit dem Kaffee rein.

»Alles klar bei dir?«

Unschlüssig zucke ich mit den Schultern und atme tief.

Sie setzt das Tablett ab. »Hab ich zu stark gesaugt und dir ist Hirnmasse verlorengegangen?«

Sie lacht. Ich nicht, aber ich bin ihr auch nicht böse.

»Raus, ich muss nachdenken.«

»Sag Dae, ich will den alten wiederhaben, wenn du ihn siehst.«

Nachdenklich lehne ich mich im Sessel zurück und beobachte Ela, wie sie die Tür hinter sich schließt. Im Gegensatz zu ihr bin ich mir gar nicht sicher, ob ich den alten wiederhaben will.

Hat Tommy recht? Ist das alles nur in meinem Kopf?

Muss ich bloß die Perspektive ändern, und schon lösen sich meine Probleme von selbst?

30

Tess

»Du bist ja immer noch so still. Was ist eigentlich los mit dir, in den letzten Tagen?« Sarah sieht mich schief von der Seite an, während wir in einer schicken Cocktailbar am Bahnhof sitzen und Menschen beobachten, die aus dem Kino strömen. Sie schlürft an ihrem Cosmopolitan und ich nuckle am Strohhalm meines Caipis, ohne wirklich zu trinken.

Und seufze tief.

»Oh je.« Sie lacht. »So schlimm?«

Soll ich mit ihr über mein Dilemma sprechen? Dass Dae mir mit dem Wasserschaden geholfen hat, kann ich ihr nicht erzählen. Dafür kennt sie mich einfach zu gut – und ich sie. Sarah würde mir nämlich erklären, es hätte mich erwischt, was ich vehement abstreiten würde. Im weiteren Verlauf würde sie sich bestätigt fühlen – und ich mich auf den Schlips getreten. Wäre also Unsinn. Vielleicht hat sie einen Rat bezüglich der anderen Sache. Sarah ist meine Freundin und ich brauche jemanden zum Reden.

»Kann ich dich mal was fragen?«, starte ich zögerlich.

»Jetzt mach schon. Ich werd ja ganz hibbelig vor Anspannung. Schieß los.«

Ob des Wortspiels wird mir flau im Magen. Ich überlege kurz, was ich sagen darf und wie.

»Was bedeutet es wohl, wenn man bei einer anderen Person immer eine gewischt bekommt?«

»Hä? Hast du grad Deutsch gesprochen? Ich hab nix verstanden.«

»Boah, Sarah«, ich rolle mit den Augen. »Stell dir vor, ich fasse dich an und uns erwischt eine Art Stromschlag. Ständig. Jedes Mal, wenn wir uns anfassen. Was kann das bedeuten?«

Sie zuckt mit den Schultern. »Falsche Schuhe.«

»Er war barfuß. Papa«, beeile ich mich, zu ergänzen. »Papa war barfuß.«

»Habt ihr auf Teppich gestanden?«

Ich nicke.

»Da hast du es. Chemiefasern können sich elektrisch aufladen.«

»Auch auf Teer?«

»Keine Ahnung. Zu geringe Luftfeuchtigkeit, was weiß ich. Fass deinen Vater einfach nicht mehr an, tue ich mit meinem schon seit Jahrzehnten nicht mehr.« Sarah nuckelt an ihrem Strohhalm.

Danke, Frau Ingenieurin. *Keine Ahnung* ist ein super Thema für ihre Masterarbeit. Aber wenigstens ist mir klar, warum Dae und ich uns nie berühren können, ohne einen elektrischen Schlag zu bekommen. Entweder ist es der Boden – oder die Luft. Nichts anderes.

»Du seufzt mir doch nicht die Ohren voll, weil du deinen Vater nicht berühren kannst, ohne einen Stromschlag zu bekommen, oder?«, fragt sie mich skeptisch. »Wenn du so weitermachst, muss ich dich im Telefonbuch unter Leprosorium abspeichern. Das ist ja nicht zum Aushalten mit dir.«

»Unter was? Hab ich Lepra oder was?«

Sarah lacht. »Deine fehlende Körperlänge machst du mit einem scharfen Verstand wett. Großes Latinum, Baby.« Sie hebt die Hand zum Highfive, und ich tue ihr den Gefallen. »Diese Leprahäuser waren im Mittelalter dafür bekannt, dass dort geseufzt wurde. Aus dieser Zeit gibt es diverse Täler und Häuser, die sich umgangssprachlich bis heute so nennen. Das Seufzertal im Harz zum Beispiel«, fährt sie fort, und ich versuche, nicht zu gähnen. Sarah und ihr Faible für Geschichte! Sie ist wie ein wandelndes Lexikon.

»So wie die Seufzerbrücke in Venedig?«

»Nein, das war was anderes. Die wird so genannt, weil da Gefangene drüber mussten, wenn sie zum Tode oder zu langen Haftstrafen verurteilt wurden.«

Ungläubig starre ich meine Freundin an. Wie macht sie das, dem Casus knacksus derart auf die Spur zu kommen, ohne die leiseste Ahnung zu haben? Wenn ich sie noch fünf Minuten weiterreden lasse, kommt sie von selbst drauf, und das darf ich auf keinen Fall zulassen. Gefangene, Haftstrafen – Templer. Gleich hat sie's.

»Te-ess!« Ungeduldig klopft ihr Bein gegen den Tisch.

»Okay.« Ich atme kurz durch und überlege mir eine geschickte Metapher.

»Stell dir vor – rein hypothetisch – euer Autohaus handelt mit gestohlenen Autos. Keine Ahnung, verschiebt sie in den Osten, frisiert die Bücher, irgend so was.« Ich mache kurz eine Pause, ob sie mir folgen kann oder vor Empörung Schnappatmung bekommt.

Sarahs Augen werden erst kreisrund, dann klein. Ihr Gesichtsausdruck bekommt eine grimmige Note.

»Weiter«, murrt sie.

»Und stell dir vor, die Zollfahndung inklusive Finanzamt plant, das Autohaus hochzunehmen.«

Kurz nehme ich einen Schluck aus dem Strohhalm, um meine trockene Kehle zu befeuchten.

»Und du wärst ich und ich wär du, und würdest ein paar Tage vorher durch Zufall davon erfahren. Würdest du mich warnen?«

Verstohlen beugt sie sich vor und scannt unsere Umgebung ab. »Okay, wann kommt die Zollfahndung?«

Ich rolle mit den Augen. »Gar nicht, du Dussel. Ich hab gesagt hypothetisch.«

Ihr Gesicht verschließt sich. »Ich weiß nicht, was du mir erzählen willst.«

Unfassbar! Ich starre sie an und sehe meinen Fehler ein. Enttäuscht nuckle ich an meinem Strohhalm und leere das halbe Glas.

»Okay, Moment. Also, wenn du wüsstest, dass unser Autohaus morgen gefilzt würde … Am besten, ich ruf Daddy an.«

»Sarah, spinnst du? Das war eine theoretische Frage. Niemand nimmt euch hoch, ich habe mir das ausgedacht. Vergiss es!«, knurre ich.

Es hat keinen Sinn, weiterzusprechen, ich bin auf

mich gestellt. Und fühle mich, als ob die Last der ganzen Welt auf meinen Schultern liegen würde. Ein Gefühl der inneren Einöde erfasst mich und kriecht mir übers Rückgrat in alle Glieder. Das Loch in meinem Magen wird größer. Ich beginne, mit dem Strohhalm die Eisbröckchen im Glas zu zerstoßen. Das Eis erfährt das gleiche Schicksal wie meine Hoffnung auf einen Rat. Was soll ich tun? Nichts? Was, wenn jemand stirbt, den ich mag? Mögen würde, wenn er kein Zuhälter wäre? Zuhälter kann man nicht mögen, das ist klar. Aber süße Typen mit Grübchen im Kinn, einem schönen Mund und einem Lächeln zum Dahinschmelzen. Mit dem Körper eines Kämpfers. Und dem Herzen eines Ritters. Er hat mein Wasserrohr repariert, das hat noch nie jemand für mich getan.

»Weißt du, was ich am meisten an dir schätze, Tess? Neben deinem hübschen Gesicht und deinem geilen Arsch?« Sarah nippt an ihrem Strohhalm.

Wenn sie mich so aufheitern will, geht das gerade ziemlich ins Höschen. Ehe ich meine Augenbrauen genervt heben kann, fährt sie fort:

»Loyalität. Du bist meine längste und loyalste Freundin. Eine, die für mich die Kohlen aus dem Feuer holt, wenn mir das Wasser bis zum Hals ständ. Ohne Rücksicht auf Verluste. Würde mir mal irgendein Typ was tun und ich könnte mich nicht wehren, wüsste ich ganz genau, dass du für mich kämpfen würdest. Du bist eine Löwin! Es gibt keinen Menschen auf der ganzen weiten Welt, auf den ich mich mehr verlassen kann als auf dich. Und ich brauche dir diese Frage gar nicht zu beantworten. Ich weiß, du bist gesetzestreu und das sollst du auch, weil du die weltbeste Richterin sein wirst, die Deutschland je gesehen hat. Aber Freundschaft und Loyalität stehen für dich an erster Stelle. Wen auch immer du mit dieser Metapher meinst: Wenn du ihn oder sie schätzt, gib ihr oder ihm zumindest einen kleinen Tipp. Was dann geschieht, ist nicht mehr dein Problem.«

Vor lauter Rührung kommen mir die Tränen. Jetzt weiß ich wieder, warum sie meine beste Freundin ist. Mein Herz wird schwer, und mich ergreift ein Gefühl, das ich unbedingt mit ihr teilen muss. Ich kann nicht anders und stürze mich auf sie.

Liebevoll und innig erwidert sie meine feste Umarmung.

»Ich hab dich lieb«, flüstere ich in ihre feine, rote Lockenmähne.

»Ich hab dich auch lieb, Tessilein.«

31

Dae

3 Tage bis zum Tag X

»Alle Handys liegen draußen?« Charlie blickt streng in die Runde. Heute ist die letzte Einsatzbesprechung mit dem gesamten Team vor dem Überfall. Wir sitzen alle im Bunker. Die dicken Wände aus Stahlbeton stellen sicher, dass uns niemand belauscht. Hier sind keine Handys oder andere internetfähigen Geräte erlaubt, keine Jacken, und wir müssen sogar unsere Schuhe ausziehen. Das Templer-Emblem in der Mitte des Tisches sticht mir heute unangenehm ins Auge. Normalerweise stört es mich nicht, aber heute blendet mich das Ding irgendwie. Ich mag die Männer. Loyal bis aufs Blut, und ich kenne sie schon mein Leben lang. Allerdings assoziiere ich alles hier drin mit dem Alten, und darum mache ich so wenig MC-Tätigkeit wie möglich. Ramon und Ronny strahlen einen Beamer an die Wand, der an ein Laptop angeschlossen ist, das keinen Internetanschluss besitzt. Es wird nur zum Schreiben und Speichern auf USB-Sticks genutzt. Auf der Leinwand sehen wir eine Straßenkarte.

Charlie deutet auf die Securityfirma. »Jeden Morgen zwischen sechs und sieben Uhr trudeln die Mitarbeiter ein. Wir können nicht darauf warten, dass alle da sind, aber Tommy und Mike sperren hier und da die Straße, damit die Jungs einen Umweg fahren müssen.« Er deutet mit einem Drehmomentschlüssel auf die Punkte.

»Das verschafft uns Zeit. Wir fesseln die Jungs, werfen sie hinten in den dritten Wagen und hauen ab, ehe die Büromannschaft kommt, was so in etwa gegen halb acht sein wird. Wir haben vorsichtig kalkuliert. Meistens kommt die erste Büroschnickse um diesen Dreh rum, aber wer weiß … Der Teufel ist ein Eichhörnchen.« Er zuckt mit den Schultern und klickt auf das Touchpad. Ein Luftbild erscheint.

»Wir müssen schnell sein …«

Ich kenne den Ablauf, haben das schon x-mal durchgekaut und meine Gedanken schweifen ab. Morgen früh nach der Arbeit werde ich mich noch mal vor die Geldtransporterfirma stellen und prüfen, ob der Zeitplan tatsächlich so hinhaut.

»Und noch eins: ab heute kein Alkohol mehr.« Charlie wirft Ronny einen strengen Blick zu. »Und auch keine anderen Drogen.« Er sieht jedem Einzelnen von uns in die Augen. »Wir müssen einen klaren Kopf haben. Ich werde euch am Tag Null alle vorher blasen lassen, und ihr macht einen Drogenschnelltest. Wenn was schiefgeht, dann zumindest nicht, weil einer von uns zugedröhnt ist. Verstanden?«

Seine buschigen Augenbrauen haben sich zur Untermauerung zusammengezogen. Auch darüber haben wir schon tausendmal gesprochen. Ich brauche keinen Alkohol. Mein Adrenalinpegel ist auch ohne Drogen schon so hoch, dass man aus meinem Blut palettenweise Amphetamine herstellen könnte.

»Scheißt sich jemand vor Angst in die Hose?«, fragt Charlie in die Runde und zwirbelt seinen Schnauzer.

»Niemand?« Er grinst. »Ich scheiß mich ein. Wenn Conny meine Unterhosen wäscht, ist ne Bremsspur drin, jede Wette.«

Alle lachen los, und auch ich kann nicht anders. Charlie schafft es, die Stimmung aufzulockern und jetzt, wo alle losgackern, spüre ich, wie dringend das nötig war.

»Angst ist gesund, sie hält uns am Leben. Ist ein Warnsignal, dass wir gerade im Begriff sind, etwas sehr Dummes zu tun.«

Erneut sieht Charlie jedem von uns nacheinander fest ins Gesicht und ich muss mich am Riemen reißen, nicht loszugähnen. Solche Ansprachen habe ich nicht nötig. Ich weiß, was Angst ist und wie ich mit brenzligen Situationen umgehen muss. Dennoch … Wenn wir erwischt werden, dürfen wir hoffentlich ne Spielesammlung mitnehmen, denn wir werden für eine ganz lange Zeit einfahren. Sollte aber alles glattgehen, wird das Leben ab Mittwoch ein anderes sein. *Endlich frei.*

Vorher muss ich noch mit Steve sprechen. Falls Charlie oder mir etwas passiert, möchte ich klären, ob er Mike monatlich finanziell unterstützen kann, bis das Gericht jemanden bestellt. Mike hat dann niemanden mehr. Ich will mit Steve klären, ob wir da was Schriftliches aufsetzen müssen. Und ich habe beschlossen, Tess den Heel zurückzugeben. Also nicht, ihn ihr einfach in die Hand zu drücken, sondern irgendwo fallenzulassen oder so. Weiß noch nicht. Jetzt kenn ich mich in ihrem Haus aus, das ist von Vorteil.

Mike steht auf, greift sich eine große Tasche vom Boden und wirft sie auf den Tisch. Er packt Einweg-Overalls und Masken aus. Ich erstarre. Guy Fawkes – WTF??

»Wollt ihr mich verarschen?« Ich springe auf. »Weiß einer von euch Hohlbirnen, wer Guy Fawkes war?« Das bringt mich echt auf die Palme.

»Ein katholischer Aufständischer aus dem frühen 17. Jahrhundert«, antwortet Charlie. »Es sind bloß Masken, und von allen anderen gab es keine zehn Stück.«

Mich hält nichts mehr hier drin. Ich stemme die Stahltür auf. »Guy Fawkes wurde am Vorabend des Anschlages verraten, ihr Hornochsen. Ich glaub zwar nicht an Vorzeichen, aber wenn das kein beschissener Wink mit dem Zaunpfahl ist, dann …«

Ich gehe einfach.

»Hey!«, ruft Charlie mir nach. »Was ist mit den Mopeds? Wir haben noch nicht …«

Die schwere Stahltür knallt zu. Für heute habe ich die Schnauze voll! Erst geht's zum Training und dann ins *Déjà*.

In meinen Eingeweiden zwickt es jeden Tag mehr. Dieser Coup wird internationale Presse machen. Vor Jahren bin ich mal über diese Guy Fawkes-Masken gestolpert und hab mich schlaugemacht, was das für ein Typ war. Er ist verraten worden. Unter Folter hat er gestanden und noch ein paar seiner Mitwisser ans Messer geliefert. Alle wurden gehängt und gevierteilt. Zwar gibt's heutzutage nicht mehr als Knast – aber so eine Maske soll ich mir aufsetzen? Ich atme tief durch und schwinge mich auf meine R1. Charlie hat über Angst gesprochen, aber es ist keine Angst, die ich verspüre. Es ist was anderes. Meine Fighter schießt mit erhobenem Vorderreifen die Hofeinfahrt runter. Ich muss dringend Dampf ablassen, damit ich nicht noch zu einer hysterischen Furie mutiere.

32

Tess

37 Stunden vor Tag X

Ich traue meinen Augen kaum, als ich vor der Treppe zu unserer Haustür ein mörderisches Motorrad stehen sehe. DM- 4, das Nummernschild kenne ich. Ich schiele auf die kleine Platte hinter dem Sitz. Meinen Po hab ich mir verbrannt an dem Teil. Auf der Rückfahrt habe ich zum Glück gewusst, wie ich mich setzen muss, damit meine Haut nicht mehr am Sitz kleben bleibt – um mir sofort darauf einen Rüffel einzufangen:

»Willst du ein paar Brandings am Bein? Wenn irgendwas von dem Fetzen vor das Auspuffrohr gerät, kannste wirklich Feuer schreien!« Daes Stimme hallt immer noch in meinen Ohren.

Die letzten Meter hetze ich zum Haus. Was will er hier? Bespricht er *›das Riesending‹* mit Papa? Aber warum? Soll er den Templern etwa helfen? Hektisch suche ich nach meinem Schlüsselbund und verdrehe genervt die Augen. Bitte nicht jetzt! Meine Hand tastet sich durch halb Argentinien in dieser Handtasche. Echt super! Egal, wie groß oder klein die Tasche ist: Man findet nie, was man sucht, ehe man nicht durchgedreht ist oder die komplette Tasche ausgekippt hat. Meine Finger ertasten etwas. Ha! Ich hab dich, endlich! Meine Ungeduld kennt keine Grenzen. Ganz leise schließe ich die Haustür auf, während mein Herz vor Aufregung Schnappatmung bekommt. Just im gleichen Augenblick verstummen die Stimmen im Wohnzimmer. Ich bewege mich eine Sekunde lang nicht, aber niemand spricht. Shit, sie haben mich gehört.

Als ich hereinkomme, steht Dae auf. Er sieht nicht hoch und geht an mir vorbei, ganz so, als würde ich nicht existieren. Kein Blick, kein Wort, nichts. Mein Herz wird schwer. Die Haustür fällt hinter ihm ins Schloss. Er sah müde aus.

Fragend mustere ich meinen Vater, der an seiner Flasche Bier nippt.

»Na, wie war dein Tag?«, fragt er mich und unterdrückt ein Rülpsen. Auf dem Tisch steht keine weitere Flasche, also war Dae entweder nicht lange hier oder er wollte nichts.

»Was wollte Dae hier?«, frage ich geradeheraus.

»Nichts, was dich etwas anginge, mein Mädchen«, antwortet Papa lapidar. »Möchtest du was essen? Ich hab Suppe gekocht.«

Ich kämpfe gegen einen Schreikrampf an. »Warum willst du mir nicht sagen, was los ist?«

Papa atmet tief. »Warum hast du mir nicht gesagt, dass Danny einen Wasserschaden oben in deinem Bad repariert hat?«

»Wann sehen wir uns denn mal?«, fauche ich ihn an. Warum muss er jede Frage mit einer Gegenfrage beantworten?

»Weißt du, wie doof ich mir vorkam, so was von Danny zu erfahren, anstatt von dir?«, erwidert er in ruhigem Ton.

»Du warst nicht da. Niemand war da, und hier schoss das Wasser unaufhaltsam durchs ganze Haus. Ich habe laut um Hilfe gerufen, und Dae ist über die Mauer geklettert und hat mir geholfen. Dann waren wir kurz im Baumarkt, weil er ein neues Teil kaufen musste«, ergänze ich und lasse die Kleinigkeit mit dem Bluejacket und der geladenen Waffe lieber weg. »Ich hab es bezahlt, Dae hat es schnell eingebaut, sodass ich pünktlich bei Gericht war. Und jetzt ist wieder alles wie vorher.«

»Verkauf mich nicht für dumm, Mädchen. Denkst du, dass Danny mir nicht erzählt hätte, was im Baumarkt passiert ist? Hast du deinen Zeugenfragebogen schon zurückgeschickt?«

Ups.

Er schüttelt verärgert den Kopf. »Halte dich von ihm fern! Der ist nichts für dich, Tessi. Hast du das verstanden? Nicht Danny Matthey! Überhaupt kein Templer!«

Empört stemme ich meine Hände in die Hüften. »Warst du es nicht, der mir einen Umschlag für ihn in die Hand gedrückt hat? Ich wollte ihn gar nicht rüberbringen, erinnerst du dich? Du hast mich drum gebeten«, entgegne ich empört. »Und was stand da eigentlich drin? Was hast du mit ihm zu tun, wenn du ihn für so gefährlich hältst?«

Papas Gesichtsfarbe sieht plötzlich ungesund grau aus. »Ich hab dich gebeten, einen Umschlag einzuwerfen. In einen Briefkasten! Du solltest nicht persönliche Bekanntschaft mit ihm machen, sondern nur am Tor einen Brief einwerfen. Herrje, hätte ich das geahnt.« Papa zieht ein Stofftaschentuch aus der Hose und wischt sich durchs Gesicht. »Er ist nichts für dich, Tessi. Durch ihn kommst du nur in Teufels Küche. Ich hab seinen Blick gesehen, als … «

Was? »Welchen Blick?« *Welchen Blick?* Dae hat mir einen Blick zugeworfen und Papa hat ihn gesehen? Wann? Wo? Wie hat er denn geguckt?

Sie haben drei Joker und Antworten zur Auswahl. Option A: Der D-ie-würde-ich-gern-ficken-Blick? Oder etwa Option B: der Die-würde-ich-gern-für-mich-anschaffen-lassen- Blick? Möglich wäre auch Option C: der Sie-ist-meine-Traumfrau-und-ich-werde sie bis in alle Ewigkeit lieben und ehren-Blick.

Er lacht. »Vergiss es, Tessi. Er wird dich ab jetzt in Ruhe lassen.«

Meine herzchenförmigen Gedanken hängen noch bei Option C, sodass ich Papa nur entgeistert anstarren kann, ehe mein Hirn wieder auf gleicher Höhe ist.

»W-was?«

Mache ich unter Umständen einen grenzdebilen Eindruck? Nein, ich klinge total eloquent und reflektiert. Kein bisschen aus der Ruhe gebracht, weil ein heißer Rocker mir einen Blick zuwirft, ohne dass ich davon weiß – aber mein Vater alarmiert ist.

»Da.« Er deutet mit dem Kopf zum Fenster. Dort steht ein niedlicher Strauß bunter Blumen.

Da- was? Hat Dae mir Blumen mitgebracht? Mein Magen schlägt Purzelbäume.

Halt! Dae kauft einer Frau keine Blumen. Das ist Schwachsinn, Tess. Fang mal ganz schnell deine Hormone ein, sonst galoppieren sie in einer weißen Kutsche davon. Ich bemühe mich um einen möglichst unbedarften aber fragenden Gesichtsausdruck.

»Die wurden für dich abgegeben, von einem Blumenlieferdienst.«

Ich glaube, mein Gesichtsausdruck braucht mehr Kontext.

»Karte steckt drin. Ein Maximilian«, erklärt Papa weiter. »Triff ihn, verlieb dich. Er scheint ein anständiger Junge zu sein, wenn er dir Blumen schenkt. Nicht Danny Matthey. Der würde dir nie was schenken, außer Kummer und …«

Sein Handy klingelt, und so schnell, wie Papa das Gespräch annimmt, scheint er regelrecht froh zu sein, dass es ihn erlöst.

Als hätte jemand das Licht eingeschaltet, erhellen sich seine Gesichtszüge.

»Ja, Susi, bin schon auf dem Weg. Tess ist grad nach Hause gekommen, und wir haben kurz gequatscht.«

Im Flur zieht er sich die Schuhe an. »Gib mir zwanzig Minuten«, säuselt er verliebt in den Hörer und legt auf. Mein Blick wandert zwischen dem Blumenstrauß und meinem Vater hin und her.

»Papa …« Ich verstumme, als ich beobachte, wie er sich vorm Spiegel das graumelierte Haar mit Wachs zurechtzupft und leise vor sich hinpfeift. Er hat andere Dinge im Kopf als mir zu erklären, was genau ihn an

Danny Matthey stört, was die beiden miteinander zu tun haben und warum Dae hier war. Und auch von dem *Riesending* kann ich Papa jetzt nichts erzählen. Er hat es eilig, zu seiner Susi zu kommen.

»Hör zu, Tessi.« Papa geht ins Bad und packt schnell seine Kulturtasche. »Ich verbiete dir ja nicht viel. Deine Mutter hatte immer alles im Griff und jetzt bist du erwachsen.« Er räuspert sich unangenehm.

»Aber tu mir einen Gefallen und mach einen Bogen um die Jungs. Die Templer. Es sind eigentlich gute Kerle, auch Danny. Aber sie haben keinen Respekt vor Frauen und erst recht nicht vor dem Gesetz, für das *du* bald stehst. Wenn dich die falschen Leute mit ihm gesehen haben … Einmal kannst du dich vielleicht mit deiner Naivität rausreden. Ein zweites Mal wird dir das niemand mehr glauben.«

Mein Vater nennt mich naiv? Na, schönen Dank auch! Zu allem Überfluss hat er damit all meine Ängste bestätigt, die ich mir in den letzten Tagen gemacht habe, seitdem ich den Zeitungsartikel gelesen habe.

Mit gepacktem Kulturbeutel unterm Arm bleibt er vor mir stehen und streichelt meine Wange.

»Du machst das schon, ich vertraue dir, Schatz. Wärm dir die Kürbissuppe auf, sie ist lecker. Und ruf diesen Maximilian an. Ich würd ihn gern mal kennenlernen.« Die Haustür fällt hinter ihm ins Schloss.

33

Dae

»Was macht der Dreieinhalbtonner von Steve draußen?«, fragt Ronny und nimmt sein Kopftuch ab, um es neu auszurichten und wieder aufzusetzen. Darunter hat er mehr Glatze als Haar, aber das, was er noch hat, ist zu einem dünnen grauen Rattenschwanz geflochten, der ihm bis weit in den Rücken reicht. Ich werfe ihm den Schlüssel zu, damit er selbst nachsehen kann. Bin ja bekannt dafür, viele Worte zu machen.

Steve braucht den Laster morgen früh zurück, die Jungs sollen ihn ausladen und wieder zurückbringen. Ich hab genug für heute.

Charlie steckt den Kopf aus der Bunkertür. »Dae, kommst du mal?«

»Ich bin spät dran, Charlie. Was gibt's denn?«

Er lässt die Tür zum Bunker offen. Ich lege mein Handy zu den anderen in die Schale und folge ihm hinein.

Auf dem Tisch liegt ein riesiges Waffenarsenal. Sogar zwei AK47 sehe ich.

Beeindruckend. Wie in einem Gangsterfilm. Mike hält eine Pumpgun in der Hand.

»Bist du verrückt?«, fahre ich Charlie an. »Du kannst Mike doch nicht …«

Die Worte ersterben auf meinen Lippen, denn ich starre direkt in den dicken Lauf der Pumpgun. Mein Bruder zielt auf mich. Mit einem Blick, den ich nur zu gut von dem Alten kenne.

Ramon kommt von links, reißt den Lauf nach oben und schlägt Mike leicht auf den Hinterkopf. »Damit spielt man nicht!« Er nimmt ihm das Gewehr resolut aus der Hand, und plötzlich ist Mike wieder der Alte.

Wie festgewurzelt stehe ich da und versuche, den Blick zu deuten, mit dem Mike mich fixiert hat.

Was war das?

Tommy testet eine Neunmillimeter. »Die nehm ich«, sagt er grinsend. »Und ne Pumpgun.«

»Morgen ist das letzte Waffentraining im alten Steinbruch. Alles muss sitzen!«, ruft Charlie. »Dae, was ist jetzt mit den Krads?«.

»Hey, kommt mal raus!«, ruft Ronny von draußen.

Ich bleibe zurück. Schließlich weiß ich, was im Laster ist. Ich nehme die Pumpgun zur Hand, die Ramon Mike abgenommen hat, ziehe den Schaft zurück und – leck mich fett! – sie ist geladen. Meine Kehle wird eng.

Die Jungs kommen zurück. »Wo hast du die Mopeds gezockt?«

»Ich hab sie nicht gezockt. Die sind gekauft.«

Alle starren mich an.

Betty und ihr Sohn haben in den letzten Wochen

nach und nach sieben Enduros für mich gekauft. Bar, ohne Kaufvertrag, von Privat. Die meisten in Niedersachsen und Bremen. Steve war letzte Woche oben und hat sie alle abgeholt. Genau an dem Tag, als bei Tess die Wasserleitung platzte.

Zehn Millionen. Will man einen hohen Gewinn, muss man auch was einsetzen. Mir war nicht wohl dabei, in Holland Motocrossmaschinen kurzzuschließen und über die Grenze zu bringen. Zu viel Risiko.

»Ihr habt morgen den ganzen Tag Zeit, sie fit zu machen«, brumme ich. »Die meisten sind fahrbereit.«

Vorwurfsvolle Blicke treffen mich.

»Was?«, belle ich in die Runde. »Haben wir hier keine Werkstatt für Motorräder? Flext die Seriennummern ab, checkt die Dinger und gut is.«

»Und die Nummernschilder?«

Langsam wird es mir zu bunt. »Was willst du mit Nummernschildern? Wenn ihr euch besser fühlt, klaut doch heute Nacht welche. Die Krads dienen dazu, im Gebüsch darauf zu warten, dass wir die Geldtransporter anstecken und fliehen.«

Charlie nickt. »Okay. Morgen Abend um null achthundert treffen wir uns wieder hier. Die Teams stehen. Alle wissen, worauf sie sich einlassen, und wir gehen den Zeitplan ein letztes Mal durch. Nur damit das klar ist: Wer drin ist und sich nicht an die Abmachungen hält, stirbt.«

34

Tess

Maximilian. Ein lieber Typ mit weißen Jeans aus dem Beachclub. Hipster. Seine Einladung zum Essen habe ich abgelehnt. Scheint ihn anzuspornen. Jetzt zündet er die nächste Stufe seiner Flirtrakete. Ich seufze. Die Welt ist einfach ungerecht.

In meinem Zimmer steht das Fenster offen, und mein Blick fällt unwillkürlich auf die Chapterzentrale. Wie immer hört man ein paar Motorräder dröhnen. Mein Magen dröhnt mit. Wie hat Dae mich angesehen, verflixt? *»Du bist irgendwie komisch«*, hat er im Baumarkt zu mir gesagt. Nachdem er mich beinahe geküsst hat.

Er sah gut aus, sehr düster. Lederhose, ein weiteres verwaschenes T-Shirt, das irgendwann mal schwarz war. Sein markanter Kiefer mit dem Grübchen, die schönen Lippen, sein Dreitagebart … Obwohl, heute sah er nach sechs Tagen aus. Ob er Sorgen hat? Unwillkürlich knabbere ich an meinem kleinen Finger. Was soll ich tun? Sarah hat gesagt, ich sei ein loyaler Mensch. Aber wem gilt meine Loyalität? Meinem Arbeitgeber, dem Staat?

Ich kenne Dae kaum, er ist ein krimineller Rocker. Zu allem Überfluss noch auf Bewährung. Soll ich mir die Decke über den Kopf ziehen und warten, bis *das Riesending* gelaufen ist und alle festgenommen wurden? Was wollte Dae von meinem Vater? Hängt der etwa mit drin? Bei diesem Gedanken wird mir angst und bange. Hoffentlich steigt diese Sache nicht direkt heute Nacht. *Oh Gott!* Überfordert setze ich mich an den Schreibtisch und packe meine Lernutensilien aus. Ich probiere es zunächst mit der Vogel-Strauß-Technik. Weil ich ein braves Mädchen bin und mein jungfräuliches Herzchen erst mal mit der Info klarkommen muss, wie Dae mich wohl angeguckt hat, dass Papa plötzlich Beschützerinstinkte entwickelt. Meine Wangen glühen, und ich presse meine kühlen Finger dagegen. Was soll ich tun? Dae hat mir geholfen, auf seine raue Art war er nett zu mir. Niemand anderer ist gekommen, als ich um Hilfe gerufen habe. Schulde ich ihm nicht etwas?

Verflixt! Ehe ich mich versehe, klettere ich aus meinem Fenster und trete auf das heiße Vordach. Die Sonne steht tief und taucht das zweigeschossige Flachdachgebäude gegenüber in warmes Licht. Mich kann doch niemand sehen, wenn ich kurz … rübergehe? Nur mal gucken, ob Dae da ist. Erneut knabbere ich an meinem kleinen Finger. Was soll ich sagen? Was tun, wenn die anderen Rocker da herumlungern und Dae nicht mit mir alleine sein will? Aber was geschieht, wenn einer von denen auch für die Behörden arbeitet und herauskommt, dass ich Dae vorwarnen will?

Nein! Ich klettere wieder zurück. Vogel-Strauß-Technik ist besser. Ich darf meinen Job nicht gefährden!

Ist doch nicht mein Problem, dass die Templer mit illegalen Dingen Geld verdienen. Selbst schuld, wenn sie erwischt werden. Und überhaupt, vielleicht macht Dae gar nicht mit. Den anderen schulde ich nichts. Nada.

Ich setze mich an den Schreibtisch und stütze mein Gesicht auf die Fäuste. Ach Menno! Wenn Papa wenigstens Zeit gehabt hätte …

Ich atme tief durch und nehme mein Mobiltelefon zur Hand.

»Notrufzentrale. Sie wünschen?«

Gegen meinen Willen muss ich schmunzeln.

»Durst?«

»Immer«, seufzt Sarah in mein Ohr.

»Wie wär's mit einer schicken Strandbar?«

»Oh, Süße. Ich schreib grad an meiner Masterarbeit. Warte … Gib mir bis elf, dann mache ich Schluss für heute.«

Meine unruhigen Hummeln können ganz schlecht mit dieser Art von Abfuhr umgehen. Vor allem weil Sarah mir vor Augen führt, dass sie ein fleißiges Bienchen ist, während ich zu einem faulen Borkenkäfer mutiere.

Ich atme schwer aus. »Du hast ja recht. Ich sollte auch lernen.«

»Schleppst du dieses komische Geheimnis immer noch mit dir rum?«

Anstelle einer Antwort atme ich hörbar ein.

»Oh je«, stöhnt sie. »Du brauchst nichts zu trinken, du brauchst was zum ficken.«

Ja. »Nein. Aber danke für das Angebot.«

Sie lacht. »Hör zu Schnucki, ich bin's irgendwie leid,

Taxi zu spielen. Komm her, und du kannst für die nächsten Tage einen Wagen haben. Aber nicht besoffen fahren, bitte.«

»Hm.« Ich wäge ab. Könnte ganz schön sein, mal nicht mit dem Bus durch die Gegend zu gondeln. Mit dem Fahrrad kann ich nicht fahren, denn dann komme ich nassgeschwitzt zur Arbeit. Dort kann man nicht duschen, und das Nachschwitzen durchnässt sogar die Wechselklamotten.

»Okay?«, sage ich vorsichtig.

»Prima. Komm, wann du willst. Bis gleich.«

Natürlich weiß Sarah nicht, dass ich mir ein Taxi nehmen muss, um zur herrschaftlichen Villa ihrer Eltern zu kommen. Aber die zwanzig Euro investiere ich gern, wenn ich mal ein paar Tage lang ein Auto mit Klimaanlage fahren darf.

35

Dae

»Dae! Schön, dass du dich mal blicken lässt.« Louis, Türsteher im *Phenomenon*, hält mir seine Riesenpranke entgegen und mein Rücken wird freundschaftlich abgeklopft.

»Wie laufen die Geschäfte?«

Ich lächle schief. »Könnte besser laufen. Ich glaub, wir müssen überall Klimaanlagen einbauen. Wenn es noch heißer wird, muss bei offenen Türen im Durchzug gevögelt werden.«

Er lacht. »Wem sagst du das? Ein paar sind schon da. Pokerst du heute mit?«

Diese Antwort bleibe ich ihm schuldig und er macht Platz, um mich vorbeizulassen. Theoretisch müsste ich schlafen und später ins *Déjà Vu*. Praktisch werde ich meine Nase in den Wind halten, um zu ahnen, woher die Scheiße weht und wie weit sie noch entfernt ist. Irgendwas liegt in der Luft, ich krieg es nur nicht so richtig zu packen.

Am Eingang ist es voll. Der Umstand, dass Montagabend und nicht Wochenende ist, macht in einer Studentenstadt keinen Unterschied. Mir schlägt heißer RnB entgegen, der Bass hallt in meinem leeren Magen wider. Vor zwei Jahren war das *Phenomenon* noch ein Hardrock-Club, aber Paul, der Besitzer und unser Generalsekretär, musste wegen Unregelmäßigkeiten mit dem Finanzamt dringend nach Mallorca auswandern. Hat ihm nichts genützt, er sitzt trotzdem. Wegen Steuerhinterziehung werden sie ihn dann in Deutschland drankriegen, wenn er seine andere Strafe in Spanien abgesessen hat. Jetzt führt Beule das *Phenomenon*, und er setzt auf breiteres Publikum. Die alten Hardrocker sterben so langsam aus und das junge Volk hat einen anderen Musikgeschmack. Aber alte Bäume verpflanzt man nicht und genauso wenig lassen sich Templer von ihren Gewohnheiten abbringen. Jeden Montag treffen sich immer noch alle Luden hier und bringen ihre Schicksen mit, die mit der Tagschicht fertig sind. Wir pokern und hauen die Kohle auf den Kopf, die am Wochenende von den Huren verdient wurde. Keiner von uns macht sich Gedanken, wie viel er verliert, denn die Kohle fließt unaufhörlich nach. Egal, wie viel man auch verspielt, man geht nie pleite.

Ich spiele schon lange nicht mehr regelmäßig; war fast ein Jahr nicht mehr hier. Als ich vor sieben Jahren das erste Mal mitgepokert habe, war ich stolz wie Oskar, Jüngster dieser *Clique* zu sein. Nachdenklich lasse ich meinen Blick über die tanzenden Körper schweifen. Mittlerweile halte ich meine Kohle lieber zusammen und verzichte auf die Treffen, bei denen ich mir tatsächlich vorkomme wie ein Zuhälter. Diese Orgien, schmatzende Laute, weil irgendwelche Pferdchen unterm Tisch Schwänze lutschen, während wir auf dem Tisch um vier- bis fünfstellige Summen spielen … Früher war das aufregend, mittlerweile kotzt mich diese ganze Chose bloß noch an.

Seufzend schiebe ich mich die Treppe an der Wand entlang nach oben in die erste Etage, die die Tanzfläche U-förmig umschließt. Rechts und links der Empore befinden sich zwei große Lounge-Areale. Wir Jungs sitzen immer rechts, und richtig – dort fläzen sie sich auch schon. Mir schlägt ein großes Hallo entgegen.

»Dae.« Bertie schiebt eine Blondine achtlos von seinem Schoß und steht auf. Wieder lasse ich den Bikergruß über mich ergehen.

Auch Stones und Ralle erheben sich. Frank lässt sich nicht stören, denn auf dem alten Mann hoppst gerade eine vollbusige Brünette auf und ab. Betty kommt von den Toiletten und grinst mich an, setzt sich dann aber mit ihrer Freundin, einer von Stones Mädchen, ganz links an einen leeren Tisch. Soll mir recht sein. Wenn ich mit ihnen arbeite, muss ich sie nicht auch noch nach Feierabend um mich haben. Ich bin da völlig anders als diese Altherrenriege.

»Komm, komm! Setz dich.« Bertie winkt mich heran.

Zwei Mädels machen mir Platz, doch er scheucht sie fort. »Geht tanzen oder so.«

»Was kann ich für dich tun?« Beule hatte ich gar nicht bemerkt. Er kommt auf mich zu, und wir geben uns die Hand, stoßen unsere rechten Schultern gegeneinander.

»Ich brauch Essen.«

»Pussy oder richtiges Essen?«, fragt er augenzwinkernd.

Ich hebe die Augenbrauen über diesen matten Scherz und Bertie ruft: »Erst was fürn Magen, dann was für die Eier.«

»Was willste denn?«, fragt Beule.

»Was schnell geht.«

»Spaghetti Bolognese?«

Meine Augen beginnen zu leuchten, und mir läuft schon das Wasser im Mund zusammen. »Wenn du jetzt auch noch blasen kannst, heirate ich dich.«

Alle lachen, besonders die Frauen.

Ich versuche, die Stimmung in mir aufzunehmen, zu fühlen, was los ist, aber – ich fühle nichts.

Nachdem mein erstes Bier leer ist und die Bedienung wie vom Erdboden verschwunden zu sein scheint, stehe ich auf. »Ich hol mir kurz Nachschub.«

Stones folgt mir und stellt sich mit mir an die kleine Bar auf der anderen Seite der Empore. An der Treppe steht einer unserer Jungs, um jeden aufzuhalten, der hochwill. Wenn wir hier sind, darf niemand anderes in die erste Etage.

Stones dürfte Ende dreißig sein. Er war früher Boxer. Seit man ihm den Kiefer zertrümmert hat, pumpt er nur noch, und um die Narben der OPs zu kaschieren, trägt er Vollbart. Auf die linke Hälfte seines rasierten Schädels hat er sich seine Harley tätowieren lassen. Daran bin ich unschuldig. So was würde ich nie stechen, noch nicht mal mit nem Messer am Sack. Stones nennt man ihn, weil er eigentlich Steiner heißt. Er ist nicht hässlich, kommt bei den Mädels gut an und hat ein Auge auf Betty geworfen. Sie erzählt mir immer, dass er unter hanebüchenen Vorwänden bei ihr und den Kindern auftaucht, um nach dem Rechten zu sehen. Seit Ash weg ist, achten wir alle auf sie und sind quasi Ersatzväter für die Kids. Aber niemand von uns würde sie anfassen, denn es gibt eine einfache Regel: Fick nie die Frau eines Bruders. Darauf steht die Todesstrafe, und das ist nicht nur so dahingesagt. Bei Ash verhält es sich zwar etwas anders, denn er hat sich von jetzt auf gleich vom Acker gemacht und Betty einfach sitzen gelassen. Ohne ein Wort, ohne Geld. Ich kann verstehen, dass sie von Templern die Nase voll hat und Stones nicht ranlässt. Hätte sie tatsächlich Interesse an ihm, würde ihr das keiner von uns übelnehmen. Ash hat nicht nur ihr den Rücken gekehrt, sondern auch dem MC. Wir bekommen zwei Bier und stoßen an, ehe ich einen großen Schluck nehme.

»Hab gehört, Charlie hat dir Pauls Position angeboten und du hast abgelehnt?«

Fuck die Bohne! Ich fasse es nicht! Die Templer sind schlimmer als ein Haufen Schulmädchen! Ich hatte mal wieder den richtigen Riecher, mich hier blicken zu lassen.

»Paul dankt dir. Er hofft, dass er schneller wieder draußen ist. Dann wird's eng für Charlie.« Er kratzt sich am Adamsapfel.

Ich trinke einen Schluck aus der Flasche, drehe mich weg und lehne meine Unterarme auf das Geländer der

Balustrade. Unter uns die Tanzfläche, auf die wir von hier oben einen schönen Blick haben.

Soso. Paul denkt, ich hätte seinen Job aus Loyalität abgelehnt. Und Charlie gerät immer mehr unter Druck. Dieser verfickte MC! Mein Blick schweift über diverse wackelnde Ärsche – und bleibt an einem ganz speziellen hängen.

Nicht zu fassen! Kaiserberg ist ein Dorf. Habe ich heute noch nicht genug von ihr gesehen, als sie hereingestürzt kam und mich mit ihren schönen, cleveren Augen anstarrte. Ich war davon ausgegangen, Tess hätte ihrem Alten erzählt, was sich an jenem Tag im Baumarkt abgespielt hat. Aber klar, auch brave Mädchen erzählen ihren Daddys nicht alles.

Sie trägt eine gepunktete Neckholderbluse zu einer kurzen pinkfarbenen Hose. Sexy. Das lange Haar trägt sie hochgesteckt. Ein paar lockige Strähnen fallen auf ihre nackten Schultern bis tief in ihren Rücken. Ihre Füße stecken in hohen Stilettos. Mehr kann ich nicht erkennen, aber es spielt auch keine Rolle. Hinter mir sitzen mindestens vierzig Jahre Knast. Ein spitzer Schrei lässt mich herumfahren und ich sehe, wie Bertie eine Blondine ohrfeigt.

Ja, das ist meine Welt!

»Bist du bescheuert, oder was?«, brüllt er.

Unmerklich schüttle ich den Kopf. Wenn er trinkt, wird er unausstehlich.

»Sag mal, Dae, kommt Candy noch nach?« Eine der Schicksen mit toupierten Haaren strahlt mich erwartungsvoll an.

Bin ich die Auskunft, oder was? Ich ignoriere sie. Ob meine Pferdchen sich hier blicken lassen, ist ihre Sache.

»Hi, Chef.« Plötzlich steht Jade neben mir. Eine der Bizarrladys aus dem *Domi*. Manchmal arbeitet sie auch tagsüber im *Secondhand*.

Hab ich ein Schild auf dem Rücken: Einsamer Zuhälter braucht Aufmerksamkeit? Unfassbar! Was für eine Flachpfeife steht da an der Treppe? Reicht es schon, wenn die Weiber sagen, dass sie für mich arbeiten, um hier oben herumzuturnen? Früher hätten sie sich hier nur auf allen Vieren bewegen dürfen. Mit wundem Arsch.

Gott, ich werde dem Alten immer ähnlicher.

»Heiß und fettig«, ruft Beule und schwenkt ein Tablett über seiner Schulter. Ich lasse Jade stehen, werfe aber noch einen letzten Blick auf meine kesse Nachbarin. Sie lächelt und nippt an ihrem Strohhalm. Von weitem, mit den Heels und der kurzen Hose, sehen ihre Beine wieder ellenlang aus. *Hab ich mir das doch nicht eingebildet, als ich ihr den Heel geklaut hab.* Eigentlich hatte ich vor, ihn ihr heute zurückzugeben, aber … Ach, keine Ahnung. Morgen früh werfe ich ihn ihr über die Mauer. Totaler Bullshit, ihn zu behalten, denn das scheiß teil hat mir kein Glück gebracht. Der Heel war ein Placebo, mehr nicht. Wenn man dran glaubt, hilft's. Hat er nicht, war Quatsch. Er gehörte niemand Mysteriösem, keiner Traumfrau, sondern … Gerade wirft sie ihren Kopf in den Nacken und lacht.

»Aaaaaltaaaa! Ich dachte, du hättest Hunger.«

Mein Blick löst sich von ihr und folgt dem Teller, der an Berties Liegewiese auf dem Tisch abgestellt wird.

Kurz überlege ich, ihn und mich lieber woanders zu platzieren, damit in meinen Nudeln gleich keine blonden Haare oder Zähne liegen.

Wieder klatscht es und Blondie heult auf. »Hör jetzt auf zu flennen. Ich hab dir gesagt, was passiert, wenn du nicht spurst.«

Genervt setze ich mich, nehme die Gabel und beginne zu drehen. Fliegt mir Blondie gleich ins Essen, fliegt Bertie über die Brüstung. Verdrossen schiebe ich mir eine dicke Gabel in den Mund.

»Super, Beule. Danke fürs Fresschen.« Ich hebe einen Daumen und grinse mit vollem Mund. Essen hält mich aufrecht – alles andere versuche ich, auszublenden.

In Nullkommanichts ist der Teller leer.

»Sag mal … Ist das nicht Charlies Kleine?«, höre ich Bertie neben mir. Von Blondie keine Spur mehr.

Ich nehme die Serviette und wische mir den Mund ab. Das war lecker!

»Conny ist hier?«, frage ich und sehe mich suchend um.

»Nein, die Kleine.« Bertie rollt mit den Augen. »Seine Tochter.«

Er deutet mit dem Kinn auf ein Pärchen, das an der Treppe steht. Ich sehe eine kleine Schwarzhaarige im Arm eines großen Blonden. Mehr kann ich auf diese Entfernung und wegen der schlechten Lichtverhältnisse nicht erkennen.

»Scheiß Loverboys.« Bertie schüttelt verächtlich den Kopf und nippt an seinem Champagner. »Sind ne richtige Seuche mittlerweile.«

Bertie spinnt. Conny und Charlie würden ihre

Tochter niemals um diese Uhrzeit noch durch die Gegend springen lassen. Sie ist noch ein Kind und morgen ist Schule.

»Du alter Fuck bist bloß neidisch, dass dein Schwengel immer kürzer und der Sack immer länger wird«, feixe ich und trinke einen großen Schluck Cola. Gott, war das geil. Vermutlich könnte ich noch eine Portion futtern, aber ich verkneife mir die Bitte. Beule sitzt bei Ralle und hat bestimmt keinen Bock, sich noch mal für mich in die Küche zu stellen. Auf dem Weg ins *Déjà Vu* kann ich mir notfalls noch ein paar Burger holen, aber vermutlich bin ich in ner Viertelstunde satt.

»Pokerst du mit?«

Ich zucke mit den Schultern. »Erst mal dreh ich ne Runde.«

Dass Bertie den Schulterschluss zu mir sucht, geht mir auf den Sack.

Betty diskutiert aufgeregt mit einem großen, hageren Typen, der mich verdammt gut – ich muss zweimal hinsehen – an seinen Vater erinnert. Das ist Jay, Bettys und Ashs Sohn. Ist heute Kinderdisco? Jay ist erst zwölf. Am PC echt fit, aber halt noch ein Kind. Betty ist ein Jahr etwa in meinem Alter und hammerhübsch. Quietschrote Haare sind offenbar total in, denn alle meine Hausdamen tragen die gleiche Haarfarbe.

Ich erinnere mich noch genau, wie Ash Betty damals aufgerissen hat. Er, Tommy und ich waren wie ein Kleeblatt, haben alles zusammen gemacht. Ash hat sich in Bettys Grübchen verguckt und sie umgeknockt. Buchstäblich, denn neun Monate später wurde Jayden geboren. Da war Betty noch keine sechzehn. Irgendwie war Ash auch so was wie ein Loverboy, denn als sie ihn das erste Mal rausgeschmissen hat, fing sie bei mir an. Hätte er sie nicht angebumst, hätte sie vielleicht ihre Schule beendet und wäre nicht von ihren Alten rausgeworfen worden. Jay erinnert mich sehr an seinen Vater. Betty ist er allerdings über den Kopf gewachsen, und das zeigt sich leider nicht nur in seiner Körperlänge, sondern auch im Gehabe ihr gegenüber. Sie wird nicht mehr mit ihm fertig. Morgen ist Schule, und ein Teenie hat hier nichts verloren. Wahrscheinlich sind die beiden hier zufällig ineinandergelaufen, und Betty fragt sich gerade, was ihr Junge tut, wenn sie arbeitet.

Sie schimpft auf ihn ein, und er brüllt zurück. Dabei reicht sie ihm gerade bis zur Brust. Besser, ich gehe dazwischen, ehe er etwas tut, was ihm ein blaues Auge von mir einbringt.

Betty holt aus und haut ihm eine runter, woraufhin Jayden – nicht mehr dazu kommt, zu reagieren. Jetzt hängt sein Hals nämlich zwischen Unterarm und Brust meiner Wenigkeit und ringt nach Luft, weil ich meine Muskeln spielen lasse und er in meinem Schwitzkasten baumelt.

»Hi, Jay. Schön, dich zu sehen«, murmle ich an sein Ohr, »Dein Batman-Schlafanzug hat angerufen und fragt, wo du bleibst.«

Ich lasse ihn los. Ash ist echt ein Wichser, seine Familie im Stich zu lassen. Dummerweise hatte er Betty noch mal angebumst, aber das wurde ihr erst bewusst, als Ash schon über alle Berge war. Darum läuft die kleine Amelie ohne Papa herum. Vier ist sie und sieht aus wie eine Mini-Betty. Nur eben blond, das ist nämlich Bettys echte Haarfarbe.

»Hi, Dae«, begrüßt Jay mich schüchtern und streckt mir den Unterarm zum Bikergruß hin. Mit zuckenden Mundwinkeln lasse ich mich auf das Spiel ein, nicke Betty zu und packe ihn im Nacken.

»Du willst mich doch nicht zum Feind oder, Jay?«

Der Junge reißt seine Augen auf und schüttelt den Kopf. »Nein, Mann.«

»Dann behandle deine Mutter gefälligst mit Respekt!«

Bettys Blick klebt an ihrem Jungen.

»Tschuldigung, Mama.«

Ihr Mutterherz leuchtet durch die feuchten Augen wie ein Atompilz. »Schon gut. Komm, lass uns nach Hause fahren.« Sie schenkt mir ein dankbares Lächeln.

Ich entlasse den Jungen aus meinem Griff und folge den beiden zum Ausgang. Ganz einfach, weil das Bettys Position stärkt, und Jay sich bis zum Ausgang wieder unter Kontrolle haben wird. Pubertät ist ein dummes Arschloch.

Stones kennt Bettys Sohn nicht so gut, und Jay würde ihn auch nie als Autorität akzeptieren, wie er mich akzeptiert. Schließlich war ich der beste Freund seines Vaters und seit der weg ist, sowas wie ein Vaterersatz.

Auf dem Rückweg vom Ausgang fängt mich Jade ab. »Hey, Dae«, flötet sie und verschlingt mich mit den Augen.

Oh ja, meine Lieblingsbeschäftigung neben Small Talk: Flirten.

Ich hebe eine Braue, und sie glotzt mich erwartungsvoll an, während ihre gepiercte Zunge eine Kaugummiblase im offenen Mund zum Platzen bringt.

»Was wird das, Jade? Willst du mich etwa anmachen?«

Völlig farblos die Kleine, trotz ihrer pinkfarbenen Haarspitzen. Aber solange es Kunden gibt, die drauf abfahren, ist mir das schnurz. Ich unterdrücke ein Gähnen. Gott, bin ich froh, wenn der Überfall gelaufen ist. Seit Wochen ist nichts mehr normal.

»Ich hab mich immer gefragt, auf was für Musik du stehst. Privat, mein ich«, säuselt ihre Kaugummifresse.

»Ja?« Ich mache einen Schritt auf sie zu und beuge mich zu ihrem Ohr runter.

»Das ist das einzige, das du dich gefragt hast? Auf welche Musik ich stehe?« Ich nehme den Kopf zurück und blicke ihr ernst ins Gesicht.

»Äh, ja?«

»Nicht, auf welche Muschis ich stehe? Oder auf welche Muschigröße?«

Ihre Augen werden so groß wie Untertassen, und ich muss mich echt zusammenreißen, nicht laut loszulachen.

»Muschigröße? Was meinst du damit?«

Weiber sind dermaßen durchschaubar. »Na, ob S, M, L oder XL.«

Meine Aufmerksamkeit wird von zwei Personen abgelenkt, von der eine der anderen gerade die nackte Schulter küsst.

36

Tess

Deniz ist sehr charmant. Etwas jung vielleicht, ich schätze ihn auf Anfang zwanzig. Jüngere Männer sind aufregend, dann darf ich mal die verruchte, ältere Frau spielen. Er lächelt mich an, und sein sonnengebräunter Teint glänzt mit seinen schwarzen Löckchen um die Wette. Der Kinnbart ist akkurat rasiert. Ich hab Sarahs Auto abgeholt und war mutig. *Warum sollte Frau nicht allein ausgehen können*? Ich habe in meiner Ausgeh-App nachgeschaut und diesen Club gefunden. Jetzt bin ich hier und vergnüge mich. Mit eigenem Auto bin ich viel unabhängiger. Ich brauche Ablenkung. Die sich gerade umgetauft hat und jetzt Deniz heißt.

»Kommst du hier aus Kaiserberg?« Er rückt etwas näher an mich heran, und ich atme sein herbes Aftershave ein. Riecht gut.

»Eigentlich nicht.« Ich will ihm nicht meine Lebensgeschichte erzählen, er kann mich auch für weniger haben.

Sein Finger streicht an meinem nackten Arm

entlang. »Du fühlst dich so weich an. Wie alt bist du, Emma?«

Ja, ich bin nicht stolz auf mich. *Old habits die hard.*

»Wie alt schätzt du denn?«, schnurre ich ihn an und meine Wimpern klimpern. Herrlich, ich habe fast mein altes Flirtniveau erreicht. Die letzten Wochen haben mich ein wenig einrosten lassen. Hier kennt mich niemand. Ich könnte tatsächlich eine Emma sein, oder eine Tammy.

Er lacht. »Oh nein. Auf dieses Eis begebe ich mich nicht.« Seine Hand rutscht wie zufällig über meine Schulter nach hinten den Rücken hinab, und streift meinen Po. *Soso.* Er will meine Reaktion abchecken. Natürlich zucke ich kurz zusammen, ich bin ja nicht doof. Das Aufleuchten seiner schwarzen Augen gibt mir recht. Er mag seine Eroberungen unschuldig. Okay, unschuldig kann ich. Hauptsache, er ist gut.

»Wie alt bist *du* denn?«, gebe ich seine Frage zurück.

»Oho. Ich glaube fast, ich bin zu alt für dich.« Er seufzt theatralisch. Nanu?! Plötzlich bekomme ich merkwürdige Vibes. Irgendwas stimmt nicht mit ihm.

Er beugt sich vor, fährt mit den Lippen über meine Schulter und seine Hand berührt erneut mich im Rücken. Ich erschaudere unwillkürlich.

»Du bist so süß. Und du trägst keinen BH.«

Doch, trage ich. Die Bluse ist ein Neckholder und ich trage einen Neckholder-BH. Schade, gleich werde ich alleine nach Hause fahren. Deniz hat es leider nicht in den Recall geschafft.

»Keine Angst. Ich würde nie was gegen deinen

Willen tun«, versichert er mir und es wirkt, als würde er gerade ein Gedicht aufsagen. Einstudiert.

»Ich mag dich sehr, Emma. Du bist die schönste Frau, die ich je gesehen habe. Du musst keine Angst haben, ich kümmere mich um dich.« Seine Hand legt sich erneut in meinen Rücken, packt aber zu und zieht mich zu sich heran.

Sein Gesicht ist ganz nah. »Sag, hattest du schon mal einen Mann?«

Hallo?! In was für einem Film bin ich denn jetzt gelandet? Denkt der, ich wär sechzehn?

»Deniz …« Ich versuche, mich von ihm zu lösen und stemme meine Hand leicht gegen seine Schulter.

»Ja?«, haucht er an meinem Hals. Sein Arm wuselt hinter meinem Rücken und plötzlich hält er mein Smartphone und den Autoschlüssel in der Hand. Verwirrt starre ich ihn an. Wie konnte er meine Handtasche so unauffällig öffnen?

»Komm!« Er nimmt meine Hand und verschränkt seine Finger mit meinen, während er mein Telefon einsteckt.

»Was soll das?«, frage ich argwöhnisch. »Gibst du mir bitte meine Sachen zurück? Das Auto gehört mir nicht.«

Deniz lächelt verschmitzt. »Netter Versuch.« Er zieht an meiner Hand.

Ey, sag mal! Spinn ich oder was? Ich versuche, mich aus seinem Griff zu befreien.

»Lass mich los!« Was soll das? Der kann mir doch nicht einfach mein Smartphone und den Autoschlüssel klauen, und mich dann so hinter sich herziehen.

Unsere Hände werden schmerzhaft getrennt, ehe Deniz' Schulter nach vorne, sein Arm nach hinten gedreht und sein Kopf auf die Theke gedrückt wird.

Dae.

Mein Herz springt mir fast aus der Bluse vor Schreck.

Dae!

Wie-wo…? Wo kommt denn der plötzlich her?

»Lass die Finger von ihr, Sissi!«

Dae sieht richtig sauer aus. Sein sehniger, tätowierter Unterarm ist angespannt. Sissi? Ist das Deniz' echter Name, oder nur eine Beleidigung? Jedenfalls verzieht der Typ schmerzhaft das Gesicht. Hat Papa Dae etwa gebeten, mich im Auge zu behalten? Nein, Papa hat gesagt, dass Dae mich ab sofort in Ruhe lässt. Joah, klappt. Dae gehorcht meinem Vater aufs Wort.

Sissi versucht derweil, sich zu wehren. Fehler! *Oh oh.* Jetzt sieht Dae noch eine Spur saurer aus. Seine Kiefermuskeln mahlen aufeinander, und das Echo schlägt direkt in meinem Höschen ein. Haltsuchend lehne ich mich an den nächsten Barhocker. Dae fischt mein Handy aus Deniz' Hosentasche und gibt mir auch den Autoschlüssel zurück. Dankbar verstaue ich meine Utensilien wieder in der Handtasche und presse sie fest an mich.

»Kannst du ihn bitte loslassen?« Meine Stimme kiekst ein wenig und ich räuspere mich.

Warum muss mein Retter ausgerechnet ein heißer Rocker sein?

Statt auf mich zu hören, drückt Dae ihm noch mehr die Luft ab.

»Keine gute Idee, deinen Fuß auf unseren Grund und Boden zu setzen, Sissi«, brummt Dae und reißt ihn zurück, weg von mir.

Sissi? Hat dieser Typ mir etwa einen falschen Namen genannt? Also sowas! Darauf habe ich doch ein Patent angemeldet! Mein ehemaliger Flirt segelt durch die Luft und landet hart auf Po und Rücken. Ein paar Leute springen erschrocken zur Seite, und sofort stehen wir im Fokus des ganzen Clubs.

»Mach, dass du nach Hause kommst! Das ist der falsche Laden für dich.«

Es dauert einen Moment, bis ich begreife, dass Dae mich meint und nicht Deniz-Sissi.

»Ich …«, lasse mir doch nicht sagen, was ich zu tun habe! »Bist du mein Daddy, oder was?«

Jetzt dreht er sich zu mir um. In voller Größe. Zu nah. Viel zu nah. Mein Höschen pocht. Ich poche. Nicht. Ich hab keine Angst. Und keine Lust.

Nein, hab ich nicht!

»Warum muss mit dir alles ein Kampf sein, Madame? Tu doch einfach einmal, was man dir sagt!«

Mir fallen ganz viele Gegenargumente ein, die ich mir schon beizeiten für meine Mutter parat gelegt habe. Allerdings sieht er nicht, was ich sehe. Um sich mit mir zu befassen, hat Dae Sissi nämlich den Rücken zugedreht. Und der stürmt gerade mit einem Messer in der Hand auf uns zu.

»Achtung!«

Jetzt geschehen mehrere Dinge gleichzeitig: Intuitiv ziehe ich Dae an mich, zeitgleich tritt er aus. Kampfsportler halt. Dass er hinten Augen hat, wusste ich nicht, den Tritt habe ich nicht kommen sehen.

Jedenfalls bringe ich Dae aus dem Gleichgewicht, das er benötigt hätte, um Deniz-Sissi gegen die Brust zu treten. Deshalb tritt Dae ihm bloß gegen die Messerhand und kippt gegen mich. Und ich mit Dae zwischen die Hocker gegen die Theke. Sein Körper ist knüppelhart.

»Was machst du denn jetzt schon wieder, Mädchen?« Ungläubig stiert er mich an und dann an die Decke. »Himmel, gib mir Kraft und Stärke, ihr nicht den Hals … grmpf.« Er stützt sich mit beiden Händen an der Theke ab, um nicht auf mich zu fallen, während ich mich immer noch an ihm festhalte, um nicht auf dem Boden zu landen. Seine Augen sind direkt vor meinen und funkeln böse.

»Lass los«, knurrt er und befreit sich aus meiner Umarmung.

Okay, das war jetzt echt komisch. Nicht zum Lachen komisch, sondern peinlich-komisch.

Einer der Türsteher in schwarzem Anzug hat das Messer aufgehoben. Dae geht auf Deniz zu, der recht ängstlich dreinblickt. Jetzt versperren mir ein paar Gaffer die Sicht. *Hallo? Aus dem Weg, bitte! Ich sehe nichts.* Es erklingen zwei ziemlich unappetitliche Geräusche, die in keinster Weise mit den Film-Faustgeräuschen übereinstimmen. Kann bitte jemand eine Lethal Weapon-Tonspur drüberlegen? Echte Schläge hören sich grausam an. Dumpf, völlig furchtbar. Trotz Musik.

Zwei riesige Rocker, der Türsteher und ein älterer Mann mit grauer Haarsprayfrisur und Glitzerhemd halten Dae zurück, ehe er den Typen … Ja, was eigentlich? Ich recke den Hals. Trotz meiner Stilettos bin ich immer noch zu klein, um etwas zu sehen.

»Beruhige dich, Dae. Wir kümmern uns um diesen Loverboy. Mach dir die Hände nicht an dem schmutzig.«

Loverboy? Ich schlucke hart.

Der Türsteher drischt Sissi fies auf eine Niere und dieser geht mit einem Schrei in die Knie. Alles Weitere sehe ich nicht mehr, denn er wird davongetragen.

Körperliche Gewalt lehne ich ab. Grundsätzlich. Natürlich fühle ich mich *nicht* geschmeichelt. Bin ja keine dumme Tussi. *Nein, bin ich nicht.*

Und nein, ich fühle mich immer noch nicht geschmeichelt.

Dae kommt wutentbrannt auf mich zu.

»Was war das jetzt schon wieder?«

Ich meine, Dampf aus seinen Ohren aufsteigen zu sehen.

Meine Stimme versucht, eine Erklärung zu finden. »Ich wollte dich …« Okay, den Rest des Satzes spare ich mir, weil er ausgesprochen lächerlich klingen würde. Obwohl die drei Worte so ohne alles auch ziemlich blöd anhören. Zum Glück scheint ihn das nicht zu kümmern.

Er wischt sich seine Fingerknöchel am T-Shirt ab.

Ist das Blut? Meine Augen werden groß. »H-hast du ihm wehgetan?«

»Nö. Ich hab ihm einen geblasen und wollte dich fragen, ob du uns ein romantisches Wochenende buchen kannst. Bist du eigentlich banane?«

Sarkasmus. Toll. Und Wut. Noch toller.

Dafür, dass er Zuhälter ist, wirkt er sehr angespannt. Ich hätte gedacht, dass Männer mit viel Sex viel relaxter sind.

Die Ader an seinem Hals pocht.

»Erklär mir mal, warum du denkst, mich ständig retten zu müssen, Kessi.«

Dae kommt noch einen Schritt näher. »Wirke ich so schwach auf dich? Oder dämlich?«

Er deutet mit dem Kinn hinter mich. »Dreh dich um.«

Gott, will er mir jetzt vor allen Leuten den Hintern versohlen?

Ich trau mich nicht.

Dae kommt noch einen Schritt näher. »Dreh. Dich. Um.«

OhGottohGottohGott. In aller Öffentlichkeit wird mir ein wütender Rocker den Arsch versohlen, und ich muss aufpassen, ihm dabei nicht auf die Stiefel zu sabbern.

Wie ein Kaninchen vor der Schlange, kann ich mich nicht rühren. Meine Knochen sind geschmolzen.

Dae packt mich am Kinn.

Au-a! Schon wieder bekommen wir einen gewischt, doch dieses Mal zuckt Dae nicht zurück. Er packt mein Gesicht fester und dreht es zur Theke.

»Was siehst du?«

Meinen Augen bleibt nichts anderes übrig, als dem Rest des Kopfes zu folgen. Ich sehe mich selbst, und Dae, wie er mein Kinn loslässt. Er sieht gut aus. Und ich bin ein verdorbenes Flittchen mit zerzausten Haaren. Schnell zupfe ich meine Bluse zurecht.

»Einen Spiegel«, antworte ich brav. Der Groschen fällt langsam und in Centstücken. Dae hat Deniz im Spiegel gesehen. Er hat nur gewartet, bis der Angreifer nah genug dran war. Fußtritt-nah. Und ich hab mich mal wieder zur Minna gemacht.

»Du musst mich nicht retten.« Sein Atem erzeugt Gänsehaut an meinem Hals.

»Du mich aber auch nicht!«

Ich blubbere Quatsch. Er hat mir zumindest eine unangenehme Situation mit einem Idioten erspart, den ich nicht früh genug als Idioten identifiziert hatte.

»Kommst du, Dae?« Der ältere Mann mit dem langen grauen Haar, der eine imaginäre drehende Leuchtreklame mit dem Wort *Lude* auf dem Kopf trägt, steht hinter uns und lächelt mich charmant an.

»Was bist du denn für ein süßes Zuckerschneckchen?«

»Öhm …«

Hab ich Dae gerade knurren gehört?

Der Mann lacht. »Keine Sorge, Dae. Ich hab's verstanden.« Dann hab ich mich doch nicht verhört. Oder der Mann und ich haben uns beide gleich verhört.

»Ich bin Bertie. Und wer bist du, meine Schöne?«

»Sie ist Steves Tochter.«

Vorwurfsvoll starre ich Dae an, der mich ignoriert. *Hallo?!* Vielleicht hätte ich selbst gern geantwortet? Warum erklärt er diesem Ich-liebe-die-Achtziger-und-trage-die-Klamotten-so-lange-bis-sie-wieder-in-sind-Typen, wer ich bin?

Einen Augenblick später strahlt mich der Alt-Lude an.

»Spedition-Steve? Oho.« Er mustert mich von oben bis unten. »Du bist Astrids Kleine? Kinder, wie die Zeit vergeht.« Er lacht und sieht aus, als wollte er mir gleich in die Wange kneifen. Argwöhnisch lehne ich mich ein Stück nach hinten.

»Tessi, nicht wahr? Ich hab ein gutes Gedächtnis für Namen. *Das* wird also aus einem süßen Baby.« Er begutachtet mich noch einmal und sein Blick bleibt an meinen Brüsten hängen. »Solltest du dir merken, Dae.« Seine Augenbrauen wackeln, und Dae guckt, als wollte er ihm gleich den Kopf abbeißen. *Och nö!* Es wird wieder feucht in meinem Höschen.

Moment! Dieser Bertie kennt meine Mutter? Mit Vornamen?

»Du bist auf meinem Schoß herumgehüpft, als du noch nicht laufen konntest. Ich könnte gut ne Wiederhol… Schon gut, Dae.« Die Pailletten auf seinem schicken Hemd beben wellenförmig.

Du liebe Güte, der Mann muss mindestens bi sein. So was trägt kein Hetero ohne Zwang.

»Ich geh dann.« Er räuspert sich ein letztes Mal und zwinkert mir zu, ehe er uns allein lässt.

Es wird immer obskurer. Woher kennt meine Mutter einen Luden? Und warum bin ich ihm auf seinem Schoß herumgehüpft? Hatte ich schon als Kleinkind ein Faible für Zuhälter? Mein Blick fällt auf den Mann neben mir. Daes Hand liegt locker auf der Theke, er hat sich etwas zu trinken bestellt. P ist auf seinen Daumen tätowiert, R I D E steht auf den anderen Fingern. PRIDE. Tja, hätte er jetzt nicht unbedingt noch aufschreiben müssen, das sieht man auch so. Als der liebe Gott das Selbstbewusstsein verteilt hat, muss klein Dae direkt an ihm vorbeigelaufen und kopfüber in den Topf gesprungen sein.

Er nimmt die Flasche und wirft der Bedienung achtlos einen Schein hin. Auf wessen Rockerschoß bin ich eigentlich noch nicht herumgehüpft? Kleiner Blick nach links. Dae war damals selbst noch ein Kind. Ich würde ihn gern fragen, wie alt er ist, aber ich trau mich nicht.

37

Tess

»Du bist ja immer noch hier«, bemerkt Dae überflüssigerweise.

»Leck mich!«, gifte ich ihn an. Ich hab mich im Griff! Und er soll wissen, dass ich körperliche Gewalt ablehne. Es hätte gereicht, Deniz das Messer aus der Hand zu schlagen. Nicht treten. Und nicht verprügeln.

Er lacht. »Nur, wenn du dich in Spagetti Bologne wälzt. Ansonsten nein, danke. Meine Zunge bestünde nur noch aus Fransen, wenn …«

Er schüttelt den Kopf und stößt sich seufzend von der Theke ab. »Mach einen Bogen um diesen Laden. Und um mich.«

Was war denn das? Ich schaue ihm nach. Fransen? *Kopfkino aus und bei Fuß!*

Und war dieser Deniz tatsächlich so ein Typ, von denen heulende Mütter im Privatfernsehen berichten? Naive Mädchen zur Prostitution zwingen? Ich bin eine erwachsene Frau, fast dreiundzwanzig Jahre alt. Irgendwie hätte ich es bewerkstelligt, Smartphone und

Schlüsselbund zurückzubekommen. Und wenn sich die Situation weiter zugespitzt hätte, wäre mir immer noch die Option geblieben, laut um Hilfe zu rufen.

»Willst du noch was trinken, Süße?« Die zierliche Bardame mit beneidenswertem Dekolleté – von den künstlichen Fingernägeln bis zu den Ohrläppchen tätowiert – wischt mit einem Lappen über die Theke.

Meine Augen kleben an ihrem Busen. Wunderschöner, tätowierter Busen. Mit Dae darauf.

What???

»Ähh.« Auf meiner Zunge schmecke ich Nagellackentferner.

Sie folgt meinem Blick und lacht. »Ach so. Das war nichts. Ich war jung und brauchte das Geld.«

Mein Gesicht muss heute lustig aussehen, denn sie lacht erneut. Ein wunderschönes Lachen, nebenbei bemerkt. Ihr Haar ist graugefärbt, mit bläulich-türkisfarbenem Farbverlauf.

Arielle hat *Dae* auf ihren Busen tätowiert. Und sie kann kaum älter sein als ich. Ihre Taille ist nur halb so dünn wie meine – und ich trage Größe 36. Ich fühle mich fett.

Hustend räuspere ich mich. Wie stellt man einer tollen Frau eine impertinente Frage?

»Ich wollte, dass er mich entjungfert, aber er wollte nicht«, erklärt sie ungefragt.

In meinem Kopf erklingt gerade das Geräusch einer schrappenden Nadel auf einer Langspielplatte. *Wiederhol' das bitte,* denn ich hatte gerade einen Hörsturz.

Arielle lacht. »Ich stech dich erst auf, wenn ich dir

meinen Namen auf den Arsch stechen darf, hat er gesagt.«

So. Jetzt ist es offiziell. Ich bin eine Langweilerin. Spießerin. Meine kleinen Tattoos sind lateinische Sprüche über Recht und Gerechtigkeit. So klein und versteckt, dass niemand sie sieht. Ich habe doofe braune Haare, ein doofes B-Körbchen und eine langweilige Zukunft. Arielle hingegen hat ein aufregendes Leben. Trägt aufregende knallenge Jeans, ein tief ausgeschnittenes, enges Hemdchen, darunter einen türkisfarbenen BH … tolles einfallsreiches Haar. Und Dae hat sie entjungfert. Ich hasse mein Leben.

Einen Versuch mit Räuspern hab ich noch übrig, ehe ich mich so klein mache, dass ich einfach verpuffe.

»Hat er deinen Po nicht getroffen?«

Ich kann witzig. Früher mal. Unter Spießern gelte ich als geistreich.

Sie lächelt verschmitzt, und zwei Grübchen zeigen sich auf ihren Wangen. Gott, ich werde lesbisch und hab mich gerade verliebt.

Was stimmt nicht mit Dae? Ich hätte sie auch ohne Tattoo entjungfert.

Zärtlich fährt sie mit dem Finger über ihren Busen. »Das war unser zweites Mal.«

Ich. Will. Sterben. Und habe wahrscheinlich Kehlkopffrosch. Eine jüngst entdeckte Krankheit, die permanentes Räuspern auslöst.

»Wie viele Daes zieren denn deine Haut?« Nein, Räuspern bringt mittlerweile gar nichts mehr, die Fröschin sitzt fest. Habe ich ihr gerade die Erlaubnis gegeben, das Messer in meiner Brust noch tiefer reinzudrücken? – Bin ich doof?!

Nein, Unterbewusstsein, du bist still!

Arielle lacht erneut. »Nur diese zwei. Als mein Bruder das Tattoo gesehen hat, war die Hölle los.«

Ich schürze die Lippen und warte, ob ich ungefragt mehr Infos kriege.

Verschwörerisch beugt sie sich zu mir vor. »Ich hab Dae gesagt, ich wär siebzehn.«

Ich traue mich kaum zu fragen. »Und wie alt warst du wirklich?«

»Dreizehn.«

Mir bleibt buchstäblich die Spucke weg. Mit dreizehn habe ich noch in Prinzessin Lilifee-Bettwäsche geschlafen.

»Guck nicht so erschrocken! Dae dachte, ich wär so alt wie er.«

»D-da war Dae siebzehn?«

Arielle nickt. »Das erste Mal war scheiße, ich hab nur geheult. Da hat er angeboten, er macht es wieder gut.«

»M-Mit einem Tattoo?« Meine Stimme kiekst wieder, der Frosch sitzt jetzt auf den Stimmbändern. Oder es ist ein Pärchen und sie sitzen einfach in meinem Hals und lachen mich aus.

»Das auch.« Sie grinst verschmitzt.

Warum bin ich noch nicht tot? Ich will nach Hause und sterben. Sex mit Dae war scheiße? Was hat sie mit dreizehn für Ansprüche? Oder war er genauso so rücksichtsvoll, wie beim Motorradfahren?

Die zwei geben ein wunderschönes Pärchen ab. Beide tätowiert und sexy ohne Ende. Dae hat ihr den Schein hingeworfen, ohne sie zu beachten. Er hat sie entjungfert, tätowiert und ihr das Vögeln beigebracht. Und ungefähr zehn Jahre später beachtet er sie überhaupt nicht mehr. Dabei ist sie das hübscheste Wesen, das ich je gesehen habe. Wenn er diese zauberhafte Arielle nicht will – wie müsste dann seine Traumfrau aussehen? Ich starre auf ihr C-Körbchen und wünsche mir fast, ich wäre an Daes Stelle gewesen. So sexy und gleichzeitig so cool zu wirken, bekäme ich nie hin. Was muss Dae für Ansprüche haben?

»Du bist wahnsinnig hübsch. Alles Gute für dich.« Ich klopfe zum Abschied auf die Theke und packe die Reste meines zerstörten Selbstbewusstseins in meine Handtasche.

»Hey, warte. Wie heißt du eigentlich?«

»Tess. Und du?«

»Uta.«

Wir lächeln uns an, und ich mache noch kurz einen Abstecher zur Toilette. Mich eine Runde selbst bemitleiden.

Niedergeschlagen lasse ich mich auf die Klobrille sinken und parke meinen Kopf in den Händen. Dae hat im Alter von siebzehn Jahren seine Eroberungen tätowiert. Mädchen haben ihn angebettelt, sie flachzulegen, und er hat sich nur dazu herabgelassen, wenn er sie stechen durfte. Bumsen gegen Tattoo. Bumstattoos. Zweifach gestochen: einmal auf den Körper und anschließend durchs Jungfernhäutchen. Uta war dreizehn.

Wie viele Dae-Tattoos auf Popos und Busen wackeln

wohl auf diesem Planeten herum? Ich schlucke hart. Er führt ein völlig anderes Leben. Schätzungsweise sollte ich Maximilian um ein Date bitten – der hält mich für aufregend. Typen wie Dae lachen über Frauen wie mich. Lächeln. Müdes Lächeln. Oder bloßes Augenrollen.

38

Tess

Lautes Bollern gegen die Kabinentür lässt mich hochschrecken.

»Hallo? Hallo Tess, bist du da drin?«

Die weibliche Stimme kenne ich nicht. Mehrmals wird gegen die Kunststofftür gebollert.

Wer ist das? Himmel, will sie die Kabine einreißen?

»Huhu, hier oben.«

Ich schaue hoch und sehe pinkfarbene Haarspitzen.

»Johanna?« Ungläubig starre ich in das Gesicht, das oberhalb der Kabine auf mich niederblickt.

»Hi, Tess. Alles klar?« Ihr Blick ist offen, aber auch irgendwie …

Ich erhebe mich und öffne die Kabinentür. Von oben angestiert zu werden, ist so ziemlich das Letzte, wonach mir der Sinn steht.

Sofort erscheint Johanna vor mir. Sie trägt schwarze Plateaustilettos mit Glitzer, ein schwarzes Top und einen Mini im Leopardenlook. Mir steht der Mund offen.

Was ist denn mit der unscheinbaren Zahnspangenträgerin passiert? Wir waren in der gleichen Stufe, hatten ein paar Kurse zusammen. Deutsch und Ethik, wenn ich mich recht erinnere.

Während ich Johanna anstarre, taxiert sie mich auf gleiche Weise.

»Schicke Bluse.« Zwischen ihren Zähnen zerplatzt eine kleine Kaugummiblase.

»Hi, wie geht's? Lange nicht gesehen.« Ich bemühe mich, meine Contenance zurückzuerlangen und lächle höflich.

»Was hast du mit Dae zu tun?«

Okay. Anscheinend haben wir genug über alte Zeiten geplaudert. In ihrem Ausschnitt sehe ich allerdings kein Tattoo.

Ach, *jetzt* ergibt ihr Outfit Sinn! Aber nicht auf eine gute Weise. Fassungslos starre ich sie an. »Wolltest du nicht Lehrerin werden?«

»Bin ich fast, danke der Nachfrage. Also?«

»Und woher kennst du ihn?«, frage ich zurück. Immer noch kann ich nicht fassen, was aus meiner unscheinbaren, brünetten Mitschülerin geworden ist. Die Haare sind wasserstoffblond, und unten sind pinkfarbene Strähnen eingefärbt. Ihre Zunge ziert ein Piercing.

»Hör zu, Tess. Ich meine das wirklich nicht böse oder so. Aber lass deine Finger von Dae.«

Hier muss irgendwo ein Nest sein. Ein Dae-Nest. Der ganze Laden ist verseucht. Kein Wunder, dass er wollte, dass ich von hier verschwinde.

Ich denke an seinen Spruch mit der zerfransten Zunge und begreife, dass er kein Angebertyp ist. Hat er gar nicht nötig.

»Weiß Dae, dass du auf ihn stehst?«, gebe ich zurück.

»Wir haben heute morgen noch gevögelt, wenn du es genau wissen willst.«

Eine weitere Kaugummiblase zerplatzt vor ihrem Mund, und sie holt die Reste mit ihrer gepiercten Zunge zurück.

Ich muss lachen, weil ich irgendwie angewidert bin und nicht unhöflich werden möchte.

»Hör zu, Johanna: Wie du dein Geld verdienst und was du dafür tun musst, ist echt nicht mein Problem.«

»Stimmt. Aber es geht nicht um meinen Job, sondern darum, dass du deine Griffel von Dae lässt.«

Meine Augenbrauen heben sich spöttisch. »Wow. Hat er dir versprochen, treu zu sein? Dann bist du noch dümmer, als ich vermute. Und er ist ein feiger Lügner.«

»Was bin ich?«

Ich hab ihn wieder nicht kommen hören. *Verflixt.* Der braucht ein Glöckchen am Lümmel. Ich kann nicht verhindern, bis in die Haarspitzen zu erröten. *Ha!* Genau wie Johanna.

»Was wird das hier, Jade?«, fragt er Johanna.

Jade? Hat sie etwa auch einen falschen Namen benutzt? Meine Güte, bin ich gewöhnlich.

»Deine Freundin meldet Besitzansprüche an«, bemerke ich spitz. »Weil du ihr ewige Treue versprochen hast. Hat sie gelogen oder du?« Okay, ich bin im Bad-Bitch-Modus.

Sein Blick heftet sich auf Johanna, die sichtlich zusammenschrumpft.

»Ich … Nichts dergleichen hab ich gesagt. Ehrlich nicht! Ich schwöre es dir, Dae.«

Ehe ich reagieren kann, verpasst er Johanna eine kräftige Ohrfeige. Sie kracht rückwärts gegen die Toilettenwand.

»Du bist raus!«

»Nein! Bitte, Dae! Das war doch nur ein Missverständnis«, greint Johanna und hält sich ihre linke Wange.

Als er einen Schritt auf sie zumachen will, gehe ich dazwischen.

»Lass die Finger von ihr! Sonst landest du schneller im Knast, als du ZUHÄLTER buchstabieren kannst.«

Mein Herz schlägt mir bis zum Hals, aber ich werde nicht weichen. Herrje, es ist meine Schuld, dass Dae sie geohrfeigt hat. Hätte ich doch meine vorlaute Klappe gehalten!

In der Eingangstür teilen sich zwei Muskelprotze die billigen Plätze. Ein langhaariger Typ mit Vollbart, der eigentlich ganz hübsch wäre, wenn er nicht diesen Flokati im Gesicht hätte und ein Glatzkopf, ebenfalls mit Bart. Beide starren mich an, als wären mir zwei Köpfe gewachsen. *Nein, hier steh ich und kann nicht anders. Gott helfe mir, Amen!*

»Du bist genauso ein Arschloch, wie alle sagen«, schleudere ich ihm ins Gesicht. »Ich kann nicht fassen, dass ich jemals etwas Gutes in dir gesehen habe.«

Gleich werde ich tot sein, da nützt mir auch kein Luther-Zitat. Sein brutaler Blick spießt mich auf, und ich spüre mich schon bluten. Aber immerhin sterbe ich für eine gute Sache. Irgendwer muss ihm ja mal sagen, dass er sich falsch benimmt. Gut möglich, dass ihm das noch nie jemand erklärt hat.

»Tess!« Johanna greift nach meinem Arm und zwingt mich, sie anzusehen. »Mach es nicht noch schlimmer. Geh einfach!«

»Oh nein! Ich gehe ganz sicher nicht!« Meine Stimme verrät eventuell leichte Unsicherheiten, aber ich stehe fest mit verschränkten Armen vor ihm.

»Tess!« Johannas Blick fleht mich an. »Tut mir leid, Dae. Ich werde nie wieder Ärger machen. Bitte wirf mich nicht raus.«

Mir platzt der Kragen. »Sag mal, spinnst du, Johanna? Er hat dir grad volle Lotte eine geknallt und du entschuldigst dich bei ihm? Hast du die Pfanne heiß? Was ist denn mit dir passiert? Du hast in der Elften einen Vortrag über die UN-Charta für Frauenrechte gehalten. Ich begreife es nicht! Willst du *das* deinen Schülerinnen beibringen? Vor nem Arschloch zu kuschen?«

»Du – raus«, befiehlt Dae Johanna. »Ihr«, knurrt er die beiden bärtigen Schränke in der Tür an, »verpisst euch, das hier ist privat. Und niemand kommt rein.«

Dae ist stinksauer. Mir wird es zu bunt. Warum gehorchen ihm denn alle wortlos? Die Schränke sind dicker und breiter als er. Ich gehe lieber mit allen mit und lasse ihn sich hier alleine austoben.

Dae stellt sich mir in den Weg.

»Du nicht.«

»Ich will jetzt gehen!«

»Zu spät. Du bleibst!«

»Ich gehe, wenn ich gehen will!« Jetzt werde ich

bockig und starre auf seinen Adamsapfel. Gleich trau ich mich auch wieder, ihm in die Augen zu sehen.

»Du willst noch nicht gehen!«

»Sag mir nicht, was ich will«, erkläre ich den Fliesen unter mir mit patzigem Ton.

»Tess.«

Die beiden S zischt er förmlich und löst bei mir einen Schauer aus.

Du kannst mich mal, Arschloch!

»Ich schwöre dir, wenn du mir auch nur ein Haar krümmst …«

»Was dann?«, unterbricht er mich belustigt. »Was schwörst du mir, wenn ich dir …« Dae taxiert mich und leckt sich über die Unterlippe, »ein Haar krümme?«

Verflixt, er steht viel zu nah vor mir. Und die Wand in meinem Rücken ist nicht wirklich hilfreich!

Er pustet zart, ein paar Haarsträhnen streifen mein Ohr, tanzen über die nackte Haut meines Schlüsselbeins und ein Schaudern erfasst mich, durchläuft meinen Körper bis hinunter in meine Stilettos.

Seine Augen lächeln spöttisch, und er verzieht die Lippen zu einem leichten Schmunzeln. Warum ist er bloß so schnuckelig? Total ungerecht, ist das!

Die meisten Männer sind für mich ein offenes Buch. Es gibt die Ich-weiß-genau-wie-geil-ich-bin-und-du-willst-es-doch-auch-Typen, die plumpen Lass-uns-ficken-Typen. Meine finnische Urlaubsbekanntschaft war der Ich-bestell-schon-mal-das-Aufgebot-Typ, und der britische Seemann von der Lass-uns-gemeinsam-in-den-Sonnenuntergang-schippern-Fraktion. Ich kenne sie alle. Selbst bei diesem Deniz habe ich noch rechtzeitig bemerkt, dass etwas nicht stimmt. Ich habe ein sehr gut funktionierendes Echolot, was Jungs betrifft.

Bei Dae allerdings …

»Versuchst du etwa, mich einzuschätzen?«, fragt er leise. Das Vibrato seiner Stimme hallt in meiner Vagina nach. Ich weiche einen Schritt zurück, und er macht einen vor. Und noch- verflixte Wand!

»Denkst du, ich bin einer deiner Hipster? Mit Insta-Account, schickem Cabrio und Blümchen?«

Ich hatte mich schon gefragt, ob Dae da war, als die Blumen geliefert wurden. Seinen Unterarm stützt er gegen die Fliesen neben meinem Kopf. Die Energie seines Körpers spüre ich überall. Ich kann nicht atmen. Darf nicht. Meine Knie beginnen zu zittern.

»Kleine, süße Tess. Ich seh genau, was in dir vorgeht.«

Was denn? Selbst ich weiß grad nicht, was in mir vorgeht. Sein Blick fällt auf meine Lippen. Dae stellt die Beine weiter auseinander, bringt sich auf Augenhöhe. *Oh oh.*

Kneif jetzt bloß nicht die Augen zusammen! Ich brauche schließlich Zeugen um später noch mal alles bis ins kleinste Detail tot zu analysieren.

»Toughe Tess. Liebt es, bei ihren Bübchen immer alles im Griff zu haben«, brummt er an meinem Ohrläppchen entlang.

Er neckt dich bloß. Cool bleiben!

»Kesse Tess. Bist nie um eine Antwort verlegen. Oder?«, flüstert er mir ins Ohr, und ich spüre seinen Atem auf an meinem Hals. Er ist ein Teufel. *Sag was, Tess!*

Seine Nähe, die Hitze seiner Haut bescheren mir eine wahre Gänsehaut-La-Ola. Meine Handflächen drücken sich auf die kühlen Fliesen hinter mir. Daes rockermäßiges Testosteron hüllt mich ein, und all meine kleinen Östrogen- Mignons schwenken die weiße Fahne und seufzen hingebungsvoll.

Heu me miserae!, wie der alte Lateiner zu sagen pflegt. Oder eingedeutscht: Wehe mir, ich bin geliefert!

Daes Lippen schweben an meinen Wangen vorbei zu meinem Mund und verharren dort.

Jetzt! Jetzt falle ich um.

Kein Blatt passt mehr zwischen uns. Wie schafft er es, mich dennoch nirgends zu berühren? Beinahe fühle ich die Stoppeln seines Dreitagebarts. Meine Lippen kribbeln, alles kribbelt.

»Atme!«, haucht er und sein Blick setzt mich in Brand.

Plötzlich fällt alle Erotik von ihm ab, und er geht auf Abstand. Einfach so. Schalter umgelegt. Sprachlos ringe ich um Atem. Dae spielt Katz und Maus mit mir. Er stellt sich an ein Waschbecken und wäscht sich die Hände mit Seife.

»Du bist mit Jade zur Schule gegangen?«

Verstand an Hormone: Abschalten! Ich atme tief ein. »Ehe du sie in die Finger bekommen hast, wollte sie Lehrerin werden.« Ich muss meine Fassung wahren. Vielmehr zurückerlangen.

»Sie ist bald fertig. Geschichte und Deutsch.«

What?? Ich glaube ihm kein Wort! »Willst du mir jetzt erzählen, dass du der verständnisvolle Chef bist?«

»Ich bin zumindest der Chef, der ihr das Studium ermöglicht hat.«

Jetzt will er mich auf den Arm nehmen.

»Du verstehst das nicht, Tess.«

»Was verstehe ich nicht? Dass du Frauen schlägst?«

Dae brüllt los und boxt den Handtuchhalter von der Wand, der laut scheppernd gegen eine der Toilettenkabinen knallt. Erschrocken schreie ich auf und reiße die Arme schützend hoch. Ich habe wirklich Angst! *Was stimmt denn nicht mit dir, Alter? Bipolare Störung much?*

Dae schnaubt belustigt. »Wann hab ich dich jemals bedroht? Oder geschlagen? Wann habe ich dir das Gefühl gegeben, dass ich dir etwas antun würde?«

So was darfst du mich nicht fragen. Ich kann dich überhaupt nicht einschätzen. »Man schlägt keine Frauen!«

»Ich hab Jade nicht gefickt.«

Habe ich das wissen wollen? Ich habe eindeutig schlagen, nicht ficken gesagt. Lalala, ich höre einfach nicht hin. Oh nein, jetzt kommt er wieder näher. Verstand an Hormone: Abgeschaltet bleiben!

Ich räuspere mich tapfer. »Man schlägt keine Frauen. So was ist unterste Schublade. Du hast es überhaupt nicht nötig, Gewalt anzuwenden. Sie haben eh alle Angst vor dir.«

»Ja?« Sein Lächeln wird träge. »Du auch?«

Sag jetzt nichts Falsches, Tess.

»Natürlich habe ich Angst. Das ist ein völlig normaler Reflex bei Gefahr und hat nichts mit dir zu tun«, versuche ich, mich herauszureden. »Darauf solltest du dir auch nichts einbilden.«

»Ihr habt Angst, weil ich euch Angst mache. Nicht

weil ich nur so aussehe, als könnte ich euch Angst machen.«

»Man kann sich auch mit Argumenten durchsetzen.«

»Das ist nicht das erste Mal, dass sie Ärger macht. Jade ist ne hinterhältige Fotze.«

»Auch Fotzen schlägt man nicht!«

»Oh, Süße. Wenn du wüsstest.« Sein wissendes Schmunzeln beschert mir heiße Ohren.

»Ich finde … ich meine, ähh …«

»Kannst du nicht einfach mal die Klappe halten?«, unterbricht er mich entnervt. »Und versuchen, zuzuhören?«

»Können wir bitte mal thematisieren, dass die Lösung all deiner Probleme aus Gewalt besteht?«

Ungläubig starrt er mich an. »Meiner Probleme? *Meiner?* In welchem Film warst du in der letzten Stunde? Hab ich dir nicht eben deinen Knackarsch gerettet? Vor diesem Fickfehler, gegen den du dich nicht wehren konntest?«

Hätte ich bestimmt. Hatte es ja noch nicht versucht. »Ich …«

»Und bin ich nicht noch rechtzeitig dazugekommen, um zu verhindern, dass Jade dir die Augen auskratzt?«

»Johanna war …«

»Sie ist ein verlogenes Miststück!«

Dae tritt den Handtuchhalter quer durch den Raum. Es scheppert derart laut, dass ich erneut zusammenzucke. *Gosh, hast du eine kurze Zündschnur!*

»Tote Gegenstände?« Meine Augenbrauen heben

sich verächtlich, obwohl mein Herz gerade Polka tanzt. »Du bist echt ein ganzer Kerl.«

Schwer atmend lässt Dae sich von innen an der Tür auf den Boden herabgleiten und rauft sich die Haare.

»Du kapierst es nicht. Schade, du bist echt hübsch. Und Punkte stehen dir.« Sein Blick fährt über meinen Körper an meinen nackten Beinen herab bis zu meinen Stilettos, und er seufzt. »Aber man kann wohl nicht alles haben.«

Die Power-Emanze in mir hat sich derart an dem Brutalo hochgeschaukelt, dass mein anderes Ich erst mal auf die Talbahn warten muss, um wieder runterzukommen. Wenn er Uta gevögelt hat und mich hübsch findet, gibt es vielleicht noch Hoffnung für mich.

Macht es dir nichts, dass er dich dumm genannt hat?

Doch, aber ich kann mich nicht dagegen wehren, dass sich ein kleiner Teil in mir dennoch geschmeichelt fühlt. Darüber werde ich zu gegebener Zeit nachdenken.

Unsicher verlagere ich mein Gewicht von einem Stiletto auf den anderen und versuche zu verstehen, was hier gerade abgeht.

Dae lehnt den Hinterkopf an die Tür, atmet tief ein, und plötzlich sehe ich seine Müdigkeit.

Er sieht so … verloren aus. So einsam.

Unwillkürlich mache ich einen Schritt auf ihn zu und er hebt den Blick. Für einen Augenblick lüftet sich die Fassade. Lässt Dae mich sehen, was er vor allen anderen verbirgt.

Eine riesige Woge an Gefühlen schwappt in rasender Geschwindigkeit auf mich zu und über mich hinweg. Ich erbebe, meine Kehle wird eng. All das Leid … Ein tonnenschweres Gewicht lastet auf ihm und erdrückt ihn schier, dass ich es kaum aushalte.

Dae spielt eine Rolle, das alles ist bloß Theater. Deshalb flog der Handtuchhalter hier herum und nicht ich.

Er schließt die Augen und der Vorhang fällt. Verbirgt den Schmerz, der in ihm tobt. Ich fühle mich wie betäubt.

Wer bist du wirklich?

Sein Adamsapfel zuckt. »Fahr nach Hause.« Dae spricht so leise, dass ich ihn kaum verstehe. Geschickt erhebt er sich.

»Und es wäre schön, wenn du auf dem Weg zum Ausgang leicht humpeln könntest.«

Ohne sich nochmal umzublicken, reißt er die Tür auf und geht. »Bringt sie raus! Ihr Deckel geht auf mich«, höre ich seine Stimme. Sofort erscheinen die beiden Typen von vorhin und mustern mich stumm.

Nein! Das große Ding!

»Warte, Dae! Ich muss …« Verflixt! Warum geht er denn einfach weiter?

»Lass ihn, Kleine«, geht einer der Lederkuttenträger dazwischen und hält mich davon ab, Dae hinterher zu eilen.

»Geh ihm am besten aus dem Weg«, rät mir der andere, seinem Kameraden beipflichtend. Wir kommen dem Ausgang immer näher und ich habe keine Möglichkeit, an diesen beiden Hünen vorbei zu gelangen. Mit jedem weiteren Schritt wird mir bewusst, dass ich die letzte und einzige Gelegenheit, Dae zu warnen, ungenutzt habe verstreichen lassen. Mir wird ganz flau im

Magen vor Angst. Seit Tagen kann ich an nichts anderes mehr denken – und dann vergesse ich die Sache mit dem geplanten großen Ding der Templer einfach. *Ich bin so blöde!*

»Tschö Kleine.« Die zwei liefern mich gehorsam vor der Tür ab und nicken mir zum Abschied kurz zu. Mit letzter Kraft bringe ich ein knappes Lächeln zustande. Demoralisiert und hoffnungslos drehe ich dem Laden den Rücken zu. Verflixt, die Zeit rinnt nur so durch meine Finger. Mir kommt es vor, als könnte ich das aufziehende Unheil förmlich fühlen. Unerbittlich rückt es näher, wie eine heranrauschende Dampflok. Was soll ich bloß tun?

Niedergeschlagen mache ich mich auf den Weg zurück zu Sarahs Wagen, der in einer schmalen Seitenstraße parkt. Das Geräusch der klackernden Absätze hallt laut von den Häuserwänden wider. Ich versuche, leiser zu tippeln, schließlich ist es Nacht und die meisten Leute schlafen wochentags um diese Uhrzeit. Währenddessen öffne ich meine kleine Handtasche und taste blind nach dem Schlüssel. Die neue LED-Straßenbeleuchtung ist furchtbar grell, aber zwischen den Laternen sieht man förmlich nichts und ich muss sehr genau darauf achten, wohin ich meine spitzen Absätze auf dem Kopfsteinpflaster setze. Plötzlich spüre ich eine Hand an meinem Arm, werde zurückgerissen und ein Tuch presst sich fest in mein Gesicht. Direkt auf Mund und Nase.

Alles geht so furchtbar schnell, dass mir keine Zeit bleibt, zu reagieren.

Einer meiner Absätze gerät zwischen zwei Pflastersteine und verkeilt sich, ich verliere das Gleichgewicht und stolpere rückwärts gegen jemanden, der gleichzeitig meine Kehle umfasst und zudrückt. Vor Schreck hole ich durch das feuchte Stofftuch Luft.

Fehler! Ein beißender Geruch dringt in meine Nase und verätzt mir die Scheidewände. Ich habe das Gefühl zu ersticken und zapple wie verrückt.

HILFE!

Mein Sichtfeld wird kleiner, ich-bekomme-keine …

ÜBER DEN AUTOR

Lust, weiterzulesen? Hier gibt's Teil 2:
Feel me deeper

Alle meine Bücher gibt's hier:

Mia Caron Amazon Autorenseite

Schreibt mir eine Mail an: Mia.caron[at]t-online.de

Oder besucht mich auf (einfach draufklicken und ihr gelangt zu meinen Profilen):

Diese Story beruht zu großen Teilen auf wahren Begebenheiten, Personen und Orten. Alle Namen jedoch sind frei erfunden.

https://www.miacaron.de

Die Autorenflüsterin, Dr. Barbara Prill

c/o Mia Caron

Sandhöhe 8A

21435 Stelle

Lektorat: Ute Köhler

Printed in Poland
by Amazon Fulfillment
Poland Sp. z o.o., Wrocław

91405449R00179